Elke Ottensmann
Es sei denn, es geschieht ein Wunder

Über die Autorin

Elke Ottensmann (Jahrgang 1968) ist Mutter von drei Kindern und Großmutter eines Enkelkindes. Die gelernte Fremdsprachenkorrespondentin schreibt am liebsten über das wahre Leben – so in diversen Artikeln für christliche Magazine und ihren bisher fünf Büchern. Die Autorin lebt mit ihrer Familie in der Nähe von Kaiserslautern.

Elke Ottensmann

Es sei denn, es geschieht ein *Wunder*

Ein Israel-Roman
nach einer wahren Begebenheit

GerthMedien

*„Gelobt sei Gott der Herr, der Gott Israels,
der allein Wunder tut!"*
Psalm 72,18

Um die beteiligten Personen und deren Privatsphäre zu schützen, wurden die Namen aller Protagonisten geändert.

Jüdische und arabische Begriffe, die im deutschsprachigen Kulturkreis nicht unbedingt geläufig sind, werden am Ende des Buches in einem Glossar erläutert.

„Ich bin fertig!", rief Linda fröhlich durchs Haus. Martina, die gerade in der Küche das Frühstücksgeschirr in die Spülmaschine räumte, zuckte unwillkürlich zusammen. Vor diesem Augenblick hatte sie sich seit Wochen gefürchtet. Sie trocknete die Hände ab und ging in den Flur, wo ihre 19-jährige Tochter sich gerade den prall gefüllten, viel zu großen Rucksack auf den Rücken hievte. Die langen, blonden Haare hatte sie wie immer zu einem Pferdeschwanz zusammengebunden, und auch heute trug sie wie üblich einen wadenlangen Rock und eine bis obenhin zugeknöpfte Bluse. Lindas zierliches Gesicht war ungeschminkt, ihre blauen Augen blitzten vor freudiger Aufregung.

Abgesehen von dem Rucksack war eigentlich alles so wie immer, doch schon in wenigen Augenblicken würde nichts mehr so sein wie bisher. Als Martina in die vertrauten Augen ihrer Tochter blickte, füllten sich ihre eigenen mit Tränen.

„Och Mami, jetzt sei doch nicht so sentimental." Linda umarmte sie spontan. Martina zwang sich zu einem Lächeln. „Hast du auch alles, was du brauchst?"

„Na klar doch, im Rucksack sind Klamotten, Waschzeug, Schlafsack, Taschenmesser, Pfefferspray, Taschenlampe, eine Kanne, mein Gebetbuch und eine israelische Flagge." Linda zeigte auf ihre schwarze Umhängetasche an der Haustür. „Flugticket und Pass sind in der Tasche, zusammen mit 150 Euro. Außerdem habe ich zwei Wasserflaschen, eine Tüte Chips und einen Apfel eingepackt. Das reicht schon."

„Wird dir der Rucksack auch nicht zu schwer werden?"

„Mach dir keine Sorgen, das schaff ich schon." Linda ging zur Haustür und warf sich die Umhängetasche über die Schulter.

„Hast du denn gar keine Angst?", fragte Martina.

Überrascht sah Linda ihre Mutter an. „Warum sollte ich Angst haben?"

„Du weißt doch noch nicht einmal, wo du wohnen wirst."

„Ach Mami, das haben wir doch schon durchgekaut. Für die ersten drei Nächte habe ich einen Schlafplatz in einer Art Jugendherberge gebucht und danach finde ich schon was."

Martinas Herz wurde so schwer wie Blei. Sie suchte nach Worten, um den Abschied noch ein klein wenig hinauszuzögern. Doch ihr fiel nichts ein, noch dazu war ihre Kehle im Moment wie zugeschnürt. Sie schluckte, dann räusperte sie sich. „Soll ich nicht bis zur Bushaltestelle mitkommen? Ich kann dich auch hinfahren, dann musst du dich nicht so mit dem Gepäck abschleppen."

„Nö, ich will keinen emotionalen Abschied, schon gar nicht, wenn andere Leute zugucken. Das machen wir am besten kurz und schmerzlos hier." Linda blickte auf ihr Handy. „Ich muss jetzt auch los, der Bus kommt in zehn Minuten."

Die beiden umarmten sich, dann öffnete Linda die Haustür und marschierte mit einem lapidaren „Tschüss, Mami!" los. Martina rief ihr hinterher: „Pass auf dich auf, mein Schatz, und du weißt ja, dass du jederzeit nach Hause zurückkommen kannst!"

Linda hatte ihren Blick nach vorne gerichtet. „Ich weiß, aber das wird nicht nötig sein. Grüß Papa und Johanna schön von mir! Ich gehe jetzt in mein neues Zuhause!" Übermütig fügte sie hinzu: „Und ich komme nie wieder heim!"

Martina sah ihrer Tochter hinterher, wie sie unter der Last auf ihrem Rücken leicht gebeugt, aber entschlossenen Schrittes die Straße hinunterging. Der olivgrüne Rucksack war so groß, dass er beinahe bis an ihre Kniekehlen reichte. Mit jedem Schritt schien Linda kleiner zu werden, bis sie schließlich kaum noch zu sehen war. Tränen verschleierten Martinas Blick, als ihre Tochter am Ende der Straße um die Ecke bog und schließlich ganz aus ihrem

Blickfeld verschwand. Linda hatte sich kein einziges Mal mehr umgedreht. Gleich würde sie in den Bus einsteigen, der sie zum Flughafen bringen würde. Die von ihr so lang herbeigesehnte Reise hatte ihren Anfang genommen.

Wie angewurzelt blieb Martina vor der Haustür stehen und ließ ihren Blick auf der Stelle ruhen, wo Linda soeben noch gestanden hatte. Die letzten Worte hallten dabei in ihrem Ohr: „Ich komme nie wieder heim!"

Plötzlich erhob sich in der Nähe lautes Vogelgezwitscher. Eine Amsel im noch blattlosen Geäst des Apfelbaumes am Gartenzaun schien sich mit Linda zu freuen und trällerte aus voller Kehle, als sänge sie ein Abschiedslied für sie. Erst jetzt bemerkte Martina, dass die Luft an diesem Morgen mild und von Frühlingsahnung erfüllt war. Die Sonne schien bereits warm vom strahlend blauen Himmel. Bienen und Hummeln summten um die ersten zarten Blüten, Meisen, Gimpel und andere Vögel flogen geschäftig mit Zweigen im Schnabel hin und her, um ihre Nester zu bauen. Bald schon würden diese sich mit jungem Leben füllen. Während Martina dem emsigen Treiben zuschaute, dachte sie wehmütig: *Genauso fröhlich und unbekümmert, wie die Vögel ihre Nester bauen, hat mein Kind heute unser Nest verlassen. Jetzt ist sie endgültig flügge geworden.*

Anders als ihre Mutter hatte Linda keine Spur von Wehmut gezeigt, im Gegenteil. Seit sie nach dem schriftlichen Abitur im Januar das Flugticket gekauft hatte, hatte sie die Tage bis zu ihrer Abreise gezählt. Und nun, kaum hatte sie das Abizeugnis in der Tasche, war sie fort. In dieser Nacht würde sie in eine völlig fremde Welt eintauchen, die sie schon jetzt als ihr „neues Zuhause" bezeichnete – noch bevor sie überhaupt wusste, wo sie eine Bleibe finden würde.

Martina hatte keine Ahnung, wie lange sie schon so in Gedanken versunken vor der Haustür gestanden hatte, als plötzlich ihr Nachbar von gegenüber rief: „Guten Morgen, Martina, ist bei dir alles in Ordnung?" Dietmar überquerte die Straße und sah sie prüfend an. „Nimm's mir nicht übel, aber du siehst ja aus wie drei Tage Regenwetter." Martina spürte einen dicken Kloß im Hals und unterdrückte die aufsteigenden Tränen. „Linda ist gerade ausgezogen." Dietmar nickte verständnisvoll. „Macht dir ganz schön zu schaffen, was?"

„Ja, ich vermisse sie jetzt schon. Und ich habe Angst um sie."

Wieder nickte Dietmar. „Kann ich verstehen. Ist ja auch ganz schön mutig, gleich so weit wegzuziehen, noch dazu in so eine völlig andere Welt."

„Linda empfindet das aber überhaupt nicht so. Ich hoffe nur, ihr passiert nichts."

Dietmar schüttelte zur Abwechslung den Kopf. „Da hätte ich allerdings auch Bedenken. Man hört ja immer wieder von Attentaten. Die kommen da unten ja nie zur Ruhe. Erst neulich wurden sogar wieder irgendwelche Leute entführt, aber keine Ahnung, wer von wem. Da blickt ja sowieso keiner mehr durch."

Als Martina nichts darauf antwortete, lächelte Dietmar ihr aufmunternd zu. „Wird schon alles gut gehen. Ist doch andrerseits auch toll, dass Linda so selbständig ist. Außerdem kannst du sowieso nichts daran ändern, also nimm's dir am besten nicht so zu Herzen."

Wenig getröstet ging Martina ins Haus zurück. Es war gut gemeint von Dietmar, das wusste sie. Aber nicht gerade besonders hilfreich. Ihr erster Impuls war, in Lindas Zimmer zu gehen, um dort der Anwesenheit ihrer Tochter nachzuspüren. Doch gleich darauf zögerte sie. Sie wusste, dass ihr Abschiedsschmerz nur noch größer werden würde, wenn sie jetzt das leblose Zimmer ihrer Tochter betreten würde und beschloss, dies auf später zu verschieben. Stattdessen setzte sie sich an ihren Schreibtisch, holte ihr Tagebuch aus der Schublade und nahm den Füller zur Hand. Sie notierte:

> Montag, 8. April – Gerade ist Linda fortgegangen.
> Sie ist fest davon überzeugt, dass alles gut geht.
> Hoffentlich hat sie recht! Als letztes rief sie mir zu,
> dass sie nie wieder heimkommen würde.

Weiter kam Martina nicht, denn der Text verschwamm vor ihren Augen. Eine Träne kullerte über ihre Wange und tropfte genau auf das kleine Wörtchen *nie*. Sofort flossen die drei Buchstaben ineinander und vermischten sich zu einem unleserlichen, hellblauen Fleck. Martina legte den Füller beiseite und betupfte die feuchte Stelle mit einem Taschentuch. Dabei dachte sie: *Noch mehr Reden hätte auch nichts genützt, Linda von ihrem Vorhaben abzuhalten. Was sie sich einmal in den Kopf gesetzt hat, zieht sie durch. Jetzt kann ich nur noch für sie beten.*

Sie faltete die Hände und bat Gott, dass er Linda auf ihrem Weg begleiten und behüten möge. Dann zwang sie sich dazu, ihre Gedanken auf den vor ihr liegenden Tag zu lenken, und überlegte, was sie alles tun musste, bevor sie ihre sechsjährige Tochter Johanna von der Schule abholen würde. Zum Mittagessen würde sie Spaghetti Bolognese machen, das Lieblingsessen ihrer Jüngsten, und auch für ihren Mann Andreas würde sie etwas Leckeres kochen, wenn er am Abend nach Hause kam. Außerdem wollte sie das Haus von oben bis unten staubsaugen, das Bad putzen und die Wäsche bügeln. Mit Blick auf die Uhr stand Martina auf und stürzte sich in die Arbeit.

Linda war der Abschied schwerer gefallen, als sie es ihrer Mutter gegenüber gezeigt hatte. Nachdem sie losgelaufen war, waren ihr plötzlich beinahe selbst die Tränen gekommen. Überrascht von diesem für sie ungewöhnlichen Gefühlsausbruch hatte sie sich nicht mehr umgedreht – aus Furcht, dann erst recht weinen zu müssen. Ihre letzten Worte *Ich komme nie wieder heim!* waren ihr einfach so herausgerutscht. Am liebsten hätte sie sich gleich darauf selbst auf die Zunge gebissen und ihrer Mutter noch etwas Tröstliches zugerufen. Stattdessen war sie jedoch einfach stur geradeaus weitergelaufen.

Der heranfahrende Bus verscheuchte ihre trüben Gedanken, und ihre Vorfreude stellte sich wieder ein. Sie ließ ihren schweren Rucksack auf den Sitz plumpsen und sich selbst auf den freien Platz daneben. Die „Reise nach Jerusalem", schoss es ihr durch den Kopf, als der Bus abfuhr. Wie oft hatten sie dieses fröhliche Kinderspiel im Laufe der Jahre gespielt? Bei keiner Geburtstagsfeier durfte es fehlen. Und welchen Spaß immer alle dabei hatten, um den Stuhlkreis herumzurennen und zu versuchen, einen Stuhl zu besetzen, sobald die Musik aufhörte. Linda lächelte versonnen. Jetzt machte sie wirklich die „Reise nach Jerusalem".

Gleich morgen würde sie bei der Midrascha anfangen, der Schule für jüdische Studien. Endlich ging ihr jahrelanger Traum in Erfüllung und ihr neues Leben begann!

Sie holte ihr Handy aus der Tasche und schaute sich im Internet noch einmal den Flugplan an. Von Frankfurt aus würde sie direkt nach Tel Aviv fliegen. Die geplante Ankunftszeit war 15.50 Uhr; bis sie ihr Gepäck abgeholt hatte und durch die Kontrollen war, würde es schätzungsweise 18.00 Uhr sein. Die Busfahrt nach Jerusalem dauerte etwa eine Stunde, somit würde sie gegen sieben in der Jugendherberge sein, wenn alles glattlief. Mit einem glücklichen Stoßseufzer lehnte sie sich in den Sitz zurück und begann, mit ihren Freundinnen Naomi und Deborah zu chatten, die mit dem Zug ebenfalls auf dem Weg zum Flughafen waren, um sich von ihr zu verabschieden.

Kaum hatte Linda die Eingangshalle des Flughafens betreten, tönte ihr lautes Jubelgeschrei entgegen, und Deborah und Naomi fielen ihr lachend um den Hals. Linda, die dabei beinahe das

Gleichgewicht verlor und nach hinten zu kippen drohte, streifte kurzerhand ihren Rucksack ab und ließ ihn auf den Boden plumpsen. Dann zog sie ihre israelische Flagge heraus und zückte ihr Handy, um den großen Moment festzuhalten.

Nachdem der Rucksack eingecheckt war, hatte Linda noch beinahe zwei Stunden Zeit, bevor sie am Abfluggate sein musste. In einer ruhigen Ecke setzten sich die drei Freundinnen auf eine leere Bank. Naomi holte eine Thermoskanne und drei Becher aus ihrer Tasche. „Man weiß ja nie, ob der Kaffee koscher[1] ist, den man hier im Flughafen kriegt, deshalb habe ich uns welchen mitgebracht." Sie reichte Deborah und Linda jeweils einen Becher und goss ein. Linda umfasste ihren dampfenden Becher mit beiden Händen und sog genüsslich den Kaffeeduft ein. „Mhmm, das ist jetzt genau das Richtige. Super Idee!" Deborah nickte zustimmend, dann sagte sie: „Ich beneide dich. Du machst das, wovon andere nur träumen." Naomi blies in den aufsteigenden Kaffeedampf. „Genau, du lässt deinen Traum wahr werden, das würden sich die meisten von uns gar nicht trauen."

„Ja, und deshalb sind so viele Menschen unzufrieden und gefrustet. Anstatt sich zu trauen, ihren Traum zu leben und auch mal was zu riskieren, bleiben die meisten in ihrem gewohnten Alltagstrott. Ich *muss* das jetzt einfach machen, ich habe lange genug gewartet."

Schon seit fünf Jahren, für Linda – gefühlt – eine halbe Ewigkeit, interessierte sie sich für Israel. Angefangen hatte es, als ihre Eltern überlegt hatten, dort Urlaub zu machen. Dazu war es dann zwar nie gekommen, doch wissbegierig, wie Linda war, hatte sie sich im Internet über das Land informiert und war dabei natürlich schnell auf den jüdischen Glauben gestoßen. Fasziniert von der so ganz anderen, ihr bisher völlig unbekannten Lebenskultur der religiösen Juden, hatte sie sich immer mehr damit beschäftigt, jedes Buch in der Bücherei zu diesem Thema ausgeliehen und schließlich sogar begonnen, Hebräisch zu lernen. Innerhalb kürzester

Zeit hatte sich dadurch eine ganz neue Welt für sie eröffnet, die ihr Spaß machte und sie voll erfüllte.

Lächelnd beobachtete Linda die kleinen Luftbläschen, die auf ihrem Kaffee schwammen. Wenn sie recht überlegte, hatte ihre Reise nach Jerusalem eigentlich schon längst begonnen, als noch niemand etwas davon ahnte – nicht einmal sie selbst. Naomi schien ihre Gedanken zu lesen. „Als du vor drei Jahren zu uns in die Jugendgruppe gekommen bist, hatten wir ja keine Ahnung, dass wir so viel Spaß mit dir haben würden." Naomi kicherte leise in sich hinein. „Und was wir alles zusammen gemacht haben!"

Linda nickte. Nach jahrelangem Mobbing in der Schule hatte sie in dieser Jugendgruppe endlich gleichaltrige Mädchen getroffen, die freundlich zu ihr waren und sie einfach so annahmen, wie sie war. Sie hatte dort im Handumdrehen Freundinnen gefunden, und ihr Leben stand plötzlich unter einem anderen Vorzeichen: gemeinsam statt einsam. Das hatte so gutgetan!

Nun waren die Freundinnen nicht mehr zu bremsen. Sie fielen sich gegenseitig ins Wort, und die Erinnerungen an gemeinsame Aktionen sprudelten nur so aus ihnen heraus: wie sie sich zu Purim[2] verkleidet, zum Passahfest[3] Matzen gebacken und an Schawuot[4] ihren Jugendraum mit Blumen geschmückt hatten ... Dabei lachten die drei immer wieder vergnügt auf. Ganz besonders schön fand Linda aber immer die wöchentlichen Vorbereitungen für den Schabbat und das erhebende Gefühl, wenn der Tisch schließlich festlich gedeckt war und die Kerzen angezündet wurden.

So in Erinnerung schwelgend, merkten die drei Freundinnen gar nicht, wie schnell die Zeit verflog. Als Lindas Blick zufällig die Uhr an der Wand streifte, sprang sie wie von der Tarantel gestochen auf. „Mist, höchste Zeit zu gehen! Ich muss ja noch durch die Passkontrolle!" Sie rannte so schnell los, dass Naomi und Deborah Mühe hatten, hinterherzukommen. Vor der Passkontrolle umarmten sich die drei Freundinnen noch einmal, und Naomi sagte:

„Ich werde dich vermissen! Ohne dich wird es richtig langweilig bei uns in der Gruppe sein!" Deborah seufzte: „Hast du es gut, du ziehst nach Israel, dem Land meiner Träume! Dort ist es jetzt schon richtig warm, und wir müssen im kalten Deutschland bleiben."

„Tja, Pech für euch!", scherzte Linda. „Ich lebe von nun an in der Wärme und komme meinem Ziel immer näher." Versöhnlich fügte sie hinzu: „Doch bis dahin muss ich noch so viel lernen. Gleich morgen habe ich ein Gespräch mit dem Direktor der Midrascha, und dann lege ich los. Endlich kann mein neues Leben beginnen!" Linda freute sich wie ein Kind, und es hätte nicht viel gefehlt, dass sie in die Hände geklatscht hätte.

Aus der Entfernung sahen Naomi und Deborah zu, wie ihre Freundin hinter der Passkontrolle ihr Handgepäck vom Band nahm und federnden Schrittes in Richtung Abfluggate lief, bis sie in der Menschenmenge verschwunden war.

Martina zögerte kurz, bevor sie die Tür zu Lindas Zimmer öffnete. Die einfallenden Strahlen der Nachmittagssonne ließen die Staubkörnchen tanzen und tauchten den Raum in freundliches Licht. Auf den ersten Blick deutete nichts darauf hin, dass Linda heute ausgezogen war. Martina hob eine halb leere Chipstüte mit hebräischem Aufdruck vom Fußboden auf, dabei sah sie auf der Rückseite ein schwarzes U in einem Kreis. Ein Stempel, der das Produkt als koscher auswies, wie Linda ihr einmal erklärt hatte. Mit der Tüte in der Hand ließ sie ihren Blick durch das Zimmer schweifen. Überall zeugten Spuren von Lindas besonderem Lebenswandel, seitdem sie sich mit 14 Jahren für den jüdischen Glauben entschieden hatte. Auf dem Nachttisch neben dem Bett standen zwei abgebrannte Teelichter, an der Wand hing eine große israelische Flagge, auf der Kommode hatte sie eine Menora[5] platziert. Die mit hebräischen Wörtern beschriebenen Zettel auf dem Schreibtisch trugen Lindas Handschrift, die Martina dennoch fremd vorkam.

Als sie die Chipstüte in den Papierkorb warf, fiel ihr Blick auf ein Schulheft, das Linda wohl erst kürzlich weggeschmissen hatte. Sie zog es heraus. Ein altes Englischheft aus der zehnten Klasse. Neugierig blätterte Martina darin; es war vollgeschrieben mit Grammatikübungen und Texten. Oben rechts auf jede Seite hatte Linda die drei hebräischen Buchstaben B"SD[6] geschrieben. Am Rand immer wieder kleine Zeichnungen; Linda hatte sich während des Unterrichts wohl öfters gelangweilt. Lächelnd blätterte Martina bis zur letzten beschriebenen Seite, dann stutzte sie. Dort hatte Linda einen Eintrag auf Deutsch gemacht. Martina setzte sich aufs Bett und las: *Blöde Schule. Am liebsten würde ich sofort aufhören und nur noch das lernen, was mir Spaß macht. Hebräisch, Tanach[7], Halacha[8] … Das gibt mir Struktur im Leben und erfüllt mich wie nichts anderes. In meinem Alter braucht man das doch, und die meisten finden ihre Struktur im Sportverein oder in der Schule oder sonstwo, aber mir reicht das nicht. In den jüdischen Traditionen finde ich meine Identität, da fühle ich mich total zugehörig. Außerdem werden meine Fragen des Lebens beantwortet, das ist voll cool.*

Martina schaute auf und sah auf die Menora. Linda hatte ihr vor langer Zeit einmal erklärt, man solle die Welt jeden Tag ein klein wenig besser machen: einen Kaugummi von der Straße aufheben, damit kein Vogel daran stirbt, nicht über andere lästern, einfach mal jemanden anlächeln … Auch hatte sie einen hebräischen Ausdruck dafür gebraucht, an den Martina sich jedoch nicht erinnern konnte.

Sie las weiter: *Und deshalb will ich nach dem Abi sofort nach Israel, um so schnell wie möglich zu konvertieren.*

Nachdenklich klappte sie das Heft zu. Das war es also. Linda hatte zwar kein Geheimnis daraus gemacht, dass ihr die fröhliche

Gemeinschaft mit ihren Freunden aus der Jugendgruppe und das Leben nach jüdischen Regeln einen völlig neuen Lebensinhalt gaben und sie mit Glück und Freude erfüllten, doch erst jetzt begriff Martina, wie tief die Sehnsucht bei Linda gewesen sein musste. Sie steckte das Schulheft in den Papierkorb zurück. In dem Moment fiel ihr der Ausdruck wieder ein: Tikkun Olam.[9]

Linda schaute gerade aus dem Flugzeugfenster auf die unter ihr liegende Skyline von Tel Aviv, als die Ansage des Piloten zuerst auf Hebräisch, dann auf Englisch ertönte:

„Sehr geehrte Fluggäste, wir beginnen nun den Landeanflug auf Ben Gurion International Airport und werden planmäßig um 15.50 Uhr Ortszeit ankommen. Bei klarem Himmel erwarten Sie heute Nachmittag angenehme 20 Grad Celsius. Bitte denken Sie daran, Ihre Uhr eine Stunde vorzustellen. Wir wünschen Ihnen einen angenehmen Aufenthalt und hoffen, Sie bald wieder bei uns an Bord begrüßen zu dürfen." Linda schnallte sich an und überlegte, wie streng die Kontrollen bei der Einreise sein würden und welche Fragen die Sicherheitsbeamten ihr wohl stellen würden. Sie war gekleidet wie eine jüdische Frau – gut möglich, dass sie nicht viel von ihr wissen wollten.

Sie sollte recht behalten. Mit einem fröhlichen „Erev tov – Guten Abend" gab sie dem Beamten an der Passkontrolle ihren Pass. Freundlich erwiderte er ihren Gruß und fragte nach dem Grund ihrer Reise. Wahrheitsgemäß antwortete Linda ihm auf Hebräisch, dass sie in Jerusalem eine Schule besuchen würde. Offensichtlich erfreut, erkundigte der Beamte sich danach, woher sie so gut Hebräisch könne, und nickte wohlwollend mit dem Kopf, als sie ihm erzählte, dass sie es sich selber beigebracht hatte und in Deutschland Freunde hatte, mit denen sie Hebräisch sprach.

Ohne weitere Fragen zu stellen, überreichte er Linda den Pass sowie einen kleinen blau-weißen Zettel mit der Überschrift *State of Israel – Border Control* auf Hebräisch und Englisch. Er zeigte auf den Barcode: „Damit öffnet sich das Drehkreuz zum Ankunftsbereich. Brukha haBa'ah – Herzlich willkommen in Israel!"

„Todah!", bedankte sich Linda und begab sich zur Gepäckausgabe.

Um 17 Uhr, eine ganze Stunde früher als gedacht, hatte sie ihren Rucksack wieder auf dem Rücken. Cool, nun würde sie noch bei Tageslicht in ihrer Unterkunft ankommen.

In der eindrucksvollen Ankunftshalle mit den stattlichen Säulen sah sie sich suchend nach Miriam um. Ihre langjährige Freundin aus der Jugendgruppe absolvierte in Jerusalem ein freiwilliges soziales Jahr und hatte angeboten, sie am Flughafen abzuholen. Miriam entdeckte sie zuerst und kam freudestrahlend auf sie zu. „Herzlich willkommen in Israel! Ich freue mich sooo, dass du da bist! Hattest du einen guten Flug?"

Im ersten Augenblick erkannte Linda ihre Freundin kaum, so sehr hatte sie sich verändert. Blass und dünn hatte Miriam Deutschland verlassen, und nun war ihre Haut gebräunt, die hellblauen Augen strahlten, und ihre dunkelblonden, langen Haare waren mit hellen, sonnengebleichten Strähnen durchzogen. Auch hatte sie ein paar Pfund zugenommen, und anerkennend stellte Linda fest, dass Miriam richtig aufgeblüht war. Plaudernd begaben sie sich zum Ausgang. Vor der Ankunftshalle stand eine ganze Reihe gelber Kleinbusse. Gerade als Miriam erklärte, dass sie mit einem dieser Sammeltaxis nach Jerusalem fahren würden, fiel Linda plötzlich ein, dass sie noch gar kein Geld umgetauscht hatte. Miriam lachte, sie kannte die gelegentliche Schusseligkeit ihrer Freundin und kramte ein paar Schekelscheine aus ihrem Geldbeutel. „Das reicht fürs Taxi, und für morgen hast du auch noch was übrig." Bald hatten sie ein freies Taxi gefunden und teilten dem Fahrer mit, wo sie hinwollten. Miriam, die bei einer älteren Dame wohnte, würde vor Linda aussteigen. Als Linda den Namen ihres

Quartiers nannte, nickte der Fahrer. Sie setzte sich neben Miriam direkt hinter ihm in die erste Reihe, und es dauerte nicht lange, bis auch der letzte Platz besetzt war und sie losfuhren. Miriam sah Linda an. „Es macht dir hoffentlich nichts aus, dass ich nicht ganz bis zu deiner Unterkunft mitfahre?"

„Kein Problem, der Fahrer bringt mich ja bis vor die Tür."

„Da kann wirklich gar nichts schiefgehen." Miriam steckte ihr Handy in die Handtasche. „Abends schalte ich das Handy immer aus. Ich ruf dich morgen früh aber an, um zu hören, wie deine erste Nacht hier war. Ach, übrigens, wenn du willst, kann ich dir morgen den Weg zur Midrascha zeigen, ich habe mir den Tag freigenommen."

„Oh cool, ja gerne! Ich soll mich am frühen Nachmittag im Sekretariat melden."

Nachdem Miriam ausgestiegen war, wurde das Sammeltaxi mit jedem Halt leerer, bis Linda schließlich noch der einzige Fahrgast war. Als der Fahrer ankündigte, dass sie das Hostel in fünf Minuten erreichen würden, tippte Linda eine SMS-Nachricht an ihre Mutter:

> Bin gut gelandet, komme gleich in der Herberge
> an. Alles läuft nach Plan, du brauchst dir also keine
> Sorgen zu machen! Melde mich morgen wieder.
> Grüße an Papa und Johanna. ☺

Martina wollte gerade den Staubsauger anschalten, als aus ihrer Handtasche Harfenklänge ertönten. Sie holte ihr Handy heraus und las die SMS von Linda. Froh darüber, dass alles gut gegangen war, schickte sie einen Daumen nach oben und ein Lachgesicht zurück, dann steckte sie das Handy mit einem Stoßseufzer der Erleichterung wieder in ihre Handtasche. Während sie den Wohnzimmerteppich saugte, war sie in Gedanken bei Linda. Gleich würde sie in ihrer Unterkunft ankommen, und wieder einmal hatte Martina sich unnötig Sorgen gemacht. Sie dachte daran, was ihre Tochter kurz vor dem Abschied gesagt hatte: *Warum sollte ich Angst haben? Für die ersten drei Nächte habe ich einen Schlafplatz in einer Art Jugendherberge gebucht und danach finde ich schon was.*

Wie aus heiterem Himmel kamen Martina Worte aus dem Lukas-Evangelium in den Sinn: „*Denn in der Herberge hatten sie keinen Platz gefunden.*" Unwillkürlich beschleunigte sich ihr Herzschlag. Merkwürdig. Warum dachte sie ausgerechnet jetzt an die Weihnachtsgeschichte? Linda hatte doch ihren „Platz in der Herberge", aber vermutlich rührte dieser Gedankensprung einfach daher, dass sich beides in Israel abspielte.

Martina nahm den Fuß vom Staubsaugerrohr ab und kratzte mit dem Rohr über einen festgetretenen Schokoladenfleck im Teppich. Ihre Gedanken spulten wie von allein zurück in die Vergangenheit.

Von klein auf hatten sie und Andreas ihrer Tochter die Geburtsgeschichte von Jesus und viele andere Bibelgeschichten erzählt. Nie hatte Linda Zweifel an deren Wahrheit gehegt, doch das änderte sich vollkommen, als sie 13 Jahre alt war. Damals war der sehr beliebte Pfarrer ihrer Kirchengemeinde in den Ruhestand gegangen; nach ihm war ein junger, unerfahrener Pastor gekommen. Er hatte gute Absichten, tat in seinem jugendlichen Eifer jedoch einigen Gemeindegliedern unrecht und verletzte dabei manche Seele, was Linda aufmerksam und mit wachsender Skepsis beobachtete. Eines Tages teilte sie ihren Eltern dann mit: „Wenn das so mit dem christlichen Glauben ist, will ich nichts mehr damit zu tun haben." Alles Diskutieren nützte nichts, und als sie kurze Zeit später das Judentum für sich entdeckte, saugte sie wie ein Schwamm alles Neue begeistert auf.

„Mama, ich hab Hunger, gibt's bald Abendessen?" Johannas Worte rissen Martina abrupt aus ihren Gedanken und holten sie in die Gegenwart zurück. Froh über die Ablenkung, schaltete Martina den Staubsauger aus und nickte lächelnd.

Wie angekündigt hielt der Taxifahrer fünf Minuten später direkt vor dem Eingang eines länglichen, zweistöckigen Gebäudes an. Lächelnd drehte er sich zu Linda um. „Hier sind wir, getreu unserem Motto: Schnell und zuverlässig von Tür zu Tür!" Doch gleich darauf stutzte er, denn Linda machte keine Anstalten auszusteigen. Verwundert blickte sie aus dem Fenster und besah sich den Namen der Jugendherberge, der in großen hebräischen Buchstaben über dem Eingang prangte, zückte dann ihr Handy, öffnete ein Foto und schüttelte den Kopf. „Das ist zwar derselbe Name, aber so sieht meine Unterkunft nicht aus, das hier muss eine andere sein." Sie zeigte dem Taxifahrer das Foto ihres Quartiers, als ihr einfiel, dass sie irgendwo einen Zettel mit der Adresse hatte. Sie fand ihn nach einigem Suchen in ihrer Umhängetasche und zeigte dem Fahrer den Namen der Straße. Nun war er es, der den Kopf schüttelte. „Die Straße kenne ich nicht, auch diese Herberge habe ich noch nie gesehen. Ich habe ehrlich gesagt keine Ahnung, wo das ist." Er nahm ebenfalls sein Handy zur Hand und begann zu telefonieren. Nach drei Anrufen informierte er Linda: „Mein Cousin meint, das sei irgendwo in der Altstadt. Da fährt man von hier aus um diese Zeit mindestens eine Stunde." Er seufzte: „Das wird frühestens acht, bis ich nach Hause komme. Aber erst einmal bringe ich Sie zu Ihrer Unterkunft."

Während das Taxi in Richtung Altstadt rollte, dämmerte es bereits. Linda war sich immer noch ziemlich sicher, dass sie vor Einbruch der Dunkelheit in ihrem Quartier sein würde, doch zu ihrem Erstaunen war es knapp eine halbe Stunde später stockdunkel. „Krass! Geht die Sonne hier immer so schnell unter?" Der Fahrer lachte so sehr, dass die Kippa auf seinem Kopf wackelte. „Da wundern sich viele Touristen, die das noch nicht erlebt haben. Aber ja, das ist völlig normal hier." Schweigend fuhr er lange Zeit weiter. Irgendwann fiel Linda auf, dass er an jeder Ecke das Tempo verlangsamte und mit den Augen die Straßennamen absuchte, was angesichts der nicht immer guten Beleuchtung schwierig war. Inzwischen waren sie in der Nähe der Altstadt, und die Straßen wurden enger. Irgendwann erklärte der Fahrer, dass er alles versucht habe, die auf dem Zettel angegebene Straße aber nirgends finden könne. Etwas abrupt hielt er an der Einfahrt eines Parkplatzes an.

Linda, die jegliches Zeitgefühl verloren hatte, stellte mit Blick auf ihr Handy erstaunt fest, dass es inzwischen schon beinahe 22 Uhr war. Der Fahrer drehte sich zu ihr um und sagte leicht gereizt: „Tut mir leid, aber ich kann Ihnen nicht mehr weiterhelfen. Wir müssten ungefähr in der richtigen Gegend sein, aber die Gassen innerhalb der Altstadt sind mit dem Kleinbus nicht befahrbar. Am besten, Sie machen sich jetzt zu Fuß auf den Weg, schließlich muss ich auch mal heim."

Linda versicherte ihm, dass sie schon allein zurechtkommen würde und bedankte sich für seine Mühe. Sie hievte ihren Rucksack auf den Rücken und stieg aus. Das Taxi fuhr los, und sie blieb mutterseelenallein auf dem dunklen Parkplatz zurück. Sie hatte keine Ahnung, wohin sie gehen sollte. Was nun? Miriam konnte sie nicht anrufen, die hatte ihr Handy längst ausgeschaltet. Linda setzte den Rucksack ab, kramte die Taschenlampe heraus und leuchtete die Gegend ab. Vielleicht war ja jemand in der Nähe, den sie fragen konnte. In der hintersten Ecke des Parkplatzes entdeckte sie schemenhaft eine Gruppe Männer und erkannte an deren Hüten und Mänteln sofort, dass dies orthodoxe Juden waren. Ansonsten war weit und breit niemand. Sie knipste die Taschenlampe aus und überlegte. Eigentlich sprach sie fremde Männer grundsätzlich nie an, doch ihre Lage war misslich genug, um eine Ausnahme zu machen. Die Männer würden sich bestimmt auskennen und ihr weiterhelfen. Kurz entschlossen schaltete sie die Taschenlampe wieder an und richtete den Lichtstrahl noch einmal auf die Ecke, wo sie die Männer soeben gesehen hatte. Sie waren nicht mehr da. Verblüfft leuchtete Linda die ganze Umgebung ab, nichts. Als hätten sie sich einfach in Luft aufgelöst. Ein leichter Schauer lief ihr über den Rücken. Am besten, sie lief einfach los, schließlich wollte sie die Nacht nicht auf dem Parkplatz verbringen. Irgendwo würde sie schon jemanden finden, den sie fragen konnte.

Gerade, als sie den Rucksack wieder schultern wollte, fiel ihr ein, dass Joseph ihr vielleicht weiterhelfen könnte. Joseph war vor einem Jahr aus Israel zum Studieren nach Deutschland gezogen und in die Jugendgruppe gekommen. Als Linda ihm erzählt hatte, dass sie für die ersten Tage in Jerusalem eine Unterkunft suchte, hatte er ihr diese empfohlen und dafür gesorgt, dass sie dort übernachten konnte. Er war selbst schon dort gewesen und kannte den Besitzer der Herberge. Schnell holte sie ihr Handy aus der Tasche und wählte Josephs Nummer. Erleichtert darüber, dass er sich meldete, erklärte sie ihm ohne Umschweife ihre Situation. Joseph in seiner besonnenen Art blieb ruhig. „Schau noch einmal genau nach. Ist wirklich gar niemand zu sehen?"

Obwohl sie sich keinen Erfolg versprach, leuchtete Linda die Gegend noch einmal ab und entdeckte plötzlich ein Polizeiauto am Straßenrand, das sie zuvor nicht gesehen hatte. „Ja, da ist ein Polizeiauto."

„Geh hin und gib dem Polizisten dein Handy, dann erkläre ich ihm, wo das Hostel ist."

Linda machte sich nicht erst die Mühe, den Rucksack aufzuschnallen, sondern lief, so schnell sie konnte, den Rucksack hinter sich herschleifend, zu dem Wagen, in dem zwei Polizeibeamte saßen. Atemlos klopfte sie an die Scheibe des Beifahrers und hielt dem überraschten Beamten ihr Handy hin. Nachdem Joseph mit ihm gesprochen hatte, sagte der Polizist: „Steigen Sie ein, wir suchen gemeinsam."

Linda nahm auf dem Rücksitz Platz und fand sich vor einem Gitter wieder, das sie von den Polizisten abtrennte. Sie konnte sich ein Grinsen nicht verkneifen und dachte: *Gleich am ersten Abend in Jerusalem sitze ich in einem Polizeiauto wie eine Verbrecherin, die abtransportiert wird.* Erst jetzt bemerkte sie, dass sie den Zettel mit der Adresse des Hostels noch immer in der Hand hielt. Sie streckte ihn durch das Gitter zu dem Polizisten auf dem Beifahrersitz. „Ist das noch weit von hier?" Der Beamte antwortete: „So, wie Ihr Freund es beschrieben hat, liegt die Gasse im armenischen Viertel im südwestlichen Teil der Altstadt. Wo genau, wissen wir nicht, aber allzu weit kann es nicht mehr sein."

Sie waren noch nicht lange gefahren, als sie an ein Tor in der Altstadtmauer kamen. Der Polizist am Steuer erklärte, dass sie sich am Jaffator befänden und von hier aus zu Fuß weitermüssten.

Flankiert von den beiden Polizisten schritt Linda durch das Tor, und kurze Zeit später waren die drei im armenischen Viertel. Während sie eine Gasse nach der anderen abliefen, schien der Rucksack immer schwerer zu werden. Gerade, als Linda sich fragte, ob sie die Nacht statt in ihrem Quartier auf der Polizeiwache verbringen würde, rief einer der Beamten: „Hier sind wir ja!" Er zeigte auf eine hohe Mauer, in der eine Tür eingelassen war. Sollte sich ihre Bleibe für die nächsten drei Tage etwa hinter der Mauer befinden? Neben der Tür befand sich eine Klingel sowie ein kleines Kästchen mit Tastatur. Ein Name war jedoch nirgends zu sehen. Linda drückte auf die Klingel. Gedämpft und wie aus weiter Ferne war hinter der Mauer der Klingelton zu hören. Ein paar Gassen weiter bellte ein Hund, irgendwo im Gemäuer zirpte eine Grille, doch hinter der Mauer rührte sich nichts. Auch die Polizisten klingelten mehrere Male, aber alles blieb still. Schließlich zuckten sie die Schultern und meinten lakonisch, dass wohl niemand da sei.

Linda überfiel auf einmal eine bleierne Müdigkeit, und ihr war, als könne sie keinen Schritt mehr weitergehen. Ihr Rücken schmerzte, der Rucksack schien mittlerweile zentnerschwer. Frustriert blickte sie noch einmal auf den Zettel mit der Adresse und griff sich an die Stirn. Zum Öffnen der Tür musste man ja einen Code eingeben, was sie in der Aufregung ganz vergessen hatte. Joseph hatte die Zahlenkombination extra auf die Rückseite des Zettels geschrieben. Mit neuer Energie tippte sie die Zahlen in die Tastatur ein, woraufhin sofort ein Klicken in der Tür zu hören war. Linda drückte, doch die Tür ging nicht auf. Erst als einer der beiden Polizisten sich mit aller Kraft dagegenstemmte, sprang sie endlich auf. Mit einem Stoßseufzer der Erleichterung sagte Linda: „Danke, das hätte ich allein nie geschafft."

Im Schein der Taschenlampe sah sie vor sich einen kleinen Innenhof mit einem zweistöckigen Haus am gegenüberliegenden Ende. Alles war dunkel, nichts regte sich. „Sind Sie sicher, dass Sie hier übernachten wollen?" Die Polizisten schienen skeptisch zu sein, doch Linda nickte entschlossen. „Alles gut, ich bleibe hier."

„Na dann, herzlich willkommen in Israel. Wir gratulieren zum Umzug und wünschen viel Erfolg!" Einer der Beamten gab Linda eine Visitenkarte. „Hier ist meine Handynummer, falls noch etwas sein sollte. Sie können mich jederzeit anrufen." Mit einem freundlichen „Laila tov – Gute Nacht" und „Lehitra'ot – Auf Wiedersehen" verabschiedeten sich die beiden. Linda blieb allein im Innenhof zurück und hörte, wie die Tür in der Mauer ins Schloss schnappte.

Sie fröstelte, inzwischen war es ziemlich kühl geworden. Sich selbst mit der Taschenlampe den Weg leuchtend, ging sie über den Hof zum Haus und klopfte an die Tür. Ein schwacher Duft von Thymian lag in der Luft, das Hundegebell war in Jaulen übergegangen. In Haus und Hof rührte sich nichts. Beherzt drückte Linda die Klinke herunter, und zu ihrer Überraschung ging die Tür tatsächlich auf. Sie leuchtete mit der Taschenlampe ins Haus und rief: „Hallo, ist hier jemand?" Doch alles blieb still. Sie betrat den kleinen, gefliesten Vorraum und leuchtete die Wand nach einem Lichtschalter ab. Genau in dem Moment, als sie ihn gefunden und das Licht angeknipst hatte, klingelte ihr Handy. Es war Joseph, der sich nach ihr erkundigen wollte. Froh darüber, seine Stimme zu hören, berichtete sie: „Ich stehe jetzt in dem Haus, aber da ist kein Mensch!" Joseph blieb ruhig. „Das kann schon mal vorkommen. Der Besitzer wohnt eigentlich auch dort, aber es kann gut sein, dass er noch unterwegs ist. Er selbst bewohnt das Erdgeschoss. Die Zimmer im ersten Stockwerk vermietet er. Am besten suchst du dir einfach selbst ein freies Bett."

Der nun hell beleuchtete Vorraum ging in einen offenen Eingangsbereich über, gerade groß genug für einen Schreibtisch und ein Zitronenbäumchen im Topf. Dahinter führte eine enge Steintreppe in den ersten Stock. Ohne zu zögern, ging Linda nach oben. Vor ihr lag ein langer Flur, an dessen beiden Seiten sich mehrere Zimmertüren befanden. Sie öffnete das erstbeste Zimmer und schaltete das Licht an. Darin standen drei leere Betten, ansonsten war es spärlich eingerichtet. Linda ließ ihren Rucksack auf den Boden plumpsen, holte den Schlafsack heraus und rollte ihn auf einem der Betten aus. Ohne sich auszuziehen, kroch sie hinein. Ein letzter Blick auf die Uhr zeigte ihr, dass es beinahe Mitternacht war. Völlig erschöpft schlief sie ein.

Am nächsten Morgen wurde Linda von eigentümlichem, aber auch irgendwie schönem Gesang geweckt, der von draußen an ihr Ohr drang. Verschlafen blinzelte sie in das von Sonnenstrahlen durchflutete Zimmer und wusste im ersten Moment nicht, wo sie sich befand. Gleich darauf kam ihr schlagartig das nächtliche Abenteuer wieder in den Sinn und sie war sofort hellwach. Sie streckte sich und lauschte den ungewöhnlichen Tönen, vermutlich armenische Gesänge aus der St. Jakobus-Kathedrale, die hier ganz in der Nähe sein musste. Sie griff nach dem versilberten Davidstern-Anhänger an ihrer Halskette, den sie schon seit vielen

Jahren Tag und Nacht trug. Ein unbeschreibliches Glücksgefühl stieg in ihr auf. Endlich war sie tatsächlich in Israel. Heute fing ihr neues Leben an! Sie konnte es kaum abwarten, am Nachmittag in die Schule zu gehen.

Schwungvoll öffnete sie den Reißverschluss ihres Schlafsacks und hatte sich gerade aufgesetzt, als ihr einfiel, dass sie Gott noch nicht gedankt hatte. Schnell legte sie sich wieder hin, dann betete sie wie jeden Morgen vor dem Aufstehen: „Modah ani lefanecha, Melech chai wekayam, sche-he-chesarta bi nischmati b'chemla, raba emunatecha. – Ich danke Dir, König, Lebender und immer Bestehender, dass Du mir in Barmherzigkeit meine Seele wiedergegeben hast, groß ist Deine Treue."

Eigentlich würde direkt danach die Reinigung der Hände folgen, doch Linda hatte vor lauter Müdigkeit vor dem Zubettgehen nicht daran gedacht, die kleine Wasserkanne zu befüllen, sowie eine leere Schüssel neben ihr Bett zu stellen. Sie schlüpfte aus dem Schlafsack, kramte ihre Kanne aus dem Rucksack und ging ins Badezimmer, um dort das allmorgendliche Ritual der Händereinigung nachzuholen. Zuerst goss sie Wasser über ihre rechte Hand, dann über die linke, was sie zweimal wiederholte. Dabei sprach sie den Segensspruch: „Gelobt seist Du, Ewiger, unser Gott, König des Universums, der uns mit seinen Geboten geheiligt und geboten hat, die Hände zu waschen."

Genau in dem Moment, als sie die Kanne am Waschbecken abstellte, fiel ihr Anhänger von der Kette und landete leise klirrend auf dem gefliesten Fußboden. Linda bückte sich, um ihn aufzuheben, doch an der Stelle, wo sie ihn vermutete, war er nicht. Mit den Augen suchte sie den ganzen Fußboden ab, konnte ihn aber nirgends finden. Sie ging auf die Knie und sah in jeder Ecke nach, doch der Anhänger war wie vom Erdboden verschluckt. *Das gibt's doch nicht, der Davidstern kann doch nicht einfach verschwinden!* Ungläubig suchte sie mit den Augen noch einmal den Fußboden ab. Merkwürdig, kaum war sie in Israel, verlor sie ihren Anhänger. Schließlich zuckte sie die Schultern und beschloss, nicht weiter darüber nachzudenken. Sie würde eben so bald wie möglich einen neuen kaufen.

Während sie sich nach dem Duschen abtrocknete, hörte sie plötzlich von irgendwoher eine männliche Stimme. Schnell zog sie sich an und rubbelte mit dem Handtuch notdürftig die Haare trocken. Dann öffnete sie die Zimmertür und ging neugierig zur Treppe, um zu sehen, woher die Stimme kam. Unten in dem kleinen Eingangsbereich saß ein Mann mittleren Alters am Schreibtisch und telefonierte. Er hatte schwarzes, kurzgelocktes Haar und trug eine Kippa. Die Nickelbrille mit dem auffälligen knallroten Rahmen verriet Linda, dass er der Besitzer sein musste, denn genau so hatte Joseph ihn beschrieben. Sie ging die Treppe hinunter und sagte auf Hebräisch: „Boker tov! – Guten Morgen!" Der Herbergsvater war so erstaunt, dass ihm beinahe sein Handy aus der Hand fiel. Verblüfft schaute er Linda einen Augenblick sprachlos an, dann fragte er: „Wo kommen Sie denn her?"

Nachdem Linda ihm alles erzählt hatte, lachte er. „Ach der Joseph, das ist ein guter Junge. Sehr nett von ihm, mein Haus weiterzuempfehlen. Ich habe gestern eine Jugendgruppe nach Eilat gefahren und bin erst kurz nach Mitternacht heimgekommen. Dabei habe ich ganz vergessen, dass Sie schon für gestern Abend angemeldet waren, entschuldigen Sie bitte. Aber wie ich sehe, wussten Sie sich zu helfen. Tut mir leid, dass Sie nur drei Nächte hierbleiben können. Die nächste Jugendgruppe ist leider schon seit fast einem Jahr für Donnerstag angemeldet, und dann werden alle Betten belegt sein."

Strahlend lächelte er sie an. „Mein Name ist übrigens Avraham, aber die meisten nennen mich einfach nur Avi. Schalom! Herzlich willkommen in Israel!"

Linda ging zur Haustür hinaus und trat in den sonnendurchfluteten Innenhof. Mücken tanzten in den Sonnenstrahlen, hoch über ihr kreiste ein Mauersegler. Sie breitete die Arme aus und atmete tief ein. Die warme Frühlingsluft war von dem Duft orientalischer

Kräuter erfüllt, vermischt mit dem Aroma von Weihrauch und frisch gebackenem Brot. Das Gesicht der Sonne zugewandt, schloss sie die Augen, spürte die wohltuende Wärme auf ihrer Haut und war einfach nur glücklich. Sie fühlte sich angekommen und zu Hause. Erst als ihr Magen knurrte, bemerkte sie, wie hungrig sie war. Von Joseph wusste sie, dass es in Avis Herberge kein Frühstück gab, und gepackt von Abenteuerlust lief sie beschwingt über den Hof und schlüpfte durch die Tür in der Mauer, um sich auf die Suche nach einem leckeren Frühstück zu machen. Ohne den Rucksack auf ihrem Rücken fühlte sie sich leicht und befreit. Sie lief einfach los, ließ die Altstadt hinter sich und betrat schließlich ein Café in der King-George-Straße. Als sie die Tür öffnete, schlug ihr süßlich duftende Wärme entgegen. Die Verkäuferin leerte gerade ein großes Backblech frischer Backwaren in ein Regal. Rugelach! Linda lief das Wasser im Mund zusammen. Sie kannte diese kleinen, zuckersüßen Teilchen, die vom Aussehen her an Croissants erinnerten, von ihren jüdischen Freunden aus Deutschland, in deren Familien sie oft gebacken wurden. Sie bestellte zehn Rugelach, die die Verkäuferin ihr in einer Pappschachtel überreichte, setzte sich an einen kleinen Tisch und biss genüsslich in eines der noch warmen Teilchen. Hmm! Wieder durchströmte sie dieses wundervolle Glücksgefühl. Herrlich, endlich konnte sie einfach überall koscher essen, was ihr schmeckte!

Nachdem sie das fünfte Rugelach gegessen hatte und sich gerade die Krümel mit einer Papierserviette vom Mund abwischte, rief Miriam an. Linda berichtete von ihrem nächtlichen Abenteuer, und nachdem Miriam ihren anfänglichen Schreck überwunden und sich mehrere Male vergewissert hatte, dass auch wirklich alles in Ordnung war, lachte sie sich halb kaputt. „Mensch, Linda, was dir aber auch alles passiert." Linda stimmte in ihr Lachen ein, woraufhin sich einige der im Café sitzenden Gäste verwundert zu ihr umdrehten. Ihre Heiterkeit war jedoch so ansteckend, dass auch sie unwillkürlich lächelten. Nachdem Miriam sich noch die genaue Adresse von Avrahams Herberge aufgeschrieben und versprochen hatte, gegen Mittag da zu sein, aß Linda genüsslich in aller Ruhe ihre fünf verbliebenen Rugelach.

Kurz nach Mittag machten die Freundinnen sich gemeinsam zu Fuß auf den Weg zur Innenstadt, um von dort die HaRakevet Hakala, die Jerusalemer Stadtbahn, zu nehmen. Unterwegs holte Linda an einem Bankautomaten Geld, dann löste sie an der Haltestelle ein Ticket. Miriam gab ihr den Tipp, sich am zentralen Busbahnhof die Rav-Kav zu besorgen, eine günstige Chipkarte zur Benutzung der öffentlichen Verkehrsmittel, die man ganz einfach je nach Bedarf mit Guthaben aufladen konnte. Augenzwinkernd fügte sie hinzu: „Die gilt aber leider nicht für die arabischen Busse, sorry." Linda setzte eine enttäuschte Miene auf. „Oh, jetzt bin ich aber traurig." Die beiden Freundinnen brachen in Gelächter aus. Als ob sie jemals mit einem arabischen Bus fahren würden! Mit den israelischen Verkehrsmitteln hingegen würde Linda ganz sicher öfters fahren, deshalb nahm sie sich vor, bald die Rav-Kav zu besorgen.

Gleich nach Betreten der Straßenbahn hielt Miriam ihre Chipkarte an ein Lesegerät im Türbereich, woraufhin ein grünes Licht aufleuchtete. Linda tat es Miriam mit ihrer Papierfahrkarte nach und erhielt ebenfalls grünes Licht. Der Wagen war ziemlich voll, doch sie hatten Glück und ergatterten zwei freie Plätze nebeneinander. Miriam steckte ihre Rav-Kav in den Geldbeutel und fragte: „Weiß in der Schule eigentlich jemand, dass du heute kommst?"

„Ja, das habe ich schon vor ein paar Monaten mit dem Schulleiter ausgemacht. Er meinte, ich könnte heute Nachmittag gleich mit dem Unterricht anfangen."

„In welcher Sprache wird denn da unterrichtet?"

„An der Schule gibt es zwei Programme, das eine ist ganztags auf Hebräisch für jüdische Frauen, und das andere nachmittags auf Englisch für Frauen wie mich, die zum Judentum konvertieren möchten."

„Und du bist sicher, dass wir zur richtigen Midrascha fahren? In Jerusalem gibt es nämlich einige dieser Schulen für jüdische Studien."

„Ja, da bin ich ganz sicher. Die Adresse, die ich dir per WhatsApp geschickt habe, war direkt aus der Mail des Rabbiners kopiert." Die Freundinnen sahen sich an und lachten.

Kurze Zeit später zeigte Miriam auf ein mehrstöckiges Gebäude direkt an der Straße. „Das ist die Midrascha!" Linda erhaschte im Vorbeifahren gerade noch einen Blick darauf, und ihr Herz schlug vor Aufregung höher. Das also war ihre neue Schule!

Von der nächsten Haltestelle aus waren es nur ein paar Minuten zu Fuß. Vor dem Eingang konnte Miriam ihr gerade noch einen guten Start wünschen, dann war Linda auch schon durch die Tür geschlüpft.

Im Flur kam ihr eine junge Frau entgegen, die sie freundlich anlächelte. Ihr langes, braunes Haar war zu einem dicken Zopf geflochten, sie trug eine hellblaue Bluse und einen knielangen, schwarzen Rock. Linda fragte sie auf Englisch nach dem Weg zum Sekretariat. Die Frau antwortete: „Du bist neu hier, nicht wahr? Komm mit, ich zeige dir, wo es ist." Sie streckte ihr die Hand hin. „Ich bin übrigens Esther und komme aus Deutschland." Linda schätzte Esther auf Mitte dreißig, sie war ihr sofort sympathisch.

„Dann können wir ja auch Deutsch miteinander reden." Sie schüttelte Esthers Hand. „Ich heiße Linda und bin gestern von Deutschland hierhergezogen."

Die Sekretärin gab Linda einige Papiere zum Ausfüllen, alle Informationen zum Ablauf des Unterrichts würde sie direkt in der Klasse erhalten. In dem Moment, als Linda den Stundenplan für das englischsprachige Programm entgegennahm, kam ein Mann mit Kippa in schwarzem Jackett, weißem Hemd und schwarzer Hose zur Tür herein. Sein wallender, leicht ergrauter Vollbart war sehr gepflegt und irgendwie Respekt einflößend, doch hinter der

Brille sahen seine lebhaften, braunen Augen sie freundlich an. Die Sekretärin stellte vor: „Das ist unser Schulleiter, Rabbi Abraham Rosenfeld. Und das ist Linda, unsere neue Schülerin aus Deutschland." Der Rabbiner begrüßte Linda herzlich, stellte ihr ein paar Fragen und sagte dann mit Blick auf die Uhr: „Der Unterricht für die internationale Klasse beginnt in wenigen Minuten. Der Klassensaal befindet sich im zweiten Stock, dritte Tür links." Er lächelte wohlwollend. „Herzlich willkommen auf unserer Midrascha. Schalom!"

In dem hellen Klassenzimmer saßen bereits etwa 15 Frauen, die meisten älter als Linda. Esther winkte ihr zu und zeigte auf den freien Stuhl neben ihr. Linda hatte sich kaum hingesetzt, als auch schon der Lehrer kam. Er begrüßte sie freundlich mit Namen und bat die anderen, sich kurz vorzustellen. Linda staunte, aus wie vielen Ländern ihre neuen Klassenkameradinnen kamen. Neben Deutschland waren Schweden, Brasilien, Russland, China und die USA vertreten, darunter auch zwei Mütter mit ihren Töchtern. Die beiden Töchter waren die einzigen jungen Frauen in Lindas Alter.

Linda erfuhr auch, dass das internationale Programm im Gegensatz zum hebräischen nur an drei Tagen in der Woche Unterricht vorsah, weil die meisten der Studentinnen nebenher berufstätig waren.

Der Rest des Nachmittags verflog wie im Nu. In jeder Pause scharten sich Lindas neue Klassenkameradinnen um sie herum und hießen sie in ihrer Mitte willkommen. Die Herzlichkeit und Offenheit, die ihr dabei entgegenschlugen, gaben ihr erneut das geborgene Gefühl, zu Hause angekommen zu sein. Nun musste sie nur noch eine neue Bleibe finden, was sie eher beiläufig in einer der Pausen erwähnte.

Esther schlug vor, Rivka zu fragen. Rivka studierte im hebräischen Programm und wohnte im Wohnheim, das der Schule angegliedert war. Ihre Eltern lebten aber nicht weit weg und hätten schon öfters Studentinnen bei sich zu Hause aufgenommen. Noch bevor die Pause vorbei war, hatte Linda ein neues Dach über dem Kopf gefunden.

Um halb fünf war die Schule aus. Linda beschloss, nicht mit der Straßenbahn zu fahren, sondern den ganzen Weg zum Hostel zurückzulaufen. Die Bewegung nach dem langen Sitzen würde guttun, gleichzeitig wollte sie Jerusalem noch ein bisschen erkunden.

Sie ging einfach los, bis sie an eine lange, belebte Straße namens Derech Beit Lechem kam. Fasziniert von den vielen Läden, Cafés und Obstständen merkte sie nicht, dass sie immer weiter in die falsche Richtung lief. Bildete sie sich das nur ein oder begegneten ihr auf einmal zunehmend auffällig geschminkte Frauen, die ihre Haare vollständig mit einem Kopftuch bedeckt hatten? Linda wusste, dass diese Frauen muslimisch waren, da die jüdischen religiösen Frauen sich überhaupt nicht schminkten und ihre Haare oft statt mit einem Kopftuch mit einer Perücke bedeckten. Auch meinte sie, inzwischen mehr muslimische Männer als zuvor zu sehen, die Linda an ihrem perfekten Haar- und Bartschnitt erkannte.

Wo war sie, und wie kam sie zur Altstadt zurück? Suchend sah sie sich um und erblickte in einiger Entfernung ein weißes Schild mit blauem Rand und blauer Aufschrift: Stadtteil Baka. Sie holte ihr Handy aus der Tasche und überlegte, sich mithilfe des Navis zu orientieren, entschied aber dann, besser gleich Miriam anzurufen. Ihre Freundin wusste sofort Bescheid. „Baka ist im Süden von Jerusalem." Miriam lachte hell auf. „Das ist etwa vier Kilometer von der Altstadt entfernt. Falls du noch etwas laufen willst, gehst du einfach die Straße zurück, auf der du gekommen bist. Immer geradeaus, eigentlich kannst du nichts falsch machen, aber bei dir weiß man ja nie. Denk aber daran, dass die Sonne bald untergeht, was hier ratzfatz geht, wie du von gestern weißt."

Doch Linda hatte keine Eile, in ihre Unterkunft zurückzukehren. „Och, ich habe keine Angst vor der Dunkelheit, im Gegenteil, dann wird es hier doch bestimmt erst richtig interessant. Es ist noch so schön warm, und ich möchte mir unbedingt den Machane Yehuda Markt ansehen." Joseph hatte ihr öfters so begeistert von dem Markt erzählt, dass sie neugierig darauf geworden war. Miriam beschrieb ihr den Weg dorthin, dann verabschiedeten sich die beiden voneinander.

Gemächlich schlenderte Linda in die Richtung zurück, aus der sie gekommen war. Die untergehende Sonne tauchte den Himmel in sanfte Orangetöne und die Häuser in zartes Pastellrosa. Schade, dass die goldene Kuppel des Felsendoms auf dem Tempelberg von hier aus nicht zu sehen war. Sie stellte sich vor, wie die Kuppel in diesem Augenblick im Glanz der Sonne erstrahlte. Nach kurzer Zeit war das beeindruckende Schauspiel vorbei und überall gingen die Lichter an. Die hübsch beleuchteten Seitenstraßen und Gassen zogen Linda unweigerlich in ihren Bann. In der lauen Abendluft vermischte sich Gelächter mit fröhlicher Musik. War das schön! Während in Deutschland um diese Zeit die Gehwege hochgeklappt wurden, kamen die Menschen hier auf die Straßen, um nach Feierabend ihr Leben zu genießen. Je näher Linda dem Machane Yehuda Markt kam, umso belebter wurden die Gassen. Schon von Weitem schlug ihr der Duft von Gewürzen und Kräutern entgegen.

Schließlich erreichte sie den in warmes Licht getauchten Markt. In den Sträßchen voller Menschen reihte sich ein Verkaufsstand an den anderen: Gemüse, Obst, Gewürze und Nüsse, so weit das Auge reichte. Lindas Herz schlug vor Freude höher, als sie Baklava und Knafeh entdeckte, zwei Backwaren, die sie besonders gern aß. Auch boten viele Händler Speisen wie Halva, Schawarma und Schischlik an. Und alles war koscher!

Angesichts dieser Fülle an leckerem Essen knurrte ihr der Magen. Als ob der Händler, vor dessen Stand sie sich gerade befand, es gehört hätte, reichte er ihr lachend ein Stück Halva zum

Probieren. Wie Linda schnell feststellte, wurden auch an anderen Ständen großzügig Kostproben ausgeteilt, und es dauerte nicht lange, bis sie ihren Hunger gestillt hatte, ohne auch nur einen Schekel ausgegeben zu haben.

Begeistert schlenderte sie von einem Verkaufsstand zum nächsten und genoss die einzigartige Atmosphäre des farbenfrohen Marktes mit seinen vielfältigen Aromen. Einheimische wie Touristen gleichermaßen kauften ein oder sahen sich einfach nur um, wie sie auch. Hier und da traf man sich auf ein Schwätzchen. Ein besonders freundlicher Verkäufer streckte ihr mit einem fröhlichen „Schalom" eine große Dattel über den Verkaufstisch, bevor sie sich endgültig auf den Weg zu ihrer Unterkunft machte.

Ohne weitere Zwischenfälle fand Linda zurück. Etwas erschöpft, aber satt und rundum glücklich setzte sie sich auf ihr Bett und schrieb eine WhatsApp-Nachricht an ihre Mutter.

> Hallo Ima (ist es okay für dich, wenn ich von nun an das hebräische Wort für Mama nehme? ☺), mein erster Tag in Jerusalem war voll schön. Die Leute in der Midrascha sind total nett. Mir geht's hier richtig gut! Eine neue Bleibe habe ich auch schon gefunden. Du brauchst dir also gar keine Sorgen um mich zu machen!
>
> Eine Klassenkameradin kam auf die Idee, mich Yafa zu nennen, weil der Name auf Hebräisch dasselbe bedeutet wie Linda, nämlich „schön". Cool, oder? Die anderen nennen mich aber weiterhin alle Linda. Liebe Grüße auch an Papa und Johanna!

Nachdem sie noch ein Smiley-Gesicht und ein rotes Herzchen hinzugefügt hatte, schickte Linda ihre Nachricht ab. Dann nahm sie ihr Gebetbuch zur Hand, schlug die erste Seite der „Gebete vor dem Schlafengehen" auf und sprach leise: „Gelobt seist du, Ewiger, unser Gott, König der Welt, der die Banden des Schlafes auf meine Augen und den Schlummer auf meine Lider senkt. Möge es Dein Wille sein, Ewiger, mein Gott und Gott meiner Väter, dass Du mich zum Frieden niederlegen und mich wieder zum Frieden aufstehen lässt, dass mich meine Gedanken, böse Träume oder Vorstellungen nicht ängstigen, dass mein Lager ohne Makel vor Dir sei. Erleuchte meine Augen, dass ich nicht in den Tod entschlafe, Du bist ja der, der dem Augapfel Licht verleiht. Gelobt seist Du, Ewiger, der die ganze Welt mit Seiner Herrlichkeit erhellt."

Schläfrig klappte sie das Buch zu, legte es auf den Nachttisch und sich selbst ins Bett. Bevor ihr die Augen zufielen, kam ihr das Wort Schalom noch einmal in den Sinn. Glücklich dachte sie: *Schalom – was für ein schöner Gruß, sowohl beim Kommen als auch beim Gehen. In Deutschland wünschen wir uns höchstens einen guten Tag, doch Schalom bedeutet so viel mehr. Frieden, Gesundheit, Sicherheit und Ruhe in einem. Das ist es doch, wonach wir uns alle sehnen.* Mit einem Lächeln auf den Lippen schlief sie ein.

Unruhig wälzte Martina sich im Bett umher. Andreas, der bereits geschlafen hatte, wachte auf und fragte: „Kannst du nicht schlafen?" Martina sah auf die im Mondlicht tanzenden Schatten an der Schlafzimmerwand und seufzte. „Nein. Linda hat mir heute geschrieben, dass ich mir keine Sorgen um sie zu machen brauche, aber ich mache mir trotzdem welche. Weiß sie denn überhaupt, auf was sie sich da einlässt?"

Andreas nahm ihre Hand. „Das weiß man doch meistens erst hinterher."

„Macht dir das denn keine Sorgen?"

„Nun, Gedanken mache ich mir schon. Schließlich haben wir ja versucht, Linda christlich zu erziehen und ihr unsere Werte zu vermitteln." Andreas lachte kurz auf. „Weißt du noch, wie sie als kleine Siebenjährige darauf bestanden hat, dem Politiker aus der Zeitung eine Bibel zu schicken, weil er ihrer Ansicht nach so böse aussah?" Er hielt kurz inne. „Ist schon etwas radikal, dass sie sich wegen unserem jungen Pfarrer dann so völlig vom christlichen Glauben abgewandt hat." Er machte eine Pause. „Aber das ist halt unsere Linda. Doch wir müssen jetzt mitten in der Nacht nicht wieder darüber grübeln. Es führt ja zu nichts." Martina seufzte tief. Andreas gab ihr einen Kuss. „Zurück zu deiner Frage: Sorgen mache ich mir nicht wirklich. Es geht Linda ja offensichtlich gut, und alles Weitere müssen wir abwarten. Sollte es nicht für sie hinhauen, wäre es auch nicht das Ende der Fahnenstange. Sie weiß, dass sie jederzeit wieder nach Hause kommen kann."

Martina nickte, Andreas hatte recht. Seine Gelassenheit tat ihr gut, und als sie kurze Zeit später seine regelmäßigen, tiefen Atemzüge hörte, schlief auch sie endlich ein.

Am Donnerstag hatte Linda schulfrei. Avraham fegte gerade den Hof, als sie mit Sack und Pack aus dem Haus trat. Mit Blick auf ihren überdimensionalen Rucksack erkundigte er sich: „Was hast du denn jetzt vor? Hast du eine neue Unterkunft gefunden?"

„Ja, ich kann für eine Weile bei den Eltern einer Mitschülerin wohnen. Sie haben ein Haus in einer Siedlung irgendwo auf einem der Hügel jenseits von Bethlehem. Der Vater arbeitet in Jerusalem und nimmt mich nachher mit. Wir treffen uns in der Jaffostraße am Hauptpostamt." Avraham fegte schwungvoll ein paar Olivenblätter zusammen, die er anschließend in einen Eimer beförderte, dann lehnte er sich auf den Besen und sagte: „War nett, dich kennenzulernen. Falls du mal wieder eine Unterkunft brauchst, melde dich einfach. Mit etwas Glück habe ich dann ein Zimmer frei."

Linda stand noch nicht lange am vereinbarten Treffpunkt, als ein großer, jung aussehender Mann mit rötlichen Haaren auf sie zukam. Er hatte die gleichen dunkelbraunen Augen wie Rivka, und als er lächelte, bildeten sich wie bei Rivka auch kleine Grübchen an den Wangen. „Bonjour Linda, ich bin Daniel, Rivkas Vater." Er deutete auf den Rucksack, den sie neben sich abgestellt hatte. „Als du mir am Telefon sagtest, dass du einen großen Rucksack bei dir hast, war ich mir nicht so sicher, ob ich dich gleich erkennen würde. Hier laufen ja viele junge Leute mit Rucksack herum. Aber den kann man wirklich nicht übersehen." Schmunzelnd wuchtete er ihn sich über seine linke Schulter. „Ich habe in einer Seitenstraße geparkt, die Jaffostraße darf man außer mit der Straßenbahn eigentlich nicht befahren." Hinter vorgehaltener Hand verriet er: „Manche machen es aber trotzdem."

Am Auto angelangt, hievte Daniel zuerst den Rucksack auf die Rückbank, dann öffnete er die Beifahrertür für Linda. Als er losfuhr, erzählte er: „Meine Frau und ich sind vor fünf Jahren mit Rivka aus Frankreich hierhergezogen. In Israel leben viele Franzosen, und seit dem Anschlag 2014 in Paris kommen immer mehr dazu. Man nennt uns jüdische Neueinwanderer Olim Chadaschim. Die ersten Monate haben wir bei Freunden in Jerusalem gewohnt, bis wir unser neues Haus in der Siedlung beziehen konnten."

Während Linda und Daniel angeregt miteinander plauderten, kamen sie nur langsam voran. Immer wieder mussten sie trotz grüner Ampeln anhalten, weil sich vor ihnen die Autos stauten. Linda sah einem Motorradfahrer dabei zu, wie er sich haarscharf an den Autos vorbeizwängte. Sie sagte: „Ist das ein Verkehr hier, da ist man ja zu Fuß schneller als mit dem Auto." David nickte: „Ja, das kann tatsächlich sein. Der Verkehr ist enorm, und außerhalb der Stadt wird es um diese Zeit meistens auch nicht besser."

Er sollte recht behalten. Aufgereiht wie Perlen an einer Schnur rollten unzählige Autos, Motorräder und Busse im Schritttempo auf der Straße gen Süden. Irgendwann drehte Linda sich um und blickte durch die Heckscheibe auf Jerusalem zurück, das allmählich in der Ferne verschwand. Hoffentlich wohnten Rivkas Eltern nicht allzu weit weg, sie musste ja zur Schule kommen. Als ob Daniel ihre Gedanken gelesen hätte, sagte er: „Unser Haus liegt in einer israelischen Siedlung im Westjordanland, südlich von Jerusalem. Normalerweise fährt man nicht länger als eine halbe Stunde, aber im Feierabendverkehr kann es locker auch mal doppelt so lange dauern." Bald schon mussten sie wieder anhalten. Sie hatten den Checkpoint erreicht. Ein junger israelischer Soldat mit Maschinengewehr blickte kurz prüfend ins Auto, und schon winkte er sie durch. Linda schätzte ihn auf 18 oder 19 Jahre, also in etwa so alt wie sie selbst.

Hinter dem Checkpoint löste sich der Verkehr allmählich auf und sie konnten schneller fahren. Die Straße führte nun direkt neben einer hohen Betonmauer entlang. Daniel sagte: „Hinter dieser Mauer liegt Bethlehem." Linda beschlich ein eigenartiges Gefühl. Bethlehem! Schon immer wollte sie die Stadt einmal sehen, und nun war sie lediglich einen Steinwurf davon entfernt, ohne auch nur einen Blick darauf werfen zu können. Während sie auf die Mauer sah, sagte sie: „Da möchte ich unbedingt mal hin!"

„Meine Frau und ich sind kurz nach unserer Einwanderung mit Rivka in einem Touristenbus nach Bethlehem gefahren. Damals konnten wir das machen, weil wir die israelische Staatsbürgerschaft noch nicht hatten." Überrascht blickte Linda zu Daniel. „Ach, geht das denn nicht, wenn man die israelische Staatsbürgerschaft hat?"

Daniel schüttelte den Kopf. „Nein, Bethlehem befindet sich in Zone A. Das bedeutet, dass das Betreten gemäß israelischer Militärverordnung für israelische Zivilisten verboten ist."

Linda wusste, dass das Westjordanland in drei Zonen aufgeteilt war, doch so ganz klar war ihr bisher nicht gewesen, was dies bedeutete. Daniel erklärte es ihr. Zone A wurde ausschließlich von der palästinensischen Autonomiebehörde kontrolliert und umfasste die größeren arabischen Städte. Israelische Siedlungen gab es dort keine.

Zone B umfasste sowohl die kleinen arabischen Städte und Dörfer als auch viele israelische Siedlungen und stand unter geteilter Verwaltung, wobei die Autonomiebehörde die zivilen Angelegenheiten kontrollierte und die israelische Armee für die Sicherheit zuständig war. Zone C stand komplett unter militärischer und ziviler israelischer Kontrolle.

Dann lachte Daniel auf einmal: „In unserem Reisebus damals war eine Gruppe christlicher Touristen aus Deutschland, die waren total enttäuscht von Bethlehem. Ich glaube, die haben sich vorgestellt, in ein kleines, beschauliches Dorf zu kommen, und vielleicht haben sie sogar gedacht, sie würden den Stall noch finden, in dem angeblich Jesus geboren wurde." Linda stimmte in sein Lachen ein, und die darauffolgende Stille fühlte sich angenehm und entspannt an.

Nachdem sie die Mauer hinter sich gelassen hatten, zeigte Daniel auf einen der vor ihnen liegenden Hügel. „Dort oben liegt unsere Siedlung." Die Straße schlängelte sich zwischen Steinterrassen bergauf, die mit Olivenbäumen bepflanzt waren. Oben angekommen, eröffnete sich ein herrlicher Rundblick auf die umliegende Landschaft. So weit das Auge reichte, überzogen Ginsterbüsche in voller Blüte die Hänge mit leuchtendem Gelb. Zypressen und Akazien säumten die Siedlung, die nun direkt vor ihnen lag. Hellgelbe und cremefarbene Häuser mit orangeroten Ziegeldächern standen dicht aneinandergereiht, dazwischen waren gelegentlich Zedern, Pinien oder Orangenbäume angepflanzt. Linda fiel auf, dass sich etliche Häuser noch im Bau befanden, und erfuhr von Daniel, dass die Siedlung seit ihrer Gründung im Jahr 1977 beständig gewachsen war.

Kurz darauf hielten sie vor einem gepflegt aussehenden, zweistöckigen Haus an, und Daniel schaltete den Motor aus. „Bienvenue bei uns zu Hause!" Während er den Rucksack aus dem Auto holte, sog Linda genüsslich die Luft ein. „Hier duftet es ja richtig erfrischend und noch dazu herrlich würzig! Dieses Aroma kenne ich so gar nicht."

„Wunderbar, nicht wahr? Das ist der einmalige Duft von wildem Oregano, vermischt mit Orangenblüten. Übrigens, hast du gewusst, dass wir in ganz Israel jedes Jahr neue Obstbäume anpflanzen? Seit der Staatsgründung im Jahr 1948 wurden schon mehr als 200 Millionen Bäume gepflanzt."

„Wow, das ist ja eine unglaubliche Menge."

„Ja, und auch die Vielfalt ist groß. Zitrusfrüchte, Oliven, Feigen, Johannisbrot und Bananen, aber auch Eichen, Eukalyptus, Pinien, Zedern, Akazien, um nur einige zu nennen." Fröhlich pfeifend öffnete er die Haustür. Linda lächelte, sie erkannte die Melodie sofort: Hava nagila – Lasst uns glücklich sein. Daniel machte eine einladende Geste. „Geh nur rein. Meine Frau Sarah wird uns schon erwarten. Sie freut sich auf dich."

Linda ging durch die offene Tür und befand sich in einem mit zartgelbem, glänzendem Marmor gefliesten Flur. Gleich rechts neben dem Eingang führte eine Treppe nach oben, am Ende des Flurs lag das Wohnzimmer. Alles wirkte sehr sauber und elegant. Daniel stellte den Rucksack neben der Garderobe ab und rief: „Heiyusch, Neschama! – Hallöchen, Schatz!"

Sarah, die gerade das Abendessen zubereitete, kam freudig aus der Küche geeilt, gab ihrem Mann einen schmatzenden Kuss und umarmte Linda herzlich. Dabei verströmte sie einen köstlichen Geruch nach gebratenem Fleisch, der Linda das Wasser im Mund zusammenlaufen ließ. Nachdem Sarah kurz mit ihr geplaudert hatte, entschuldigte sie sich und verschwand wieder in der Küche. Daniel nahm den Rucksack und führte Linda in ein gemütlich eingerichtetes Gästezimmer im Erdgeschoss, das von nun an ihr Reich sein würde.

Auf dem Fußboden lag ein geknüpfter Teppich in warmen Erdtönen, eine hübsche Bordüre zierte die zartgrün gestrichenen Wände. Gegenüber dem frisch bezogenen Bett stand ein Schreibtisch. Darüber hing ein gerahmtes Bild mit einer riesigen Wiese leuchtend roter Anemonen. Eine hölzerne Lamellentür daneben führte in einen begehbaren Kleiderschrank. Das Fenster bot einen atemberaubenden Blick auf sanft abfallende Weinberge und Hügel bis ins weite Tal hinunter. Wie gemalt erstrahlten zwischendurch die gelben Farbtupfer der Ginsterblüten. Ein traumhaftes Motiv, um es mit einem Pinsel auf Leinwand festzuhalten!

Linda bedauerte, dass sie nicht malen konnte.

Beim Abendessen erkundigte sich Linda nach den Busverbindungen von der Siedlung nach Jerusalem. Sarah erklärte: „Der Bus fährt zweimal täglich nach Jerusalem und zurück. Schneller und öfter kommt man aber per Anhalter in die Stadt."

„Per Anhalter? Das ist ja interessant. Haben die Leute da keine Bedenken?"

„Nun ja, ganz ungefährlich ist es natürlich nicht. Leider gibt es auch bei uns traurige Ausnahmen, doch in den allermeisten Fällen können wir uns vertrauen, selbst wenn wir uns nicht kennen. Wir kommen zwar aus vielen verschiedenen Ländern, helfen uns aber gegenseitig. Schließlich waren wir fast alle einmal fremd in Israel."

Daniel nahm einen Schluck Wein, dann ergänzte er: „Das Trampen ist bei uns sehr verbreitet. Du musst nur aufpassen, dass du nicht zu Arabern ins Auto steigst. Das kannst du aber ganz leicht am Nummernschild erkennen. Israelische Kennzeichen sind gelb mit schwarzer Schrift und israelischer Flagge, die der Palästinenser sind weiß mit grüner Schrift. Und alle Palästinenser sind Araber. Man erkennt also schon von Weitem, wer kommt.

In den Siedlungen leben nur jüdische Israelis. Die einzigen Araber hier sind Arbeiter, die tagsüber auf Baustellen beschäftigt sind, und die fahren fast ausschließlich weiße Pick-up-Trucks."

Sarah lächelte. „Normalerweise bleiben sie unter sich, so wie wir unter uns bleiben."

Am nächsten Tag wollte Linda das Trampen gleich ausprobieren. Daniel begleitete sie an die Straße, um ihr zu zeigen, wie es funktionierte. Ein Auto mit israelischem Kennzeichen kam angefahren. Als der Fahrer die beiden am Straßenrand stehen sah, verlangsamte er das Tempo und deutete mit der Hand nach links. Daniel machte eine abwehrende Handbewegung, woraufhin der Autofahrer, ohne anzuhalten, weiterfuhr. Daniel erklärte: „Die Autofahrer zeigen mit der Hand an, wohin sie fahren. Nach links bedeutet, sie bleiben im Siedlungsgebiet. Fahren sie woandershin, zum Beispiel nach Jerusalem, geben sie ein Handzeichen nach rechts. Will man mitfahren, streckt man seine Hand und zwei Finger aus."

Gespannt wartete Linda auf das nächste Auto. Wieder hatte es ein israelisches Kennzeichen, und tatsächlich gab auch dieser Autofahrer wieder ein Handzeichen und zeigte nach rechts. Linda ließ ihren Arm vorschnellen, Zeige- und Mittelfinger nach vorne gestreckt, und der Fahrer hielt an. Sie lachte, es funktionierte! Amüsiert über Lindas Begeisterung öffnete Daniel die Tür und fragte den jungen Mann am Steuer, ob er nach Jerusalem fahre. Er bejahte und erklärte, er führe in den Stadtteil Gilo. Linda stieg ein, und ehe Daniel die Tür zumachte, sagte er: „Scheyiyeh lach yom tov! – Ich wünsche dir einen guten Tag!"

Linda erfuhr von dem freundlichen Autofahrer, dass er Schimon hieß, und stellte sich ebenfalls vor. Sie waren kaum losgefahren, als ihr auffiel, dass Schimon eine Pistole in seiner Gürteltasche trug. Neugierig fragte sie: „Haben Sie immer eine Pistole bei sich?" Er schien ihre Frage nicht ganz zu verstehen. „Wie bitte? Ja, natürlich trage ich die Pistole immer bei mir. Ist doch ganz normal, alle haben hier eine Waffe." Nachdenklich schwieg Linda. In Deutschland war es unvorstellbar, ja sogar illegal, auf Schritt und Tritt eine Pistole mit sich zu führen, aber hier trug man die Waffe offensichtlich genauso selbstverständlich bei sich wie das Handy.

Die Straße nach Jerusalem war an diesem Vormittag längst nicht so stark befahren wie am Abend zuvor. Nach knapp einer halben Stunde hielt Schimon im südlichen Stadtteil Gilo an und ließ Linda aussteigen. Sie empfand das Trampen als gute Alternative zum Busfahren und war schon gespannt darauf, wen sie dadurch noch so alles kennenlernen würde. Von Gilo aus fuhr sie mit dem Bus weiter bis zur Haltestelle in der Nähe der Midrascha.

Die Schülerinnen des hebräischen Programms hatten gerade Pause, und da Linda noch etwas Zeit hatte, bevor ihr Unterricht begann, machte sie einen Abstecher zu Rivkas Klassenzimmer. Sie fand Rivka auf ihrem Platz sitzend, mit einer Tasse Tee in der Hand und einer Dose Zimtkeksen vor sich. Rivka hielt ihr die Dose hin, Linda nahm sich einen Keks, sprach einen Segen und biss ab. „Mhmm, lecker, danke. Deine Eltern sind ja total nett, sie haben mich wie ihre eigene Tochter bei sich aufgenommen. Und was für eine tolle Aussicht man von eurem Haus hat."

„Freut mich, dass es dir gefällt. Die Lage ist wirklich toll, und ich vermisse meine Eltern, aber für mich war das Internat ein erster Schritt in die Selbständigkeit. Heute Nachmittag nach dem Unterricht können wir übrigens zusammen heimfahren. Hast du Lust, mit uns Schabbat zu feiern?" „Na klar!", freute sich Linda. „Cool, mein erster Schabbat in Israel!"

Linda hatte mit ihren Freunden in Deutschland schon oft Schabbat gefeiert und kannte die Freitagabend-Zeremonie zur Begrüßung des Feiertags gut. Sie wusste auch, dass Rivkas Mutter bis zum Abend das Haus von oben bis unten geputzt und viel Zeit mit Kochen verbracht haben würde. Alles würde tipptopp vorbereitet sein, wenn die Schabbat-Kerzen spätestens achtzehn Minuten vor Sonnenuntergang angezündet wurden.

Der köstliche Duft von frisch gebackenem Brot und würzigen Kräutern empfing die beiden, als sie zur Tür hereinkamen. Linda und Rivka hatten gerade noch genug Zeit, sich zu waschen und umzuziehen, bevor sie sich mit Sarah und Daniel, nun ebenfalls fein angezogen, am festlich gedeckten Esstisch versammelten. Die Tischdecke aus cremefarbenem Damast unterstrich die schlichte Eleganz der weißen Porzellanteller und des Silberbestecks sowie der Weingläser aus Kristall an jedem Essplatz. Ein bunter Blumenstrauß in einer Glasvase zierte die Tischmitte. Am unteren Kopfende des Tisches waren vier Kerzen in silbernen Kerzenständern aufgereiht. Über einem Servierbrett aus Holz war ein weißes Tuch aus Satin ausgebreitet – hübsch bestickt mit einem silbernen Weinkelch, dunkelblauen Trauben, zarten Blüten sowie den Worten Lichwod Schabbat we Jom Tov – Zu Ehren des Schabbat und des Feiertags. Linda wusste, dass unter dem Tuch Challah war, geflochtener Hefezopf. Am oberen Ende des Tisches standen der Kiddusch-Becher und eine Flasche edlen, süßen Weins. Die Zeremonie zum Einläuten des Schabbat konnte beginnen. Sarah zündete zwei Kerzen an, eine für ihren Mann und eine für sich selbst. Rivka und Linda zündeten jeweils eine Kerze an, dann kreisten sie dreimal mit ihren Händen über den Flammen und sprachen die dazugehörige Bracha, einen Segensspruch. Anschließend bedeckten sie mit den Händen ihre Augen und beteten: „Gelobt seist Du, Ewiger, unser Gott, König der Welt, der uns durch Seine Gebote geheiligt und uns befohlen hat, das Schabbat-Licht anzuzünden."

Nachdem sie sich gegenseitig Schabbat Schalom gewünscht hatten, war die Eröffnungszeremonie beendet. Gegessen wurde jedoch noch nicht. Zunächst machten sie sich zu Fuß auf den Weg in die Synagoge.

Als sie gegen 19 Uhr nach Hause zurückkamen, hatten sich die Warmhalteplatten in Sarahs Küche dank eingebauter Zeitschaltuhren bereits automatisch angeschaltet, und das Essen in den Töpfen war warm. Linda wusste, dass auch das elektrische Licht im Haus programmiert war und später am Abend ausgehen würde, ohne dass jemand einen Schalter betätigen musste. Schon seit Jahren hielt auch sie sich an das Gebot, an Schabbat elektrische Geräte und Lichtschalter nicht zu betätigen. Sie schmunzelte. Manchmal hatte sie in Deutschland mit ihren Freundinnen länger als gedacht zusammengesessen, und das Licht war plötzlich ausgegangen, was jedes Mal für allgemeine Heiterkeit gesorgt hatte.

Nachdem sich wieder alle um den Esstisch herum versammelt hatten, füllte Daniel den Becher randvoll mit Wein, nahm ihn in seine rechte Hand und sprach den Kiddusch, einen Segenstext. Danach gingen sie in die Küche und vollzogen das Ritual der Händereinigung. Wieder am Tisch zurück sprach Daniel den Hamozie-Segen über das Challah-Brot und schnitt es in Scheiben, die er zuerst in Salz tauchte, bevor er sie an alle verteilte. Augenzwinkernd fragte er Linda: „Weißt du, warum das Challah mit einem Tuch bedeckt wird?"

„Damit es sauber bleibt?"

„Nein, damit es nicht neidisch wird." Daniel grinste.

Linda schaute so verdutzt drein, dass die ganze Familie in schallendes Gelächter ausbrach. Dann erklärte Rivka: „Wenn wir unter der Woche Brot essen und Wein trinken, gilt der Segensspruch immer zuerst dem Brot, danach allen anderen Speisen. Am Schabbat jedoch ist es genau andersherum, da segnet man zuerst den Wein. Daher kommt der Witz, dass das Brot zugedeckt wird, damit es nicht mitansehen muss, wie der Wein vor ihm gesegnet wird." Linda lachte nun ebenfalls; den Witz würde sie sich merken.

Gut gelaunt machten sich die Frauen daran, das Essen aufzutischen. Sarah hatte ein wahres Festmahl mit mehreren Gängen vorbereitet. Zuerst gab es Suppe, danach Fisch. Da Fisch und Fleisch nicht auf demselben Teller serviert werden durften, standen für das nachfolgende Fleischgericht saubere Teller bereit. Auch das benutzte Besteck wurde durch sauberes ausgetauscht. Viele bunte Salate, die Sarah am Morgen in kleinen Plastikschüsseln gekauft hatte, eröffneten die Hauptmahlzeit: Auberginen-, Karotten-, Eier-, Avocado-, Gurken-, Tomaten- und Kartoffelsalat.

Während Linda sich von jedem Schüsselchen etwas Salat auf ihren Teller löffelte, trugen Sarah und Rivka immer mehr Essen auf: zarte Rinderbrust, in Scheiben geschnitten, Kartoffeln, Hummus, Tzimmes – Karotten mit Honig, Zimt und Rosinen abgeschmeckt – und Kugel, einen Nudelauflauf. Zwischen den einzelnen Gängen wurden Lieder gesungen, und während sie aßen, stellte Sarah Quizfragen, deren Antworten jedes Mal für großes Gelächter sorgten. Zum Nachtisch gab es selbst gebackene Schokoladentorte und Eis, natürlich vegan, da Milchprodukte frühestens sechs Stunden nach dem Verzehr von Fleischgerichten gegessen werden durften. Und so lange wollte schließlich niemand mit dem Dessert warten.

Als Daniel, Sarah, Rivka und Linda drei Stunden später mit dem Essen fertig waren, sangen sie einen Psalm und sprachen ein langes Tischgebet, dann war die Schabbat-Mahlzeit beendet. Beim Einräumen des Geschirrs in die Spülmaschine fiel Lindas Blick auf die Warmhalteplatten. Alle hatten sich automatisch ausgeschaltet.

Nachdem sie im Wohnzimmer noch einige Schabbat-Lieder gesungen hatten, gingen sie nach draußen, wo sie die Nachbarn trafen, die im Schein der Laternen fröhlich miteinander plauderten. Sie begrüßten Linda freundlich und hießen sie in ihrer Siedlung willkommen. Während alle zusammen einen Spaziergang machten, blickte Linda in den klaren Nachthimmel, an dem unzählige Sterne leuchteten. Die milde Abendluft war von Blütenduft erfüllt, Grillen zirpten, Menschen um sie herum lachten. Linda durchströmte ein unsägliches Glücksgefühl, und als sie schließlich gegen ein Uhr morgens im Bett lag, war sie von tiefem Frieden erfüllt.

Der Samstag wurde mit viel Ruhe, Gebet in der Synagoge und reichlich gutem Essen verbracht. Als es am Abend dunkel wurde und drei Sterne am Himmel zu sehen waren, war es Zeit für die Hawdala, die Zeremonie zur Unterscheidung zwischen dem zu

Ende gehenden Schabbat und dem wieder beginnenden Alltag. Daniel zündete eine aus mehreren Wachssträngen geflochtene Kerze an und füllte den Kiddusch-Becher absichtlich so voll mit Wein, dass er überfloss und auf den darunter stehenden Teller tropfte. Er sprach den Weinsegen, nahm dann die mit Gewürzen gefüllte Besamim-Dose, sprach den Gewürzsegen und atmete anschließend den Duft der Gewürze ein. Nachdem er auch den Lichtsegen gesprochen hatte, löschte Daniel die Hawdala-Kerze, indem er sie in den Teller mit dem übergeflossenen Wein tauchte. Zum Abschluss wünschten sie sich gegenseitig „Schawua tov! – Eine gute Woche!" und sangen ein Lied. Der Schabbat war zu Ende.

Rivka lächelte Linda an. „Na, wie hat dir dein erster Schabbat in Israel gefallen?"

Lindas Augen strahlten. „Super! Das war so schön, dass ich es kaum in Worte fassen kann. Ich fühle mich richtig gestärkt für die neue Woche!"

Mit Begeisterung saugte Linda wie ein Schwamm in jeder Unterrichtsstunde den neuen Lernstoff auf. Nach zwei Monaten war sie ihren Klassenkameradinnen bereits voraus und langweilte sich im Ausländerkurs. Mittlerweile sprach sie fließend Hebräisch, und sogar das Schreiben der Sprache bereitete ihr nun keine Schwierigkeiten mehr. Nach Rücksprache mit dem Schulleiter durfte sie deshalb Anfang Juli in das hebräisch-sprachige Programm wechseln, wo fast ausschließlich israelische Mädchen in ihrem Alter studierten. Nun war Linda zusammen mit Rivka in der Vollzeit-Midrascha und hatte jeden Tag Unterricht, manchmal bis 22.30 Uhr. Von morgens bis abends hörte sie sich Vorlesungen an und studierte den Tanach, die hebräische Bibel. Die Tora, der erste Teil des Tanach, war in 52 Wochenabschnitte eingeteilt, jede Woche wurde der jeweilige Abschnitt gelesen und besprochen.

Des Weiteren standen auf ihrem Stundenplan außergewöhnliche Fächer wie: Israel und die anderen Völker, Arbeit an der Geduld, Sprüche der Väter, Menschen der jüdischen Bibel, Jüdische Traditionen, Die acht Kapitel des Maimonides, Wie man Gott besser dienen kann, Jüdischer Haushalt, Schabbat und andere Feiertage.

Die neue Klasse war mit beinahe 60 Schülerinnen viel größer, und auch hier nahmen die Mädchen Linda mit offenen Armen auf. Schnell hatte sie viele Freundinnen gefunden, die sie reihum einluden, Schabbat und andere Feste mit ihnen und ihren Familien zu feiern. Die Wochen und Monate verflogen wie im Nu. Mittlerweile war Linda längst in ihrer neuen Wahlheimat integriert und konnte sich kein anderes Leben mehr vorstellen. Angespornt von ihrer immer näher rückenden Konvertierung zum Judentum im kommenden Frühjahr, betrieb sie ihr Studium mit Feuereifer und war sich ganz sicher, dass ihrem langersehnten Ziel nun nichts mehr im Wege stehen würde. Danach plante sie, die israelische Staatsbürgerschaft anzunehmen und ihrer damit verbundenen Wehrpflicht in der israelischen Armee nachzukommen. Natürlich würde sie auch einen jüdischen Mann heiraten; den musste sie aber erst noch finden. Wenn sie dann irgendwann endlich ihren eigenen Haushalt führte, würde sie die großzügige Gastfreundschaft von Daniel und Sarah und ihren Freundinnen erwidern. In Gedanken weit voraus, malte sie sich bereits aus, was sie für ihre Gäste alles kochen und backen würde.

In ihrer Freizeit bummelte Linda am liebsten mit Freundinnen durch die Straßen von Jerusalem, ging zur Klagemauer oder setzte sich irgendwo auf eine Wiese, um zu lernen. Zum Leben brauchte sie nicht viel. Sie kam gut zurecht mit dem Taschengeld, das ihre Eltern ihr monatlich überwiesen, und gelegentlich verdiente sie sich noch ein paar Schekel dazu, indem sie einer alten Dame im Haushalt half. Sobald sie genug Geld gespart hatte, wollte sie sich ein koscheres Handy kaufen, ohne Internet und Kamera. Darauf konnte sie problemlos verzichten. Das Internet nutzte sie sowieso nur noch, um gelegentlich eine WhatsApp-Nachricht an ihre Eltern oder Freundinnen zu schicken.

> Hallo Ima, ups, ich sehe gerade, dass es schon fast zwei Monate her ist, seit ich dir das letzte Mal eine Nachricht geschickt habe. Jetzt ist schon Oktober, doch im Gegensatz zu Deutschland merkt man hier kaum was vom Herbst, nur dass es nicht mehr ganz so heiß ist und ab und zu regnet. Hab grad mal geschaut, wie das Wetter bei euch ist: Nieselregen, neblig trüb und kalt. Also trostlos wie jedes Jahr um diese Zeit! Bei mir ist es alles andere als trostlos. Zuerst das Neujahrsfest Rosch HaSchanah, eine Woche danach Jom Kippur[10] und gerade habe ich mit Rivka und ihren Eltern eine Woche lang Sukkot gefeiert, das Laubhüttenfest, von dem ich euch früher schon erzählt habe. Endlich ist mein Traum wahr geworden, in einer Laubhütte zu wohnen!

Hier hielt Martina beim Lesen inne und nickte. Seit Jahren hatte Linda jeden Herbst davon gesprochen, eine Laubhütte im Garten bauen und darin übernachten zu wollen, doch dann war es ihr immer zu kalt gewesen. Sie las weiter:

> Die Hütte haben wir alle zusammen im Garten gebaut. Für die Wände haben wir Holzplatten zusammengeschraubt, das Dach bestand aus Palmzweigen. Tagsüber die Sonnenstrahlen und

nachts die Sterne durchs Dach funkeln zu sehen,
das war total schön! Zur Dekoration haben wir
viele bunte Früchte in der Hütte aufgehängt:
Feigen, Granatäpfel, Sharon, Orangen, Zitronen und
Pomelos. Am letzten Tag sind wir zum Abschluss
nach Jerusalem gefahren und haben Simchat Tora[11]
gefeiert, das hätte dir bestimmt auch gefallen!
Die Straßen waren voller fröhlicher Leute, wir
haben getanzt und jede Menge Süßigkeiten an die
Kinder verteilt. Ich freue mich schon auf morgen,
da machen wir einen Schulausflug nach Hebron.
Wir übernachten dort in einer Turnhalle in einer
Siedlung in der Nähe.
Ganz liebe Grüße, auch an Papa und Johanna 🖤 🇮🇱
🚌 ☺

Kein Zweifel, Linda war sehr glücklich. Doch seltsam, noch während Martina auf die kleinen Bilder blickte, stieg auf einmal eine innere Unruhe in ihr auf, die sie nicht einordnen konnte. Es war ein unangenehmes Gefühl irgendwo zwischen Unbehagen und Angst. Noch einmal las sie Lindas Nachricht und schrieb dann zurück:

Liebe Linda, ich kann mir vorstellen, dass es in
eurer Laubhütte richtig gemütlich war und freue
mich, dass dein Wunsch, das einmal zu erleben,
endlich in Erfüllung gegangen ist. Das Fest klingt ja
richtig fröhlich! In Hebron sei aber bitte vorsichtig
und pass gut auf dich auf. Im Februar 1994 gab
es dort ein furchtbares Massaker. Das weiß ich
noch so genau, weil Papa und ich an jenem Freitag
standesamtlich geheiratet haben. In allen Medien
wurde damals darüber berichtet, und am nächsten
Tag, als die kirchliche Hochzeit war, waren

> schreckliche Bilder der Opfer auf den Titelseiten der Zeitungen. Das Attentat war in irgendeiner Höhle, wenn ich mich recht erinnere. Na ja, in einer Höhle wirst du ja wohl nicht herumkriechen ...
> Mach's gut, ich wünsche dir einen schönen Ausflug! Hoffentlich bis bald! 😊 🙏

Wenige Sekunden nachdem Martina die Nachricht abgeschickt hatte, wurden die beiden grauen Häkchen rechts unten an ihrer Nachricht blau, und gleich darauf sah sie, dass Linda auch schon zurückschrieb.

Während Martina auf die Antwort wartete, versuchte sie, sich an die Bilder zu erinnern, die nach dem Attentat in der Zeitung erschienen und über den Fernsehbildschirm geflimmert waren, doch es gelang ihr nicht. Schließlich hatte ihre Aufmerksamkeit damals vor allem ihrer Hochzeit gegolten.

Plötzlich sah sie sich noch einmal in ihrem weißen Brautkleid vor dem Traualtar in der alten, ehrwürdigen Klosterkirche ihres Heimatortes stehen. Versonnen lächelte sie bei dem Gedanken daran, wie die Hand von Andreas vor Aufregung zitterte, als er ihr den Ring über den Finger streifte, nachdem er ihr mit Tränen in den Augen sein Jawort gegeben hatte. Unwillkürlich drehte sie mit dem rechten Daumen an ihrem Ehering, der nun schon so viele Jahre ihren Ringfinger zierte. Nach der Trauung hatten sie ihr Wunschlied gesungen: „Ins Wasser fällt ein Stein, ganz heimlich, still und leise, und ist er noch so klein, er zieht doch weite Kreise. Wo Gottes große Liebe in einen Menschen fällt, da wirkt sie fort, in Tat und Wort, hinaus in unsre Welt." Leise summte Martina die Melodie vor sich hin und vergaß völlig, dass sie ja eigentlich auf Antwort von Linda wartete. Tief in Gedanken versunken sah sie sich als junge Braut mit ihrem frischgebackenen Ehemann vor den drei Kerzen auf dem Altar stehen; die zwei äußeren brannten bereits, die mittlere Kerze noch nicht. Sowohl sie als auch Andreas nahmen eine brennende Kerze und zündeten mit den beiden

Flammen gemeinsam die Kerze in der Mitte an – als Zeichen dafür, dass ihr gemeinsamer Weg nun begonnen hatte.

Mitten in ihre Erinnerungen hinein mischten sich plötzlich Flötentöne und holten sie abrupt in die Gegenwart zurück. Es dauerte einen winzigen Augenblick, bis sie realisierte, dass die Musik aus ihrem Handy kam, das sie noch in der Hand hielt. Es war das Flötensolo aus dem letzten Satz der Badinerie von Johann Sebastian Bach, eines ihrer Lieblingsstücke. Erst vor Kurzem hatte sie die Melodie als Klingelton beim Eingang einer neuen WhatsApp-Nachricht ausgewählt.

> Och, Ima, bloß weil in grauen Vorzeiten dort jemand ein Attentat verübt hat, heißt das noch lange nicht, dass es in Hebron gefährlich sein muss! Das war übrigens in der Machpela, auch bekannt als Grabhöhle der Patriarchen. Dort sind Abraham, Isaak und Jakob mit ihren Frauen Sarah, Rebekka und Lea begraben, aber die Höhle ist tief unten in der Erde und kann nicht besichtigt werden.
> Da werden wir also auf keinen Fall rumkriechen. Die Machpela an sich ist keine Höhle, wie du sie dir wahrscheinlich vorstellst, sondern ein großer Gebäudekomplex mit Grabmälern, die man besichtigen kann. Es gibt einen muslimischen und einen jüdischen Bereich, und nach dem Attentat wurden damals die beiden Bereiche voneinander abgetrennt. Da gehen wir auf jeden Fall hin, das ist doch das Highlight unseres Ausflugs! Ich kann es gar nicht abwarten, dort in der Synagoge Schabbat zu feiern!
> Jetzt muss ich aber noch packen, melde mich wieder, wenn ich vom Ausflug zurück bin. Wird schon nicht ausgerechnet dann was passieren, wenn ich da bin! 😊

Martina seufzte. Wahrscheinlich hatte Linda ja recht und sie machte sich wirklich unnötig Gedanken.

Am nächsten Tag, einem Freitag Anfang November, strahlte die Sonne mit Linda und ihren Klassenkameradinnen um die Wette. Gut gelaunt bestiegen sie am frühen Nachmittag den eigens für sie bestellten Reisebus, der sie in die 30 Kilometer südlich gelegene Stadt Hebron bringen würde. Die Wettervorhersage für das Wochenende konnte nicht besser sein: Sonnenschein bei angenehmen Temperaturen bis 24 Grad, Regen nicht in Aussicht. Der Ausflug war bestens organisiert. Der Bus würde sie zu der Turnhalle bringen, wo sie ihr Gepäck abstellen und später übernachten würden. Zum Abendessen waren sie in Gruppen auf mehrere Gastfamilien verteilt. Deren Adressen mit genauer Wegbeschreibung hatten sie bereits erhalten.

Linda saß am Fensterplatz neben Rivka und besah sich die hügelige Landschaft, durch die sie fuhren. Auf halber Strecke zwischen Jerusalem und Hebron führte die Straße an mehreren Orten vorbei, einige davon malerisch in Weinbaugebieten oder hinter Olivenbaumhainen gelegen. Rivka erzählte, dass dies Gusch Etzion war, eine Gruppe israelischer Siedlungen. Hier und da fielen Linda große rote Schilder auf, deren Aufschrift sie aus der Entfernung aber nicht lesen konnte. Gerade, als wieder eines der Schilder in Sicht kam, stockte der Verkehr, sodass der Bus nur noch im Schritttempo vorankam. Nun konnte Linda gut erkennen, was in großen weißen Lettern auf Hebräisch, Arabisch und Englisch auf dem Schild prangte: „Diese Straße führt in ein palästinensisches Dorf. Das Betreten ist für israelische Bürger gefährlich."

Linda wandte sich an Rivka. „Stimmt das oder dient das nur als Abschreckung?" Rivka, die sich in ein Buch vertieft hatte, hob den

Kopf – gerade lang genug, um kurz aus dem Fenster zu schauen. „Klar ist das gefährlich! Auf manchen Schildern steht sogar, dass das Betreten der palästinensischen Gebiete für Israelis *lebensgefährlich* ist und gegen das israelische Gesetz verstößt." Sie hatte offensichtlich keine Lust, weiter auf das Thema einzugehen, denn sie wandte sich umgehend wieder ihrem Buch zu. Lindas Neugierde jedoch war geweckt.

Als sie mit Rivkas Vater das erste Mal an der Mauer von Bethlehem entlanggefahren war, hatte auch er davon gesprochen; ein Warnschild hatte sie da aber nicht gesehen. Während der Bus im Schneckentempo an dem Schild vorbeirollte, las sie noch einmal die Warnung. Der Gedanke kam wie ein Blitz aus heiterem Himmel: Was würde wohl passieren, wenn sie in palästinensisches Autonomiegebiet fahren würde? Sie hatte zwar die israelische Staatsbürgerschaft noch nicht, würde jedoch sofort auffallen, so orthodox-jüdisch, wie sie gekleidet war. Abenteuerlust packte sie. Sie wollte die Antwort auf diese Frage unbedingt herausfinden. Sie wusste nur noch nicht, wie.

Nachdem sie ihre Sachen in der Turnhalle deponiert hatten, machten Linda und Rivka sich zu Fuß auf den Weg zur Machpela. Rivka kannte zwar die Gedenkstätte bereits von früheren Besuchen, ging aber Linda zuliebe mit, die es kaum erwarten konnte, sofort einen Blick darauf zu werfen, bevor sie dann morgen dort an der Schabbat-Feier teilnehmen würden. Sie waren noch nicht weit gekommen, da gerieten sie in einen Strom von Menschen, die alle dasselbe Ziel hatten. Um sich nicht zu verlieren, hakten Linda und Rivka sich unter und ließen sich einfach mittreiben, bis sie schließlich am Fuß einer breiten Steintreppe angelangt waren. Vor ihnen erhoben sich, einer gewaltigen Festung gleich, die Mauern der Machpela.

Linda blieb stehen und schaute nach oben. Riesige Sandsteinquader in waagerechten Reihen bildeten die mächtigen Wände des viereckigen, herodianischen Bauwerks, hoben sich in der oberen

Hälfte durch integrierte Pilaster ab und fanden ihren krönenden Abschluss in vielen akkuraten Zinnen. An den westlichen und östlichen Ecken ragte jeweils ein viereckiger Turm in den wolkenlosen, blauen Himmel. Bisher kannte Linda die einstige Kathedrale nur von Bildern und aus Erzählungen. Nun selbst an der Stätte zu sein, die sowohl Juden als auch Christen und Muslimen heilig war, erfüllte sie gleichzeitig mit Freude und Ehrfurcht.

Vorbei an lächelnden Soldaten mit Maschinengewehren gingen sie die Treppe hinauf. Auf dem Platz vor dem Gebäude waren ebenfalls überall Leute, und vor dem Eingang zur Synagoge hatte sich eine größere Ansammlung gebildet. Linda wollte sich dazustellen, doch Rivka hatte keine Lust zu warten und schlug deshalb vor, gleich früh am nächsten Morgen wiederzukommen. Vielleicht hätten sie ja dann mehr Glück und der Andrang wäre noch nicht so groß. Damit gab sich Linda zufrieden. Sie würde zuerst in aller Ruhe den jüdischen Bereich der Machpela anschauen und dann gemeinsam mit ihren Freundinnen an der Schabbat-Feier teilnehmen.

Gut gelaunt beschlossen die beiden Freundinnen, sich auf den Weg zu ihren Gasteltern zu machen. Sie hatten allmählich Hunger und freuten sich auf einen geselligen Abend. Außerdem stand die Sonne schon ziemlich tief, und sie wollten das Haus vor Einbruch der Dunkelheit erreichen. Sie wandten sich zum Gehen um und hatten fast die Treppe erreicht, als plötzlich ganz in ihrer Nähe ein ohrenbetäubender Knall die Luft zerriss. Gleich darauf folgte ein zweiter und dritter.

Linda und Rivka fuhren erschrocken zusammen, Menschen schrien angstvoll auf und ein Mann rief: „Mechabel – Terrorist!" Dann ging alles ganz schnell. Noch bevor Panik ausbrechen konnte, kamen wie aus dem Nichts von allen Seiten schwer bewaffnete israelische Soldaten angerannt. Rufend und wild gestikulierend drängten sie die Menschenmenge immer weiter nach vorne in Richtung Eingang und weiter in die Machpela hinein. Dann verriegelten sie die Tür von außen. Eng aneinandergedrängt hörten

Linda und Rivka zu, wie um sie herum lauthals darüber spekuliert wurde, was soeben geschehen war. Draußen erteilte jemand Befehle, lange Zeit heulten Sirenen von Krankenwagen, dann war alles still. Drinnen wurde die Luft stickig, das Atmen fiel allmählich schwer, und es war so warm, dass vielen Leuten der Schweiß von der Stirn lief.

Linda wusste nicht, wie viel Zeit vergangen war, bis die Tür endlich wieder geöffnet wurde, doch mittlerweile war es draußen dunkel. Einer der Soldaten erklärte, dass die Armee die Lage unter Kontrolle hätte. Wer geschossen hatte und was passiert war, sagte er nicht. Im Scheinwerferlicht gingen Linda und Rivka Richtung Treppe, vorbei an einer von Soldaten bewachten Absperrung. Linda sah die große Blutlache dahinter zuerst. Betroffen blieb sie stehen und hielt Rivka am Arm fest, um sie darauf aufmerksam zu machen. Rivkas Augen weiteten sich vor Entsetzen. Um nicht laut aufzuschreien, hielt sie sich die linke Hand vor den Mund, während sie mit der rechten bei Linda nach Halt suchte. Menschen hasteten an ihnen vorbei, einige Kinder weinten. Linda hielt die Hand ihrer Freundin fest und sah sich um. Waren sie nicht hier irgendwo gewesen, als die Schüsse fielen? Dann entdeckte sie die Stelle, und ihr lief ein Schauer über den Rücken. Sie hatten zu der Zeit nur wenige Meter von der Blutlache entfernt gestanden. Wortlos zog sie Rivka die Treppe hinunter, weg vom Ort des Geschehens. Unten angekommen, wühlte Linda in ihrer Handtasche nach dem Stadtplan mit der Wegbeschreibung zum Haus ihrer Gasteltern. Rivka hatte sich inzwischen auf die unterste Treppenstufe gesetzt, ihre Stimme klang weinerlich. „Mir ist schlecht, ich glaube, es wäre besser, in die Turnhalle zurückzugehen."

„Und ich glaube, das wäre genau das Falsche. Wir lassen uns doch den Abend nicht verderben, bloß weil irgendein Idiot so einen Scheiß macht." Wütend wedelte Linda mit der Wegbeschreibung. „Ist gar nicht weit von hier. Wir gehen jetzt da hin, die Ablenkung wird uns guttun. Außerdem warten unsere Gastgeber sicher schon lange auf uns." Sie sah noch einmal auf die Wegbeschreibung mit der Adresse und sagte dann: „Sie heißen übrigens Mosche und Elisheva."

Rivka protestierte nicht. Sie ließ sich von Linda hochziehen und hakte sich bei ihr ein. Fünfzehn Minuten später standen sie vor dem Haus, in dem sie die nächsten Stunden verbringen würden. Warm und einladend schien das Licht hinter den Fenstern in der ersten Etage des dreistöckigen Hauses. Irgendwo in der Nähe veranstalteten Grillen ihr Abendkonzert, das jedoch sofort verstummte, als Linda an die Haustür klopfte. Am klaren Nachthimmel schien sichelförmig der silberne Mond und unzählige Sterne funkelten. Die Tür öffnete sich, und ihnen gegenüber stand ein Ehepaar um Mitte 60. Beide hatten dunkelbraune Augen, vom Wetter gegerbte Gesichter, ihre schwarzen Haare waren wie mit Silberfäden durchzogen, und sie lächelten ihre noch fremden Gäste so herzlich an, dass Linda und Rivka sich sofort wohlfühlten. Mosche und seine Frau führten die Mädchen eine schmale Treppe hinauf und einen mit zahlreichen Familienfotos behängten Flur entlang bis in ein geschmackvoll eingerichtetes Zimmer, das Wohn- und Esszimmer in einem war. Der große, festlich gedeckte Esstisch bog sich fast unter den vielen, bis oben hin gefüllten Auflaufformen auf Warmhalteplatten. Wieder einmal staunte Linda über die außerordentliche Gastfreundschaft fremder Menschen, die weder Mühen noch Kosten scheuten, ihre Gäste zu verwöhnen.

Ein großes Regal, mit Büchern bestückt, fungierte als Raumtrenner. Im behaglichen Wohnzimmerbereich brannte ein Feuer im Kamin, davor lag ein geknüpfter Wollteppich mit hellem, floralem Muster. Zu beiden Seiten des Teppichs standen dunkelgraue Sofas mit großen roten Kissen, auf denen es sich die anderen Mädchen ihrer Gruppe bereits bequem gemacht hatten. Gut gelaunt begrüßten sie die beiden Nachzüglerinnen. Von dem Attentat schien noch niemand etwas zu wissen, und die Stimmung im Haus war so gelöst und heiter, dass Rivka und Linda sich in stummem Einverständnis zunickten, nichts davon zu erwähnen. Kaum hatten sie sich zu den anderen gesetzt, sang Mosche ein flottes Begrüßungslied, während Elisheva lachend im Takt dazu klatschte. Die Fröhlichkeit ihrer beiden Gastgeber war so ansteckend, dass schon bald alle Mädchen ebenfalls sangen und klatschten.

Der weitere Abend war mit viel gutem Essen, Spielen und Liedern ausgefüllt, und die Gäste fühlten sich bei Mosche und Elisheva, als seien sie bei alten Freunden, die sie nach langer Zeit wieder besuchten. Gelegentlich blickte Linda verstohlen auf Rivka, um zu sehen, wie es ihr ging. Die Blässe im Gesicht ihrer Freundin war schon bald einer gesunden, rosigen Farbe gewichen, und sie schien keinen Gedanken mehr darauf zu verwenden, was sich vor wenigen Stunden an der Machpela abgespielt hatte. Rivka unterhielt sich offensichtlich bestens in der fröhlichen Gesellschaft, wohingegen Lindas Gedanken zwischendurch immer wieder zu dem Attentat zurückwanderten, das sie aus so unmittelbarer Nähe erlebt hatten. Wer hatte wohl in die Menschmenge geschossen?

Das Attentat im Februar 1994 war gegen Muslime gerichtet gewesen, doch dieses Mal hatten die Schüsse eindeutig den jüdischen Gläubigen auf dem Weg in die Synagoge gegolten. Die Eingänge zu den Heiligtümern waren für Juden und Muslime nämlich getrennt, so viel wusste Linda, und auch, dass sich der Eingang zur Abrahams-Moschee auf einer anderen Seite des mächtigen Gebäudekomplexes befand.

Zum Nachtisch gab es Malabi, eine Süßspeise aus Hafermilch und Reissahne, mit Rosenwasser und Kardamom gewürzt und reichlich mit Erdbeeren und Pistazien garniert. Als Linda sich aus der großen Glasschüssel den Nachtisch auf ihren Teller löffelte und die Erdbeeren vor sich sah, tauchte unvermittelt wieder die Blutlache vor ihrem inneren Auge auf. Wie viele Verletzte oder sogar Tote es wohl gegeben hatte? Tief in Gedanken versunken schob sie sich einen Löffel Malabi in den Mund, während um sie herum am Tisch lebhaft geplaudert wurde. Eingehüllt von der heimeligen

Atmosphäre im Haus ihrer Gasteltern empfand Linda den Kontrast zu der Gewaltbereitschaft draußen umso stärker. Warum nur konnten die Menschen nicht einfach in Frieden leben?

Gegen Mitternacht verabschiedeten sich die jungen Gäste von Mosche und Elisheva, und alle wünschten sich noch einmal Schabbat Schalom. Der Abend hätte nicht harmonischer sein können, doch dieses Mal spürte Linda nicht den tiefen, inneren Frieden, der sie sonst zu Beginn des Schabbat immer umfing. Als sie aus dem Haus traten, wehte ihnen ein kalter Wind entgegen. Mond und Sterne waren nicht mehr am Himmel zu sehen, stattdessen hatten sich dicke Wolken gebildet, und es sah nach Regen aus. Linda blickte in den düsteren Himmel und zog fröstelnd den Kragen ihrer Jacke bis unters Kinn. Merkwürdig, dass sich der Wetterbericht so getäuscht hatte.

In der Nacht prasselte der Regen stundenlang auf das Blechdach der Turnhalle. Unruhig wälzte Linda sich in ihrem Schlafsack hin und her. Wie in einer Endlosschleife kamen immer wieder die Bilder des Attentats in ihr hoch, und sie schlief erst ein, als der Regen in den frühen Morgenstunden endlich nachließ.

„Linda, wach auf, es ist schon spät." Sachte schüttelte Rivka sie an der Schulter und hielt ihr eine Tasse Instantkaffee unter die Nase. Schlaftrunken richtete Linda sich auf und rieb sich die Augen. Dankbar umklammerte sie die warme Tasse mit beiden Händen und sog den Duft des heißen Kaffees ein. Zum Glück hatte irgendeine gute Seele vor Schabbat daran gedacht, einen elektrischen Samowar mit Wasser zu füllen, die Zeitschaltuhr zu betätigen und in die Turnhalle zu stellen. Sie spürte, wie ihre Lebensgeister trotz Müdigkeit zurückkamen und neuer Tatendrang sie erfüllte, und sah sich in der Turnhalle um. Einige saßen auf ihren Schlafsäcken und lasen im Gebetbuch, andere waren bereits fertig und im Aufbruch begriffen, denn an der Schabbat-Feier in der Synagoge der Machpela wollten sie alle teilnehmen. Rivka blickte auf ihre Uhr. „Wenn wir noch einen Platz in der Synagoge bekommen wollen, sollten wir in den nächsten zehn Minuten los. Schaffst du das?"

„Na klar, ich trinke nur noch schnell aus, dann bin ich so weit."

Linda nippte an ihrem Kaffee, den Blick prüfend auf Rivka gerichtet, die sich neben ihr auf den Fußboden gesetzt hatte. „Aber was ist mit dir, schaffst du das denn, noch mal dorthin zu gehen? Ich meine, nach dem, was gestern Abend war?"

Rivka antwortete nicht gleich. Langsam zeichnete sie mit dem Zeigefinger eine Linie auf dem Fußboden nach, dann sagte sie: „Eigentlich bin ich das ja inzwischen gewohnt, mit Anschlägen zu leben. Seit wir in Israel leben, habe ich eine App auf meinem Handy, die sofort warnt, wenn es irgendwo im Land einen Raketenangriff gibt. Nur so hautnah wie gestern Abend habe ich es noch nie erlebt, und alles ging so schnell … Das war schon heftig. Da nützt selbst die beste Warn-App nichts."

Sie blickte auf und sah Linda in die Augen. „Ich bin echt froh, dass du da warst und mir ausgeredet hast, den Abend in der Turnhalle zu verbringen. Bei Elisheva und Mosche war es so schön, dass ich das Attentat ausblenden konnte. Diese friedvollen Freitagabende sind die andere Realität, die ich schon mein ganzes Leben lang kenne, und die mir Geborgenheit geben, seit ich denken kann. Das ist eine Macht ganz ohne Waffen und Gewalt und gibt so viel Kraft." Linda nickte zustimmend. Sie wusste genau, was ihre Freundin meinte. Entschieden stand Rivka auf. „Um deine Frage zu beantworten: Ja, ich schaffe es, wieder zur Machpela zu gehen. Gestern ist vorbei, und es hilft nichts, ständig daran zu denken. Beeilst du dich?"

Fünf Minuten später war Linda angezogen und bereit zu gehen. Der Himmel war immer noch grau und wolkenverhangen, leichter Nebel hatte sich über die Häuser und Straßen gelegt. Hier und da hatten sich Pfützen gebildet, und von den Dächern perlten Regentropfen.

Auf dem Platz vor der Machpela war es weitaus weniger belebt als am Abend zuvor. Lag es daran, dass die Menschen sich nicht hertrauten, oder weil es noch so früh war? Aufmerksam sah Linda sich um. Alle Spuren des Attentats waren beseitigt, nichts deutete mehr darauf hin, was sich hier vor weniger als 15 Stunden ereignet hatte. Nach kurzer Wartezeit gelangten sie über eine Treppe in den Vorraum, in dem sie am Abend zuvor unfreiwillig ausgeharrt hatten, und folgten dann einem Gang, der in einem Hof endete. Ein paar Schritte weiter waren sie in der Synagoge angekommen, deren hellbeiger Steinfußboden wie poliert glänzte. Schwarze Plastikstühle waren in Reihen aufgestellt, dazwischen vereinzelt ein paar weiße.

In weniger als einer Stunde würde sie hier mit vielen anderen Gläubigen aus aller Welt Schabbat feiern. Doch eigenartig, die Vorfreude, die sich bei dem Gedanken daran bisher jedes Mal eingestellt hatte, blieb nun aus. Und nicht nur das ... Stattdessen regte sich ein Gefühl in ihr, das sie schon sehr lange nicht mehr hatte: schlechte Laune. Das Lächeln, das soeben noch auf ihren Lippen gelegen hatte, erstarb. Verwundert über sich selbst konzentrierte sie sich gedanklich auf die Patriarchen-Grabmäler. Diese anzuschauen war ihr nach wie vor wichtig, und bestimmt würde sich dadurch auch ihre Laune bald wieder heben. Rivka indessen zog es vor, inzwischen einen Sitzplatz auszusuchen und einen Stuhl für Linda frei zu halten.

Zuerst steuerte Linda das Grabmal von Jakob an. Das steinerne Kenotaph befand sich in einem kleinen Raum hinter einer grünen, verschnörkelten Gittertür aus Eisen und war mit einem reich bestickten Überwurf bedeckt. Das Muster und die roten, gelben, blauen und beigen Farben erinnerten Linda ein bisschen an den Teppich, den ihre Oma vor Urzeiten geknüpft hatte und der zu Hause im Wohnzimmer lag, seit sie denken konnte. Auf der gegenüberliegenden Seite von Jakobs Grabmal befand sich – ebenfalls in einem kleinen Raum hinter einer grünen Eisentür – das Kenotaph von Lea. Nachdem Linda auch darauf einen Blick geworfen hatte, schlenderte sie auf die andere Seite des Hofes zu den Grabmälern von Abraham und seiner Frau Sarah. Sie wusste, dass diese beiden Kenotaphe ziemlich genau in der Mitte der Machpela waren und sowohl vom jüdischen als auch muslimischen Bereich eingesehen werden konnten. Die grünen Überwürfe auf den Grabmälern waren mit arabischem Text bestickt. Linda überlegte kurz, dass es eigentlich cool wäre, Arabisch zu lernen, verwarf den Gedanken aber sogleich wieder. Ihr Blick schweifte vorbei am Kenotaph Abrahams auf die massive Metalltür, welche die jüdische von der muslimischen Seite trennte. Eigentlich war es doch verrückt: Abraham war genauso der Stammvater für die Juden wie auch für die Muslime; noch dazu bedeutete das Wort „Hebron" sowohl auf Hebräisch als auch auf Arabisch „Freundschaft" und „Verbindung". Doch anstatt sich friedlich gemeinsam vor Abrahams Grabstätte zu versammeln, waren die Gläubigen beider Religionen durch eine Wand getrennt und blickten durch vergitterte Fenster auf die Gedenkstätte in dem kleinen Raum, der noch dazu mit kugelsicherem Panzerglas gesichert war. Ob es jemals möglich sein würde, die religiösen und politischen Spannungen zu überwinden und friedlich miteinander zu leben?

Unvermittelt drängten sich wieder die Bilder vom gestrigen Attentat vor Lindas Augen, und im nächsten Moment hatte sie das Gefühl, ihr würde die Luft abgeschnürt. Plötzlich konnte sie den Anblick der vergitterten Fenster und der Metalltür nicht länger ertragen, und sie wandte sich abrupt ab. Inzwischen waren überall in der Synagoge Menschen. Die Schabbat-Feier, auf die sie sich so lange gefreut hatte, würde gleich beginnen, doch das war ihr nun egal.

Beinahe meinte sie, den Knall der Schüsse noch einmal zu hören, die die Luft des bis dahin friedlichen Abends zerrissen und von einem Moment auf den anderen Leben ausgelöscht hatten. Im nächsten Augenblick drängte auch der Anblick der Blutlache vor ihrem inneren Auge wieder nach oben. Linda spürte zu ihrem Entsetzen, dass ihr vor Wut die Tränen kamen, und wollte keine Sekunde länger im Gebäude bleiben. Ohne zu überlegen, schob sie sich durch die Menschenmenge in Richtung Ausgang. Aus den Augenwinkeln heraus sah sie, dass Rivka ihr zuwinkte und auf den freien Stuhl neben ihr zeigte, reagierte aber nicht darauf. Stattdessen hastete sie den Gang zurück, den sie gekommen waren, dann zur Tür hinaus und die Treppe hinunter.

Erst auf dem Platz vor der Machpela blieb sie stehen. Ihr Herz klopfte wild, und sie atmete mehrere Male tief durch, um sich zu beruhigen. Eine leichte Brise wehte und kühlte ihr erhitztes Gesicht, was sie als wohltuend empfand. Der Himmel war noch immer wolkenverhangen, aber wenigstens regnete es nicht. Allmählich verlangsamte sich ihr Herzschlag, und sie spürte, dass sie etwas ruhiger wurde. Sie sah sich um. Hier und da standen vereinzelt ein paar Touristen, eine Gruppe Japaner rückte sich mit ihren Handys auf Selfiesticks in Position. Neben einer Pflanzenrabatte unweit der Treppe entdeckte Linda eine leere Bank und beschloss, dort auf Rivka zu warten. Nachdem sie sich hingesetzt hatte, blickte sie nachdenklich auf die mächtigen Mauern der Machpela. In diesem Gebäude trafen sich Muslime wie Juden zum Beten, allen war die Stätte heilig. Wozu dann diese sinnlosen Attentate? Um sich abzulenken, holte sie ihren Siddur aus der Tasche. Dieses jüdische Gebetbuch – sowohl für den Alltag als auch den Schabbat – hatte sie stets bei sich. Sie schlug das Schma Israel auf, ein Morgengebet für den Schabbat. Der Text aus dem 5. Buch Mose war ihr seit langem vertraut. Es würde tröstlich sein, ihn nun zu lesen. Doch als sie ihren Mund öffnete, um die Worte wie gewöhnlich leise vor sich hinzusprechen, brachte sie keinen Ton heraus. Linda schluckte, dann versuchte sie erneut, den Gebetstext zu sprechen. Wieder kam ihr kein einziges Wort über die Lippen, als habe es ihr buchstäblich die Sprache verschlagen. Verstört starrte sie auf die ersten Verse: „Gott, treuer König. Höre Israel, der Ewige ist unser Gott, der Ewige ist einzig. Gelobt sei der Name der Herrlichkeit Seines Reiches für immer und ewig. Du sollst den Ewigen, deinen Gott, lieben mit deinem ganzen Herzen, deiner ganzen Seele und deiner ganzen Kraft."

Weiter kam sie nicht, denn ihre Augen füllten sich mit Tränen, und die Buchstaben verschwammen vor ihren Augen. Sie räusperte sich und zählte laut auf drei, um sicherzugehen, dass sie ihre Sprache nicht doch verloren hatte. „Achat, schtaym, schalosch." Eine ältere Dame, die ein paar Meter neben ihr in ihrem Reiseführer blätterte, drehte sich verwundert nach ihr um. Linda klappte ihren Siddur zu und steckte ihn in die Tasche zurück. Aufgewühlt überlegte sie. Bald würde Rivka aus der Synagoge kommen und von ihr wissen wollen, warum sie nicht an der Schabbat-Feier teilgenommen hatte. Eigentlich wusste Linda selbst nicht so genau, was gerade mit ihr passiert war. So kannte sie sich gar nicht ... Wie sollte sie ihrer Freundin erklären, was sie selbst nicht verstand? Was sollte sie nun tun? Am liebsten hätte sie ihre Sachen aus der Turnhalle geholt und wäre sofort abgereist. Aber wie? Die israelischen Linienbusse fuhren ja erst wieder, wenn der Schabbat vorbei war. Noch dazu hatte sie ihren Geldbeutel, wie an jedem Feiertag, nicht dabei. Und so wie sie aussah – religiös jüdisch gekleidet –, wäre es sicherlich keine gute Idee, in das streng bewachte arabische Viertel von Hebron zu laufen, um von dort einen arabischen Bus zu nehmen. Außerdem würden sich ihre Freundinnen Sorgen um sie machen, wenn sie einfach so verschwinden würde, und mit Sicherheit eine Suchaktion nach ihr starten, und das wollte sie auf keinen Fall.

Allmählich wurde es Linda kühl auf der Steinbank, und zu allem Überfluss begann es auch noch zu tröpfeln. Sie stand auf und hatte gerade unter einer Akazie Schutz vor dem Regen gesucht, als die ersten Synagogenbesucher aus der Machpela kamen – allen voran Rivka, die sich suchend umsah. Noch bevor Linda sich bemerkbar machen konnte, hatte ihre Freundin sie entdeckt und steuerte unverzüglich auf sie zu. „Mensch Linda, wo warst du denn? Ich dachte die ganze Zeit, du kämst wieder, nachdem du die Synagoge verlassen hattest. Geht's dir nicht gut?"

Linda zwang sich zu einem Lächeln. „Alles gut. Mir war nur da drin die Luft plötzlich zu stickig, deshalb habe ich lieber draußen auf dich gewartet." Rivka schien ihr diese Antwort nicht ganz abzunehmen, und um weiteren Fragen aus dem Weg zu gehen, sagte

Linda schnell: „Erzähl, wie war's?" Es funktionierte, Rivka ging sofort darauf ein. „Richtig schön! Es ist einfach cool, mit so vielen Menschen an dieser heiligen Stätte Schabbat zu feiern. Schade, dass du nicht dabei warst, du hast echt was verpasst."

Sie hakte Linda unter, und während die beiden zur Turnhalle gingen, berichtete sie ausführlich. Froh darüber, dass Rivka wegen ihres plötzlichen Verschwindens nicht weiter nachhakte, hellte sich Lindas gedrückte Stimmung allmählich wieder auf. In ein paar Stunden war der Ausflug vorbei, morgen war Sonntag, und die Schule ging wieder los. Dann würde sicher alles so weitergehen wie bisher.

Auf der Rückfahrt nach Jerusalem lehnte Linda sich in ihrem Sitz zurück, stöpselte Kopfhörer in ihre Ohren und hörte Musik. Während sie mit dem rechten Fuß rhythmisch im Takt wippte, kehrten ihre Gedanken noch einmal zurück zu Elisheva und Mosche, die sie und ihre Freundinnen wie ihre eigenen Töchter aufgenommen hatten. Ein wohliges Gefühl von Geborgenheit breitete sich in ihr aus, und sie schloss lächelnd die Augen. Im Geiste ließ sie die schönen Szenen im Hause ihrer freundlichen Gasteltern noch einmal Revue passieren und spürte, wie sie sich dabei langsam entspannte. Sie dachte an den reich gedeckten Esstisch, an dem sie in Vertrautheit und Harmonie miteinander gegessen hatten, als kannten sie sich schon eine halbe Ewigkeit.

Urplötzlich drängte sich das Bild der Blutlache vor die schönen Erinnerungen und verscheuchte ihren inneren Frieden mit einem Schlag. Ihr Puls beschleunigte sich unwillkürlich, und ihr Lächeln erstarb. Ärgerlich schlug sie die Augen auf und rupfte die Stöpsel aus den Ohren. Sie blickte aus dem Fenster, sah aber nichts als die Scheinwerfer der ihnen entgegenkommenden Fahrzeuge auf der anderen Straßenseite sowie ein paar gelegentlich auftauchende Lichtpunkte in weiter Ferne. Die Dunkelheit verschluckte ansonsten alles um sie herum. Noch dazu hatte der Wind offensichtlich zugenommen, denn der Regen peitschte seitlich an die Scheibe.

Geistesabwesend verfolgte Linda mit den Augen die Regentropfen, die unaufhörlich von rechts nach links über die Fensterscheibe perlten.

Irgendwo dort draußen waren Gusch Etzion und die Hügel mit den großen roten Schildern, die davor warnten, palästinensische Gebiete zu betreten. Sie dachte daran, was Rivka auf der Herfahrt gesagt hatte: „Klar ist das gefährlich, auf manchen Schildern steht sogar, dass das Betreten der palästinensischen Gebiete für Israelis *lebens*gefährlich und gesetzlich verboten ist." Die Frage wurde immer bohrender: *Warum konnten Juden und Muslime nicht einfach in Frieden miteinander leben?*

Über gelegentlich gefallene Aussagen wie „Die Araber hinter der Mauer sind böse." oder „Alle Muslime sind Terroristen!" hatte Linda sich bisher keinen Kopf gemacht, aber nun spürte sie auf einmal, dass sich tief in ihr Widerstand regte. Doch Widerstand wogegen? Der Gedanke traf sie unerwartet: *Sollte es für sie etwa doch nicht richtig sein, zum Judentum zu konvertieren?* Erschrocken verwarf sie den Gedanken genauso schnell, wie er gekommen war. Bloß wegen eines schlimmen Erlebnisses und ein paar Aussagen über Andersgläubige, die einem nicht gefielen, gab man seine Religion doch nicht einfach auf! Entschieden redete sie sich in Gedanken selbst gut zu. Morgen war ein neuer Tag, dann würde sie mit ihrem Leben weitermachen wie bisher. In ein paar Monaten würde sie wie geplant konvertieren, danach die israelische Staatsbürgerschaft annehmen und für immer in Israel bleiben. Ihre Entscheidung war längst gefallen. Nichts und niemand würde daran etwas ändern, ihren lange gehegten Traum endlich zu leben!

In Jerusalem angekommen, wurde Linda von ihren Freundinnen mit einem fröhlichen Schawua tov! verabschiedet. Dieser Gruß zum Beginn der neuen Woche klang so vertraut, dass ihr ganz warm ums Herz wurde. Sie freute sich darauf, morgen wieder zur Midrascha zu gehen und ihrem Ziel mit jedem Tag ein Stück näherzukommen. Ganz sicher würde ihre Gebetsblockade verschwinden, sobald alles wieder seinen geregelten Gang ging. Sie liebte die jüdische Religion doch so sehr!

Martina seufzte erleichtert, als sie die Tür zu Johannas Zimmer zuzog. Endlich war Johanna eingeschlafen, nachdem sie noch dreimal wieder aus dem Bett gekommen war. Sie blickte auf ihre Armbanduhr, zwanzig nach acht. Ärgerlich darüber, dass sie die Tagesschau wieder einmal verpasst hatte, ging sie in ihr Büro und schaltete den Laptop an. Dann würde sie die Nachrichten eben online lesen, um wenigstens einmal am Tag über den Tellerrand ihres alltäglichen Lebens hinauszuschauen. Während sie sich durch diverse Berichterstattungen scrollte, schweiften ihre Gedanken zu Linda. Wie wohl der Ausflug nach Hebron verlaufen war? Plötzlich stutzte Martina und starrte auf einen Link, der so klein war, dass sie ihn beinahe übersehen hätte: *Attentat vor Machpela in Hebron*. Sofort raste ihr Herz wie wild, und während sie auf den Link klickte, zitterten ihre Finger. „Bitte nicht, lieber Gott."

Sie las: „Ein Terrorist hat am vergangenen Freitag in Hebron auf jüdische Gläubige geschossen. Der Anschlag ereignete sich in der Nähe der Machpela-Höhle, die 1994 Schauplatz eines Massakers mit 29 Toten und 150 Verletzten war. Das jüngste Attentat forderte ein Todesopfer, weitere Menschen kamen schwer verletzt ins Krankenhaus nach Jerusalem. Der etwa 30 Jahre alte Attentäter wurde von Soldaten überwältigt und erschossen."

Martina las nicht weiter. Sie rannte die Treppe hinunter in die Küche, wo ihr Handy lag, und drückte mit zittrigen Fingern auf Lindas Nummer. „Ihr Gesprächspartner ist zurzeit nicht erreichbar. Bitte hinterlassen Sie eine Nachricht nach dem Ton."

Panisch und mit schriller Stimme rief sie: „Linda, ist dir bei dem Attentat was passiert? Melde dich bitte!"

Andreas kam in die Küche, ein Glas Wein in der Hand. Die Spülmaschine machte leise Geräusche. „Was ist los?" Mit tränenerstickter Stimme erzählte Martina von dem Attentat und dass sie Linda nicht erreichen konnte. Andreas stellte sein Glas beiseite und nahm Martina in den Arm. Er sagte: „Das heißt noch lange nicht, dass Linda etwas passiert ist. Wahrscheinlich hat sie einfach ihr Handy wegen Schabbat noch ausgeschaltet."

Auch wenn Andreas es nicht zeigte, hörte Martina die Besorgnis in seiner Stimme, dazu kannte sie ihren Mann zu gut. Die Küchenuhr tickte, die Spülmaschine brummte leise.

Mit Blick auf die Uhr sagte Andreas: „In Israel ist es jetzt gleich 22 Uhr, hoffentlich schaltet Linda ihr Handy heute noch an."

„Was, wenn nicht?" Angstvoll sah Martina ihn an. „Mit dieser Ungewissheit können wir doch nicht schlafen gehen."

Andreas nickte. „Du hast recht. Wenn wir bis in einer Stunde nichts von ihr hören, rufe ich die Polizei in Hebron an."

Kaum hatte er das gesagt, ertönte die Badinerie von Bach. Martina, die ihr Handy noch in der Hand hielt, rief: „Es ist Linda, Gott sei Dank!" Sofort nahm sie das Gespräch an: „Linda, geht's dir gut, mein Schatz?"

„Ja, alles gut, Mami! Woher weißt du überhaupt von dem Attentat? Bin voll überrascht, dass das in den deutschen Nachrichten auftaucht!"

Martina kamen Tränen der Erleichterung, von Andreas war ein leises „Gott sei Dank" zu hören. Die drei plauderten daraufhin noch eine Weile weiter, jedoch ließ Linda dabei nichts von alle dem durchblicken, was sie seit dem Attentat umtrieb.

Als Linda am Sonntagmorgen die Midrascha betrat, sah sie eine junge Frau mit lockigen schwarzen Haaren und dunklem Teint im Flur stehen, die sich suchend umsah. Linda hatte sie noch nie zuvor gesehen und ging spontan auf sie zu. Auf Hebräisch sagte sie: „Boker tov, ich bin Linda! Kann ich dir helfen?" Die junge Frau lächelte sie dankbar an, dann antwortete sie in gebrochenem Englisch: „Ich heiße Mariana und komme aus Argentinien. Leider kann ich Hebräisch noch nicht gut sprechen, ich bin ganz neu hier und fange heute in der internationalen Klasse an. Aber ich weiß nicht, wo das Klassenzimmer ist." Linda blickte in Marianas freundliches Gesicht mit den lebhaften, schwarzen Augen und mochte sie auf Anhieb. „Brukha haBa'ah – Herzlich willkommen, Mariana! Ich habe auch in der internationalen Klasse angefangen, dort sind alle total nett. Komm mit, ich zeige dir dein Klassenzimmer. Es ist im zweiten Stock, dritte Tür links."

Während sie nebeneinander die Treppe hinaufgingen, erkundigte sich Linda: „Wohnst du hier im Internat?"

„Nein, ich wohne bei einem lieben, alten Ehepaar. Die beiden sind vor vielen Jahren aus Argentinien ausgewandert und besitzen hier ganz in der Nähe ein großes Haus." Offensichtlich beeindruckt, bekräftigte sie: „Casa muy grande! – Sehr großes Haus!"

In der Mittagspause begegneten sich die beiden in dem großen Raum wieder, der den studierenden Mädchen als Speisesaal diente. Linda lud Mariana ein, sich zu ihr zu gesellen. Erfreut stimmte die Argentinierin zu, und die beiden setzten sich an einen kleinen Tisch in der Ecke. Linda tunkte ein Stück Fladenbrot in den Hummus-Dip und fragte: „Bist du das erste Mal in Israel?" Mariana schüttelte so lebhaft den Kopf, dass ihre Locken hin- und herflogen. „Nein, ich bin letztes Jahr schon einmal hier gewesen. Zuerst habe ich die Midrascha angeschaut und dann war ich ein paar Tage in der Nähe von Ramallah, wo ich einen Amigo aus Argentinien besucht habe." Linda horchte auf. „Ramallah – das ist doch in den Palästinensischen Autonomiegebieten im Westjordanland."

„Si, Achmad und seine Familie wohnen nicht weit weg von Ramallah in einem kleinen arabischen Dorf, wo jeder jeden kennt."

Genüsslich biss Mariana in eine Kaktusfrucht. „Aber jetzt erzähle ein bisschen von dir, wo kommst du her und seit wann lebst du in Israel?"

Viel zu schnell war die Mittagspause vorbei, und bevor der Nachmittagsunterricht begann, tauschten Linda und Mariana schnell noch ihre Handynummern aus.

Als für Linda um 20.30 Uhr der Unterricht endete, hatte sie es noch nicht eilig, nach Hause zu fahren. Erst wollte sie in aller Ruhe ein Abendgebet aus ihrem Siddur sprechen. Sie zog sich in ein leeres Klassenzimmer zurück und schlug die Seite des Maariw auf – ein Gebet, das sie schon oft aufgesagt hatte. Sie setzte an, doch kein Wort kam über ihre Lippen. Sie räusperte sich und versuchte es erneut, doch wieder vergeblich. *Das gibt's doch nicht. Ich kann nicht mehr beten!* Halb ärgerlich, halb erschrocken steckte sie das Gebetbuch zurück in ihre Tasche. Wahrscheinlich saß der Schock von Freitagabend noch zu tief und sie musste einfach abwarten. Ein traumatisches Erlebnis konnte viel Verwirrung auslösen und die Seele erschüttern. So war es bestimmt! Sie hoffte nur, dass diese Blockade bald verschwinden würde und sie wieder beten konnte.

Als Linda an diesem Abend in ihre Siedlung trampte, war der Himmel zwar wolkenverhangen, aber dennoch nicht ganz dunkel. Sie saß auf der Rückbank und war froh, dass der Autofahrer sich mit seiner Beifahrerin unterhielt, denn nach Konversation war ihr heute nicht zumute. Irgendwann blickte sie gedankenverloren aus dem Fenster und sah, dass sie gerade an der Mauer von Bethlehem entlangfuhren. Wie schon am Abend zuvor im Bus kamen ihr Satzfetzen in den Sinn, während sie auf das trostlose, abweisende Grau der kalten Mauer sah. *Die Araber sind Terroristen. Das Betreten der palästinensischen Gebiete ist für Israelis lebensgefährlich. Wenn ihr eine arabische Stadt betretet, werden sie euch umbringen!* Genauso plötzlich, wie sich diese Sätze in ihre Gedanken gedrängt hatten, riss in dem Moment die Wolkendecke auf und gab den

Blick auf den Abendhimmel frei. Unzählige Sterne funkelten; silberhell und klar stand auf einmal der Vollmond in seiner ganzen Größe genau über der Mauer und tauchte den grauen Beton in fahles, kühles Licht. Überwältigt von dem Naturschauspiel dachte Linda: *Der Mond scheint doch für alle Menschen gleich, egal wo sie wohnen. Und alle Menschen sind Geschöpfe Gottes. Ich glaube einfach nicht, dass die Menschen auf der anderen Seite der Mauer so anders sind. Es kann doch nicht sein, dass alle Araber hinter der Mauer Terroristen sind.*

Nachdenklich blickte sie auf den Vollmond, und plötzlich wusste sie, was sie tun würde. Noch während sie an der Mauer entlangfuhren, war ihre Entscheidung gefallen. Der Gedanke erschien ihr auf einmal überhaupt nicht mehr abwegig: Sie würde mit einem arabischen Bus auf die andere Seite der Mauer fahren, um selbst herauszufinden, ob die Menschen dort wirklich alle böse waren. Und sie wusste auch schon, mit wem.

Am Montag begegnete Linda ihrer neuen Freundin aus Argentinien nicht in der Midrascha, doch kaum war sie am Abend nach Hause gekommen, erhielt sie eine WhatsApp-Nachricht von Mariana, die ihr Herz vor Aufregung höherschlagen ließ.

> Hallo Linda, gerade hat Achmad mir geschrieben, dass er am Donnerstag nicht arbeiten muss, und er hat mich eingeladen, ihn in Ramallah zu treffen. Ich will gern zu ihm fahren. Hast du Lust, mitzukommen? Dann können wir die Stadt zusammen anschauen. Achmad hätte bestimmt nichts dagegen. 😊 🚌

Lindas Puls beschleunigte sich. Kaum hatte sie die Nachricht gelesen, flogen ihre Finger nur so über die Tastatur ihres Handy-Displays.

> Hallo Mariana, natürlich habe ich Lust, ich komme auf jeden Fall mit! Wie cool, ich bin total gespannt! Was wirst du anziehen? Ich fahre so gekleidet wie immer.

Im Gegensatz zu Linda nahm Mariana es nicht so genau mit den orthodoxen Kleidungsvorschriften für Frauen, denen zufolge die Röcke mindestens über das Knie reichen und die Oberteile den Ellbogen bedecken müssen. Stattdessen bevorzugte sie, wie viele andere junge Frauen jüdischen Glaubens auch, moderne Kleidung. Marianas Antwort ließ nicht lange auf sich warten. Sie begann mit einem Emoji, das entsetzt die Hände über dem Kopf zusammenschlug.

> Das kannst du nicht machen: dich so kleiden wie immer! Du musst wie ein Tourist aussehen, sonst nehme ich dich nicht mit, das ist mir zu gefährlich. Am besten ziehst du eine lange Hose und ein T-Shirt an, das mache ich auch. Klaro?

Damit hatte Linda nicht gerechnet, und sie zögerte einen Augenblick mit ihrer Antwort. Sie wollte herausfinden, was passieren würde, wenn sie erkennbar jüdisch gekleidet auf die andere Seite der Mauer ging. Noch wichtiger war ihr aber, den Menschen dort zu begegnen und in Erfahrung zu bringen, ob sie wirklich böse waren. Falls dies so wäre, würden die Kleider vermutlich keinen großen Unterschied machen, außerdem wollte sie es sich mit ihrer neuen Freundin nicht gleich verscherzen. Etwas widerstrebend schrieb sie zurück:

> Okay, wenn es dir so wichtig ist, ziehe ich eine Hose
> an. Kein Problem.

Sofort wurden die beiden Häkchen blau, und nach ein paar weiteren hin- und hergeschickten Nachrichten war der Plan perfekt. Am Donnerstagmorgen würden sie sich an der Straßenbahnstation treffen, zum Damaskustor an der Nordseite der Jerusalemer Altstadtmauer fahren und von dort weiter mit einer arabischen Buslinie nach Ramallah.

Nun, da alles geklärt war, konnte Linda es kaum noch abwarten, in die Welt der Araber auf der anderen Seite der Mauer einzutauchen. Nach so vielen Jahren wieder einmal eine Hose zu tragen, würde sicherlich ein merkwürdiges Gefühl sein.

Sie knipste die Schreibtischlampe aus und ging ins Bad, als ihr siedend heiß einfiel, dass sie ja gar keine Hose hatte. Warum hätte sie auch eine aus Deutschland mitbringen sollen? Und selbst wenn, würde die vermutlich nicht mehr passen, denn wie Miriam hatte auch sie zugenommen, seit sie in Israel lebte. Sie nahm die Zahnbürste, drückte Zahnpasta aus der Tube und putzte sich die Zähne, während sie überlegte. Mariana war kleiner als sie, ihre Hosen würden ihr nicht passen. Von ihren anderen Freundinnen kam auch niemand infrage. Sie trugen ausschließlich Röcke, außerdem durften sie auf keinen Fall von ihrem Vorhaben etwas wissen. Eine Hose kaufen konnte sie auch nicht, denn gerade gestern hatte sie mehr Geld für Bücher ausgegeben, als sie eigentlich wollte, und das monatliche Taschengeld ging erst in einer Woche auf ihrem Konto ein. Und ein paar Schekel brauchte sie ja auch noch für Donnerstag ... In dem Moment, als sie den Mund ausspülte, kam ihr die rettende Idee. Sie sah in den Spiegel über dem Waschbecken und lächelte triumphierend ihr Spiegelbild an.

Als Linda am Donnerstagmorgen mit einem kleinen Rucksack und Umhängetasche zur Midrascha kam, war nichts Auffälliges an ihr zu sehen. Wie immer trug sie einen wadenlangen Rock, ein langärmliges Shirt und hatte ihre langen blonden Haare zu einem Pferdeschwanz zusammengebunden. Sie war jedoch ungewöhnlich früh da und ging schnurstracks in ihren Klassensaal. Wie erwartet, war noch niemand im Raum. Sie schlüpfte hinein und stellte den Rucksack auf ihren Stuhl. Gut, dass es an der Schule keine Anwesenheitspflicht gab. Keiner fragte danach, wenn man mal nicht an seinem Platz saß. Gleich darauf huschte sie wieder zum Ausgang hinaus und eilte zur Straßenbahnstation, wo Mariana bereits auf sie wartete. Sie trug hellblaue Jeans und ein knallgelbes T-Shirt, darüber eine buntgemusterte, dicke Alpaka-Strickjacke. Obwohl die Novembersonne bereits schien, war es an diesem Morgen noch ziemlich frisch. Eine Haarspange mit einer großen gelben Blüte hielt ihr langes schwarzes Haar zusammen, an ihren Ohrläppchen baumelten lange, goldfarbene Clips.

Sie umarmte Linda. „Todo está bien? – Alles klar?"

„Alles klar." Linda lächelte spitzbübisch und klopfte auf ihre Umhängetasche. Die Straßenbahn kam und sie stiegen ein. Linda setzte sich ans Fenster, Mariana nahm neben ihr Platz und zog unverzüglich eine Zeitung aus ihrer Tasche. Verstohlen sah sie sich um, schlug dann die Zeitung auf und raunte Linda ins Ohr: „Am besten ziehst du dich jetzt gleich um." Unauffällig blickte auch Linda kurz um sich. Niemand nahm Notiz von ihnen. Die meisten Fahrgäste waren mit ihren Handys beschäftigt oder in eine Unterhaltung vertieft. Auf dem Sitz vor ihnen versuchte eine junge Mutter, ihr schreiendes Baby zu beruhigen. Linda streifte ihren Rock ab, wickelte ihn zu einer Rolle zusammen und steckte ihn in die Umhängetasche. Mariana blickte auf die dunkelblauen Jeans an Lindas Beinen und konnte sich ein Lachen nicht verkneifen. „Mit Hose siehst du ganz anders aus, steht dir aber gut! Die sieht ja ganz neu aus, hast du die extra gekauft?"

„Ja, gestern, aber eigentlich leihe ich sie mir nur aus."

„Wie meinst du das?"

Verschmitzt lächelnd griff Linda in den Hosenbund und zog das Preisschild hervor, das noch an der Hose befestigt war. „Ich lasse das Schild einfach dran, und morgen bringe ich die Hose wieder zurück in den Laden, dann kriege ich meine 70 Schekel zurück." Mariana lachte hell auf. „Also das nennst du ausleihen, du bist ja die Coolste!"

Vergnügt stiegen die beiden an der Haltestelle „Damaskustor" aus und gingen ein paar Straßen weiter zum Derech Shechem Terminal. Während sie auf den Bus nach Ramallah warteten, streifte Linda das Haargummi aus ihrem Pferdeschwanz, dann schüttelte sie den Kopf ein paarmal kräftig hin und her, sodass ihre langen Haare locker über Schultern und Rücken fielen. Der Bus hatte Verspätung, doch das tat ihrer guten Laune keinen Abbruch. Interessiert beobachteten Mariana und Linda das rege Treiben um sie herum. Frauen mit bunten Kopftüchern und Plastiktüten in der Hand, Männer in Jeans oder Sportkleidung und ein paar Jugendliche, die in ihr Handy vertieft waren. Einige Verkaufsstände in unmittelbarer Nähe lockten mit farbenfrohen Decken, Kleidung und anderen nützlichen Gegenständen. Etwas weiter entfernt lief eine bunt gewürfelte Gruppe Touristen ihrem Stadtführer hinterher in Richtung Damaskustor und die dahinterliegende Altstadt. Die Sonne am wolkenlosen Himmel stieg derweil höher, und es wurde angenehm warm. Schließlich kam der Bus, sie stiegen ein und lösten die Fahrkarten. Wieder hatten Linda und Mariana Glück und fanden zwei freie Plätze nebeneinander.

Während der Fahrt erzählte Mariana von Achmad. Seit der ersten Klasse war sie mit ihm zur Schule gegangen, hatte ihn aber aus den Augen verloren, nachdem er mit seinen Eltern und vier Schwestern nach Palästina gezogen war.

„Damals waren wir beide 13 Jahre alt, wir hatten dann lange keinen Kontakt mehr. Letztes Jahr habe ich Achmad aber im Internet gesucht, als ich wusste, dass ich nach Israel komme. Ich habe ihn gefunden und bin seitdem wieder in gutem Kontakt mit ihm und seiner Familie."

„Warum wollten seine Eltern denn nach Palästina ziehen?"

„Ursprünglich stammen sie von hier, sein Großvater ist aber irgendwann nach Argentinien ausgewandert. Ich weiß nicht so genau, warum sie plötzlich nach so langer Zeit nach Palästina zurückgegangen sind, vielleicht, weil sie hier im Gegensatz zu Argentinien eine riesengroße Verwandtschaft haben."

Ein großes rotes Warnschild am Straßenrand tauchte auf und zog Lindas Blick auf sich. Der Bus fuhr gerade langsam genug, dass sie den Text lesen konnte: „Diese Straße führt zur Zone A unter palästinensischer Autorität. Für israelische Staatsbürger ist das Betreten verboten, lebensgefährlich und gegen das israelische Gesetz."

Mariana, die das Schild ebenfalls gesehen hatte, sagte: „Gleich begeben wir uns sozusagen auf eigene Gefahr in Zone A."

„Ja, und wenn wir nicht mehr rauskommen, haben wir Pech gehabt." Wie zwei Verschwörer blickten die beiden Freundinnen sich an und nickten, und aus allen vier Augen leuchtete freudige Aufregung. Mariana hatte mit Achmad vereinbart, dass er sie an der Bushaltestelle abholen würde, dann konnte ihr Abenteuer beginnen.

Kaum hatte der Bus den Qalandia Checkpoint passiert, kam es Linda so vor, als tauche sie in eine komplett andere Welt ein. Während sie weiterfuhren, kamen einige wunderschöne Villen in Sicht, und vor kleinen Läden mit schön geschnörkelten, arabischen Schriftzeichen an der Wand hingen Kleider und Spielsachen. Sogar Möbel standen zum Verkauf an der Straße. Händler priesen schreiend ihre Ware an, kleine Jungs schlängelten sich vorbei an hupenden Autos und Motorrädern, um Taschentücher oder Schokolade zu verkaufen, hier und da schob jemand einen voll beladenen Brot-Wagen durch die Straßen.

Kurze Zeit später hatten sie den Busbahnhof in Ramallah erreicht und stiegen aus. Achmad war nicht da. Mariana rief ihn an und erfuhr von ihm, dass er noch etwas erledigen müsse, aber bald käme. Linda, die nicht länger warten wollte, schlug vor, die

Stadt schon mal auf eigene Faust zu erkunden und sich an einer anderen Stelle mit ihm zu treffen. Mariana war skeptisch. „Wir kennen uns doch gar nicht aus, wie sollen wir denn einen anderen Treffpunkt finden?"

„Mit dem Navi." Linda zeigte auf ihr Handy. „Wenn Achmad sich nachher meldet, kann er uns einfach sagen, wo wir hinkommen sollen." Damit war Mariana einverstanden, und nachdem sie Achmad mit einer WhatsApp-Nachricht Bescheid gegeben hatte, begaben sich die beiden Freundinnen in das Getümmel der belebten Straßen von Ramallah.

Autofahrer hupten, ein junger Mann mit einem Tablett Kaffeebecher lief, ohne zu schauen, über die Straße. Ein Kleinbus hielt abrupt an, die Tür flog auf und der Fahrer schimpfte wild gestikulierend. Die Luft roch nach Benzin, doch ein Stück weiter schlug Mariana und Linda der weitaus angenehmere Geruch von Ingwer und anderen Kräutern entgegen. Sie waren an einem Markt angelangt. Dort herrschte reges Treiben, und schon waren sie mittendrin im Gewusel unzähliger Menschen.

An bunten Marktständen priesen Verkäufer lauthals Kleidung, Obst, Gemüse, Spielzeug und Schmuck an, begleitet von noch lauterer Musik aus Lautsprechern. Vor einem Hauseingang saß eine alte Frau mit lila Kopftuch auf einer Treppenstufe, umringt von bunten Plastiksäcken voller Kräuter, die sie zum Verkauf anbot. Eine streunende, magere Katze schlich sich an, schnüffelte vorsichtig an einem der Säcke und war im nächsten Augenblick wieder verschwunden. Neben der Frau stand eine Karre auf drei Rädern, voll beladen mit leuchtend roten Tomaten, und ein paar Schritte weiter gackerten Hühner, eng zusammengepfercht in einem Käfig.

Fasziniert von dem reichhaltigen Warenangebot unter den farbenfrohen Schirmen merkten Mariana und Linda gar nicht, dass sie sich immer tiefer in das Gassengewirr begaben. Sie sahen sich Schmuck und Lederwaren an, sogen den Duft der Gewürze ein und staunten über die Vielfalt und Fülle an Obst und Gemüse.

An einem Stand mit bunten Kopftüchern probierte Linda gerade einen Hidschab[12] an, als Marianas Handy klingelte. Achmad wollte wissen, wo sie waren. Doch weder Mariana noch Linda hatten in dem Wirrwarr von Gässchen darauf geachtet, wie sie gelaufen waren, und jegliche Orientierung verloren. Linda nahm das perlenbestickte, pinkfarbene Tuch vom Kopf und legte es auf den Tisch zurück. Mit den Augen suchte sie die Häuserreihen auf beiden Seiten der Gasse nach einem Straßenschild ab, sah aber nirgendwo eins. „Keine Ahnung. Sag ihm, dass wir auf dem Markt sind und er uns eine Adresse in der Nähe nennen soll, dann kommen wir mithilfe des Navis dorthin." Mariana tat, wie geheißen, woraufhin sich zwischen ihr und Achmad eine längere Diskussion entspann, von der Linda aber so gut wie nichts verstand, da sie Spanisch miteinander sprachen.

Nach dem Gespräch berichtete Mariana: „Als ich Achmad gesagt habe, dass wir unser Navi benutzen wollen, hat er erst mal gelacht und gemeint, das ginge nicht, weil es hier nicht funktioniere. Aber er hat mir Name und Adresse von einem Kleiderladen gegeben, wo wir uns treffen können. Wir sollen einen Händler auf dem Markt nach dem Weg fragen."

„Wieso sollte das Navi hier nicht funktionieren? Wir haben Empfang, und in Jerusalem benutze ich es doch auch öfters ohne Probleme. Gib mir mal die Adresse." Linda öffnete die Navi-App auf ihrem Handy, tippte Stadt und Straße ein und wartete darauf, dass die Route berechnet wurde. Ungläubig starrte sie auf das Ergebnis. Mariana fragte: „Was ist los? Müssen wir zu dem Kleiderladen weit laufen?"

„Keine Route gefunden." Linda schüttelte den Kopf. „Seltsam, die Straßen von Ramallah werden überhaupt nicht angezeigt. Also hatte Achmad doch recht." Sie wandte sich an den Kopftuchverkäufer, der in gebrochenem Englisch erstaunlich wortreich den Weg erklärte. Er nahm sogar Papier und Kugelschreiber und machte eine Skizze von den Gassen, die sie entlanglaufen mussten. Genau vier Minuten später standen Linda und Mariana vor dem Laden, und weil Achmad noch nicht da war, gingen sie hinein. Die Stille, die sie empfing, war wohltuend. Ein kleiner, untersetzter älterer Mann in einem dunkelblauen Kaftan aus Seide mit langen Fledermausärmeln begrüßte sie auf Englisch und fragte, womit er dienen könnte. Linda sagte ihm, dass sie sich etwas umschauen wollten, woraufhin der Verkäufer eine weit ausladende Armbewegung in den Laden hinein machte und dabei so breit lächelte, dass seine Goldzähne blitzten.

An goldfarbenen Ständern hingen teure Mäntel, elegante Abendkleider, knöchellange Röcke und aufwendig bestickte Blusen aus Satin oder Seide. Besonders angetan waren Linda und Mariana von den farbenfrohen, mit hübschen Blumenmustern bestickten langen Kleidern. Mariana hielt ein schwarzes Kleid vor sich, das vorne überreich mit kleinen roten Blumen bestickt war. „Das ist ein traditionelles Kleid in Palästina. Wie findest du das?"

„Total schön, aber etwas mehr Farbe würde dir noch besser stehen." Linda nahm ein ockerfarbenes Kleid mit bunter Blütenstickerei vom Bügel. „Darin siehst du bestimmt total cool aus! Probier's doch mal an!" Während Mariana in der Umkleidekabine verschwand, entdeckte Linda einen Ständer mit festlichen Kleidern, von denen eines schöner war als das andere. Ganz besonders gut gefiel ihr ein langes, rubinrotes Kleid, über und über mit Perlen und Glitzersteinchen bestickt. Die Ärmel aus Tüll waren mit Pailletten versehen, die in allen Regenbogenfarben schillerten, der Rock war mit einer spitzenbesetzten Rüsche gesäumt. Das Kleid war so schön, dass es locker als Hochzeitskleid durchgehen konnte. Wie sie wohl darin aussehen würde? Sie nahm es vom Bügel und hielt es sich vor dem danebenstehenden Spiegel an. Dabei sah sie Mariana in dem ockerfarbenen Kleid von hinten auf sie zukommen, gefolgt von einem jungen Mann, der sie um beinahe zwei Köpfe überragte. Das musste Achmad sein. Linda hängte das Kleid an den Ständer zurück, und als sie sich wieder umdrehte, stand sie den beiden gegenüber. Linda fand, dass

Mariana in dem Kleid sehr hübsch aussah, ihr Blick wanderte jedoch sofort weiter zu dem großen, gut aussehenden Mann hinter ihr. Er war lässig und gleichzeitig elegant gekleidet, trug eine offene schwarze Lederjacke, ein weißes T-Shirt, hellblaue Jeans und weiße Markenturnschuhe. An seinem Handgelenk glänzte silbern eine Armbanduhr wie auch die großgliedrige Kette am Hals. Das schwarze, kurze Haar war akkurat geschnitten, sein Gesicht mit den kräftigen Zügen vom Kinn bis zu den Ohren von einem äußerst gepflegt aussehenden Bart eingerahmt, der seine Vollendung in Form eines perfekt getrimmten Schnurrbarts fand.

Mariana stellte vor: „Linda, das ist Achmad – Achmad das ist Linda." Achmad lächelte Linda charmant an, und ihre Blicke begegneten sich. Linda sah in zwei tiefbraune, ungewöhnlich geschwungene Augen, die so sanft aussahen, dass sie für einen Augenblick lang wie verzaubert daran hängen blieb. Nie zuvor war sie einem Mann begegnet, der sie so aus der Fassung gebracht hatte. Wie im Traum hörte sie sich selbst Hallo sagen und stellte dabei verärgert fest, dass ihre Stimme einem Krächzen sehr nahe war. In nahezu fließendem Englisch erwiderte Achmad: „Hallo Linda, schön, dich kennenzulernen", und dann tat er etwas, womit Linda überhaupt nicht gerechnet hatte: Er umarmte sie spontan. Ihr wurde heiß und kalt gleichzeitig, und ein Schauer lief ihr über den Rücken. Sie spürte, dass sie errötete, und drehte sich abrupt zum Kleiderständer um. Während sie so tat, als zupfe sie das soeben zurückgehängte Kleid zurecht, wirbelten ihre Gedanken wild durcheinander. Schon so lange hatte sie keinen Mann mehr berührt. Shomer negiah – Hüter des Anfassens; bereits vor Jahren hatte sie beschlossen, sich an die Regel der orthodoxen Juden zu halten, dem anderen Geschlecht vor der Ehe nicht zu nahe zu kommen, und sie hatte seitdem peinlich genau darauf geachtet, einem Mann, der nicht mit ihr verwandt war, weder die Hände zu schütteln noch ihn zu umarmen.

Natürlich konnte Achmad das nicht wissen, und er ahnte nicht, dass er mit seiner Umarmung bei Linda einen Sturm der Gefühle ausgelöst hatte. Noch während sie das Kleid glatt strich, war ihr auf einmal, als ob tief in ihr drin eine Mauer zu bröckeln begann, und ein unbeschreiblich schönes Gefühl breitete sich in ihr aus. In dem Moment wusste sie, dass von nun an nichts mehr so sein würde wie bisher.

Bemüht darum, sich nichts von alledem anmerken zu lassen, setzte sie ein Lächeln auf, dann drehte sie sich wieder um. Mariana sah Linda prüfend an. „Du bist ja ganz rot, ist dir nicht gut?"

„Alles gut, mir ist nur ein bisschen heiß geworden, ist irgendwie stickig hier drin." Hoffentlich entstand nun keine peinliche Pause, weil niemand etwas zu sagen wusste. Linda war heilfroh, als Achmad das Wort ergriff und sich auf Spanisch an Mariana wandte. Die beiden diskutierten eine Weile miteinander, bis Mariana schließlich lachte. „Achmad will es sich einfach nicht nehmen lassen, mir das Kleid zu kaufen. Ich wollte es zuerst nicht annehmen, aber er besteht darauf. Er ist wirklich großzügig." Geistesabwesend nickte Linda, und Mariana entging nicht, dass sie noch einmal einen Blick auf den Kleiderständer warf. „Das Kleid, das du vorhin vor dem Spiegel betrachtet hast, ist übrigens total schön. Willst du es nicht mal anprobieren?" Doch Linda schüttelte den Kopf. „Wozu? Ich kann es mir sowieso nicht kaufen, und außerdem würde ich es nie im Leben tragen." Sie lachte. „Du weißt doch, ich halte mich streng an die Regeln."

„Stimmt, daran habe ich nicht gedacht. Entschuldigt mich bitte, ich ziehe mich nur schnell um." Anmutig rauschte Mariana zur Umkleidekabine, und Linda blieb mit Achmad allein zurück. Sie lächelten sich zu, und sofort machte ihr Herz einen Sprung. Er fragte: „Gefallen dir die arabischen Kleider?"

„Oh ja, die sind total schön, so farbenfroh und hübsch bestickt." Das freute Achmad offensichtlich. Nicht ohne Stolz sagte er: „Das ist echte Handarbeit, und viele Frauen hier verdienen sich Geld damit, die Kleider zu besticken. An den Blütenmustern kann man erkennen, aus welcher Gegend sie stammen. Je festlicher, desto üppiger sind sie bestickt."

Wieder lächelte er charmant. „Der Traum einer jeden Frau ist natürlich die Dschilaye, das Brautkleid. Das ist besonders reich mit Stickereien verziert."

Mariana kam zurück, das neue Kleid im Arm. Achmad nahm es ihr ab und ging zur Kasse, wo er sich mit dem Verkäufer einen lautstarken Wortwechsel auf Arabisch lieferte, bis dieser schließlich theatralisch die Hände nach oben warf und das Kleid in Papier einwickelte. Achmad grinste. „Ganz schön hartnäckig, der Bursche, aber sein Preis war so utopisch, dass ich ihm nur die Hälfte angeboten habe. Er wollte natürlich mehr, aber als ich ihm sagte, dass ich das Kleid dann eben gar nicht kaufen würde, war er plötzlich ganz schnell bereit, auf meinen Preis einzugehen. Dabei tat er so, als wäre er entsetzt, und meinte, ich würde ihn ruinieren." Ganz so verzweifelt schien der Ladenbesitzer jedoch nicht zu sein; gut gelaunt hielt er seiner Kundschaft die Tür auf und bat sie, ihn bald wieder zu beehren.

Amüsiert machten sich die drei auf den Weg in die Altstadt von Ramallah, vorbei an vielen kleinen Läden und historischen Gebäuden. Achmad zeigte auf eine alte Kirche. „Früher waren die Einwohner von Ramallah hauptsächlich arabische Christen, deshalb sieht man hier noch einige Kirchen. Heutzutage leben hier aber inzwischen viel mehr Muslime als Christen.

An einer Straßenecke entdeckte Linda einen kleinen Bücherstand. Neugierig sah sie sich die Bücher an. Mit den meisten Titeln konnte sie nichts anfangen, doch auf einem Buch erkannte sie das Wort Mossad und sagte: „Mossad – das ist der israelische Geheimdienst, das Buch will ich haben."

„Du kannst es doch gar nicht lesen, warum willst du es dann haben?", fragte Mariana.

„Das kann sich ja ändern, ein paar arabische Wörter kann ich schon, und ein Buch zu lesen, ist eine gute Möglichkeit, die Sprachkenntnisse zu verbessern." Linda wandte sich an Achmad. „Fragst du den Verkäufer bitte, was das Buch kosten soll?" Achmad tat ihr den Gefallen.

„35 Schekel oder 10 Dollar. Willst du verhandeln?"

„Ja klar, ich biete ihm 15 Schekel an." Achmad übersetzte, der Verkäufer schien entrüstet und schüttelte entschieden den Kopf. Achmad übersetzte seine Antwort: „Er meint, das ginge auf keinen Fall, aber er kommt dir entgegen und würde es dir für 25 Schekel verkaufen. Aber das sei seine unterste Grenze." Linda, die zunehmend Gefallen am Feilschen fand, setzte ihr liebenswürdigstes Lächeln auf. „17 Schekel." Achmad nannte dem Buchverkäufer die Zahl auf Arabisch, welcher daraufhin die Hände über dem Kopf zusammenschlug. Kurzerhand legte Linda das Buch zurück und wandte sich zum Gehen um. Sofort rief der Verkäufer ihr hinterher, und Achmad übersetzte grinsend: „Er sagt, er macht für dich eine Ausnahme und gibt dir das Buch für 17 Schekel, aber nur, weil du so hübsch bist." Wie bereits der Verkäufer im Kleiderladen war auch der Buchhändler erstaunlich schnell wieder versöhnt, nahm das Geld von Linda und verabschiedete sich.

Sie bogen in eine Gasse voller kleiner Marktstände auf Rädern mit bunten Sonnenschirmen. Genüsslich sog Linda die Luft ein, es roch herrlich nach Kräutern und Mais. Gleich an der nächsten Ecke entdeckten die drei einen kleinen Marktwagen mit einem großen Topf köstlich aussehendem Mais. Achmad schlug vor, für jeden einen großen Becher Mais zu kaufen, und obwohl Lindas Magen knurrte und sie am liebsten sofort gegessen hätte, zögerte sie. „Ich weiß aber nicht, ob der Mais koscher ist." Mariana fragte: „Was soll denn daran nicht koscher sein? Also ich nehme auf jeden Fall einen Becher." Linda sah zu, wie der Verkäufer Mais aus dem großen Topf holte, mit Zitronensaft, Butter, Salz und Paprikapulver vermischte und anschließend in Becher füllte. Das Wasser lief ihr im Mund zusammen, doch sie blieb standhaft. „Und ich verzichte." Sie kramte in ihrer Umhängetasche und holte ihre mitgebrachten Snacks heraus: eine rote Packung, auf der eine Kuh abgebildet war, eine orangene Tüte sowie einige andere Päckchen. Neugierig beäugte Achmad die Sachen. „Was hast du denn da?"

„Schokolade mit Puffreis, Chips, Popcorn mit Butter und Honig, außerdem ein paar Cornflakes-Riegel." Linda riss die Popcorntüte auf und begann zu futtern. Achmad fragte: „Das Essen hier ist halal, ist das nicht dasselbe wie koscher?" Darüber wusste Linda Bescheid, denn mit dieser Frage hatte sie sich schon vor langer Zeit befasst. Zwar konnte man beide Wörter mit *rein* oder *erlaubt* übersetzen, auch aßen weder Muslime noch Juden Schweinefleisch. Die Kriterien waren aber teilweise ganz anders. Koscher umfasste mehr als halal, denn laut Tora waren nur die Tiere koscher, die gleichzeitig Paarhufer und Wiederkäuer waren, wie zum Beispiel Kühe, Schafe und Ziegen. Das Fleisch von Schweinen, Pferden oder Kaninchen durfte also nicht gegessen werden. Linda zeigte auf den benachbarten Fischstand mit noch lebenden Hummern. „Meerestiere, die keine Fische sind, sind auch nicht erlaubt. Und dann achten wir noch darauf, Milch- und Fleischprodukte nicht zur selben Zeit zu essen."

„Warum denn nicht?"

„In der Tora gibt es ein Gebot, dass man ein Zicklein nicht in der Milch seiner Mutter kochen soll. Wir sehen das als Gottes Verbot, Fleisch und Milch miteinander zu vermischen. Und damit sich das auch im Magen nicht vermischt, muss zwischen dem Verzehr von beidem eine Wartezeit von sechs Stunden eingehalten werden." Achmad strich sich über seinen Bart.

„Und was macht man, wenn man in den sechs Stunden Wartezeit Hunger kriegt?"

„Das ist kein Problem, dann isst man etwas, das weder milchig noch fleischig ist, wie zum Beispiel Obst oder Gemüse." Achmad schüttelte den Kopf. „So viele Regeln zum Essen haben wir tatsächlich nicht. Das muss ich erst mal verdauen." Alle lachten, dann sagte Achmad: „Dafür haben wir im Islam aber ein Alkoholverbot. Das heißt bei uns haram – verboten. Im Koran gibt es dazu vier Stellen; in Sure fünf beispielsweise heißt es: „Der Wein, das Glücksspiel, die Opfersteine, die Lospfeile sind ein Gräuel und Teufelswerk. Meidet es, auf dass es euch wohlergehe."

„Echt? Bei uns hat der Wein sogar einen eigenen Segensspruch!"

Linda hätte dieses Gespräch gerne noch weiter vertieft, doch Mariana wurde allmählich ungeduldig und sagte: „Können wir uns vielleicht irgendwo hinsetzen? Meine Beine tun schon weh." Achmad antwortete: „Ja, können wir. Mein Cousin Ali hat hier ganz in der Nähe ein kleines Café, er wird sich freuen, wenn wir zu ihm kommen. Ist auch gar nicht weit von hier."

Wenig später betraten sie ein kleines, schlichtes Café an einer Straßenecke. Es war noch ruhig, und nur an wenigen Tischen saßen ein paar Leute mit einer Tasse Kaffee oder Tee vor sich. Ein alter Mann las Zeitung, und ein paar Touristen waren in ihr Handy vertieft. Achmad und Ali schlugen sich zur Begrüßung kameradschaftlich auf die Schulter, und nachdem Achmad seine Begleitung vorgestellt hatte, führte Ali sie zu einem Tisch mit Blick auf die Straße. Kaum hatten sie sich hingesetzt, servierte er ihnen ein hellgrünes Getränk und eine warme Nachspeise. Linda zeigte auf ihr Glas. „Was ist das?"

„Limon bi Nana." Ali schenkte randvoll ein, und Achmad erklärte: „Das Getränk setzt sich, wie auch das Wort, zusammen aus Zitrone und Minze, lemon mit na'na'." Ali fügte hinzu: „Mit einem Schuss Rosenwasser verfeinert schmeckt unsere Limon bi Nana ausgezeichnet. Eine kleine Aufmerksamkeit des Hauses, lasst es euch schmecken!" Schwungvoll eilte Ali mit dem leeren Tablett davon.

„Vielleicht ist Limon bi Nana gar nicht koscher, dürft ihr das überhaupt trinken?", fragte Achmad. Mariana nahm einen kräftigen Schluck. „Mmmh – voll lecker! Da ist doch bestimmt nichts Unkoscheres drin." Ohne auf die Bemerkung einzugehen, holte Linda eine Wasserflasche aus ihrer Tasche, nahm einen Schluck und blickte dann auf das orangefarbene, mit Pistazien verzierte Dessert. „Knafeh – das haben wir auch." Jedoch rührte sie es nicht an, sondern ließ sich genüsslich ein Stück ihrer Schokolade auf der Zunge zergehen, bevor sie Achmad fragte: „Was machst du denn so, studierst du irgendwas?"

„Auch, aber nur samstags. Ich studiere englische Literatur, will Lehrer werden. Unter der Woche arbeite ich."

„Du arbeitest und studierst gleichzeitig?"

„Ja, ich muss Geld verdienen, damit ich studieren kann. Das machen hier viele Leute so, sie arbeiten Vollzeit und studieren nebenher. Samstags ist man dann den ganzen Tag in der Uni." Achmad nahm noch einen Schluck Limon bi Nana. „Ob ich das Ziel jemals erreiche, weiß ich aber nicht. Ich muss das Studium demnächst unterbrechen. Das Bauunternehmen in Jerusalem, für das ich arbeite, schickt mich auf eine Baustelle in Aschkelon." Linda unterbrach ihn. „Moment mal, wie kannst du denn in Jerusalem arbeiten? Ich dachte, das darf man als Palästinenser nicht."

„Normalerweise nicht, aber mein Arbeitgeber hat eine Arbeitsgenehmigung für mich beantragt. Ich hatte Glück und habe sie erhalten."

„Dann musst du ja jeden Tag durch den Checkpoint! Wäre es nicht einfacher für dich, hier irgendwo zu arbeiten?"

„Einfacher schon, aber ich würde etwa ein Fünftel weniger verdienen." Mariana fragte: „Warum kannst du nicht studieren, wenn du in Aschkelon arbeitest?"

„Ich habe keine Zeit mehr. Um rechtzeitig 8 Uhr morgens auf der Baustelle zu sein, muss ich kurz vor vier aufstehen. Eine Stunde Fahrt zum Checkpoint, zwei Stunden Wartezeit, bis man durch ist, eine reichliche Stunde nach Aschkelon – wenn's gut läuft." Lindas Augen wurden groß. „Das ist ja ätzend."

Achmad lud sich ein weiteres Stück Knafeh auf den Teller. „Ist halt so, gibt Schlimmeres. Ich bin ja froh, dass ich den Job habe." Er holte ein Etui aus seiner Hosentasche, dem er einen kleinen, doppelseitig gezinkten Holzkamm und einen Spiegel entnahm. Mit schnellen Zügen kämmte er zuerst seinen Vollbart, dann drehte er den Kamm um und kämmte mit den feineren Zinken sorgfältig den Oberlippenbart. Linda nippte an ihrem Wasser und sah ihm fasziniert zu. Seine samtbraunen Augen blickten konzentriert in den Spiegel und rührten sie auf eine Weise an, wie sie es noch nie erlebt hatte. Zufrieden legte er schließlich Kamm und Spiegel ins Etui zurück und steckte es wieder in seine Hosentasche. Als er aufblickte, trafen ihre Augen sich, und er lächelte Linda an. Sie lächelte zurück und war froh, dass nur sie ihren Herzschlag so laut hören konnte.

Als die Gläser und der große Teller geleert waren, begaben sich Mariana, Linda und Achmad gut gelaunt wieder in das rege Treiben der Stadt. Die warme Nachmittagssonne tauchte die Straßen in helles Licht, die milde Luft roch nach Kaffeeduft und Kräutern. Sie waren noch nicht weit gekommen, als ein Verkäufer an einem Obststand Linda etwas zurief. Achmad übersetzte: „Er sagt, du hast so schöne blonde Haare und will dir eine Frucht schenken." Erstaunt und neugierig zugleich ging Linda zu dem Stand. Der junge Mann mit pechschwarzem, lockigem Haar lächelte sie verzückt an und raunte ihr zu: „Inti Heluah – Du bist schön!". Linda lachte hell auf. „Schukran! – Danke!" Der Obstverkäufer wählte eine besonders große Scharonfrucht aus einer Kiste und reichte sie ihr. „Sahten! – Guten Appetit!" Zu seiner Freude biss Linda sofort hinein und drückte gleich darauf ihre Begeisterung darüber aus, indem sie ihre Finger küsste und dann nach oben schnappen ließ. Mariana versuchte, ärgerlich zu klingen, was ihr aber nicht gelang. „Das ist unfair, nur weil du blond bist, kriegst du eine Frucht geschenkt."

„Irgendeinen Vorteil muss es ja haben, blond zu sein." Lachend schlenderten sie weiter. In der nächsten Straße bot ein Händler lautstark bunte Kopftücher an. Interessiert ging Linda näher. „Die sind voll schön!" Eifrig breitete der Verkäufer ein Tuch nach dem anderen vor ihr aus, und Achmad übersetzte: „Er meint, dass dir alle Farben gut stehen, so hübsch, wie du bist." Linda hielt ein großes, schimmerndes, königsblaues Tuch mit eingewebten Perlen hoch. „Wie cool, was kostet das?" Achmad gab die Frage weiter und erhielt als Antwort einen kleinen Vortrag. „Er hat mir erklärt, dass das ein ganz besonders kostbares Tuch aus edlem Stoff sei und jede Perle einzeln von Hand eingenäht wurde."

„Krass, und wie viel will er dafür haben?"

„Er meint, normalerweise koste der Hidschab 120 Schekel, aber für dich mache er einen Sonderpreis, 99 Schekel. Wenn du mich fragst, für echte Handarbeit eigentlich ein faires Angebot." Linda schlang sich das Tuch um den Kopf, woraufhin der Verkäufer ihr einen Spiegel vorhielt und sie mit Komplimenten überschüttete. Achmad jedoch schüttelte den Kopf. „So ist das nicht richtig. Darf ich mal?" Linda hielt ihm bereitwillig den Kopf hin. Sie genoss es, sich von ihm helfen zu lassen und dabei seine muskulösen Arme vor sich zu sehen, seine Nähe zu spüren und seinen Duft einzuatmen. Nachdem er noch eine widerspenstige Strähne unter das Tuch gesteckt hatte, war er fertig, leider viel zu schnell, wie sie fand.

Sie schaute kurz in den Spiegel und sagte kurz entschlossen: „Ich nehme es und lasse es gleich auf." Erstaunt sah Mariana sie an. „Ich dachte, du hast nicht viel Geld." Linda reichte dem Verkäufer zwei Fünfzigschekelscheine. „Habe ich auch nicht, aber ich will das Tuch unbedingt haben. Die Schekel, die jetzt noch übrig sind, werden schon reichen für heute. Ich geh einfach ein paar Stunden mehr putzen, dann komme ich die nächsten Tage schon klar."

Plötzlich kam ihr eine Idee. Sollte sie lebend wieder nach Hause kommen, wollte sie einen Beweis für diesen Ausflug haben. Etwas, das sie ihren Freundinnen zeigen konnte, falls sie es ihnen jemals erzählen würde. Doch was? Die Antwort ließ nicht lange auf sich warten. An der nächsten Straßenecke stand eine kleine Karre, an der alle möglichen Getränkeflaschen mit arabischem Etikett baumelten. Soweit Linda wusste, gab es auf israelischer Seite nur Flaschen mit hebräischem Aufdruck und dem Koscher-Zeichen versehen. Sie kaufte eine Colaflasche und steckte sie in ihre Tasche.

Vorbei an Baustellen und Kirchen führte Achmad sie weiter durch die quirligen Straßen der Stadt. Viel zu schnell neigte der Nachmittag sich seinem Ende zu, und es wurde Zeit, zum Busbahnhof zurückzugehen. Die Sonne stand bereits tief und warf lange Schatten, ein leichter Wind kam auf und es wurde merklich kühler. Der Bus nach Jerusalem stand schon da, doch Linda hatte es nicht eilig, einzusteigen. Stattdessen steuerte sie auf einen kleinen Tisch zu, wo ein älterer Mann CDs verkaufte. Mariana rief ihr hinterher: „Was machst du denn jetzt?"

„Ich schaue kurz, ob ich eine CD finde, die mir gefallen könnte!" Rasch sah sie die CDs durch, als von hinten plötzlich ein Schatten auf den Tisch fiel. „Kann ich dir helfen?" Unweigerlich pochte ihr Herz schneller, und sie fürchtete wieder zu erröten. Ohne sich umzudrehen, antwortete sie Achmad: „Rap. Ich hätte gerne eine CD mit arabischer Rap-Musik."

Gleich darauf biss sie sich auf die Lippen. Hatte sie jetzt völlig den Verstand verloren? Sie mochte Rap doch überhaupt nicht. Sie öffnete ihren Mund, um ihm zu sagen, dass er das mit der Rap-Musik vergessen solle, hörte ihn im selben Moment aber bereits mit dem Verkäufer sprechen. Hoffentlich hatte er keine derartige CD, sonst könnte sie ihre letzten Schekel ebenso gut dem Bus unter die Räder werfen. „Nein, Rap-Musik hat er leider nicht im Angebot." Achmad zuckte bedauerlich die Schultern. Linda lächelte. „Schade, aber danke fürs Fragen."

„Komm jetzt, der Bus fährt bestimmt gleich los!" Mariana stand einsteigebereit an der offenen Tür und winkte wild. Achmad rief gelassen zurück, der Bus würde erst losfahren, wenn er voll sei. Am Bus angekommen, sagte er zu Mariana: „Hasta luego, y gracias por presentarme Linda! – Tschüss, und danke, dass du mir Linda vorgestellt hast!"

„No hay problema, ha sido un placer. Muchas gracias por un día tan especial, hasta luego! – Kein Problem, das habe ich gerne gemacht. Danke für den schönen Tag, tschüss!" Mariana stieg ein. Achmad wandte sich an Linda. „Nimm besser das Tuch ab, sonst denken die Soldaten am Checkpoint, du bist Araberin. War schön, dich kennenzulernen, Linda."

Linda sah in Achmads tief liegende, rehbraune Augen und spürte einen Kloß im Hals. Sie nickte nur, dann drehte sie sich abrupt um und erklomm hastig die Stufen. Mit einem Seufzer ließ sie sich neben Mariana in den Sitz plumpsen, die sie überrascht ansah. „Ist alles gut bei dir?" Linda streifte sich das Tuch vom Kopf und faltete es betont langsam auf ihrem Schoß zusammen, dann fingerte sie an den Perlen herum. Ohne aufzublicken, sagte sie schließlich: „Ja, alles gut, hab mich heute nur verliebt." Marianas Augen wurden groß. „Verliebt? In Achmad? Mensch, Linda, das geht doch nicht!"

Einen Augenblick lang herrschte Schweigen, dann hob Linda den Kopf und sah ihre Freundin an. „Ich wollte doch nur sehen, wie die Menschen hier sind. Mich dabei zu verlieben war das Letzte, woran ich gedacht hätte. Ich weiß, dass das nicht geht, aber es ist einfach passiert."

Marianas Mundwinkel zuckten amüsiert. „Warte einfach mal ab, vielleicht ist das ja auch nur so ein Gefühl, das morgen schon wieder vorbei ist." Linda nickte, doch sie wusste, dass es nicht so sein würde.

Als Linda im Schein der Straßenlaterne durch die Eingangstür der Midrascha schlüpfte, war nichts Auffälliges an ihr zu sehen. Wie immer trug sie einen knöchellangen Rock, ein langärmliges Shirt und hatte ihre langen blonden Haare zu einem Pferdeschwanz zusammengebunden. Mit einem kurzen „Slikha – Entschuldigung" betrat sie ihr Klassenzimmer, wo der Unterricht noch in vollem Gang war. Der Rabbiner nickte ihr freundlich zu, sie ging zu ihrem Platz in der letzten Reihe, nahm ihren Rucksack vom Stuhl und setzte sich.

Rivka, die neben ihr saß, flüsterte ihr zu: „Wo kommst du denn jetzt her?" Linda holte Notizblock und Mäppchen aus dem Rucksack. „Och, ich war shoppen, habe mir Kleider angesehen und ein Tuch gekauft." Rivka schüttelte den Kopf und lächelte, sagte aber nichts weiter und wandte ihre Aufmerksamkeit wieder dem Rabbiner zu, der gerade über die Rolle der jüdischen Frau in der Familie sprach. Linda hingegen hörte nur mit halbem Ohr zu. Erfüllt von den Eindrücken des Tages wanderten ihre Gedanken immer wieder zurück nach Ramallah und zu Achmad.

Nachdem der Unterricht zu Ende war, plauderte sie wie sonst auch noch eine Weile mit ihren Freundinnen, und als sie die Schule verließ und in die Dunkelheit hinaustrat, war eigentlich alles wie immer. Doch Linda wusste, dass sie mit diesem Tag nie wieder dieselbe sein würde wie bisher.

Kaum war Linda am nächsten Morgen aufgewacht, kam ihr Achmad in den Sinn, und sie war sofort hellwach. *Ich muss ihn mir aus dem Kopf schlagen.* Um sich selbst abzulenken, wollte sie schnell ein morgendliches Dankgebet aufsagen, doch noch bevor sie das erste Wort aussprechen konnte, schnürte sich ihr Hals wieder zu. Abrupt setzte sie sich im Bett auf und nahm die kleine, mit Wasser gefüllte Kanne und die Schüssel vom Nachttisch, die sie wie üblich am Abend zuvor bereitgestellt hatte. Schweigend goss sie etwas Wasser zuerst über die rechte, danach über die linke Hand und wiederholte den Waschvorgang noch zweimal.

Anschließend setzte sie an, den Morgensegen zu rezitieren. Das Gebet kannte sie in- und auswendig, doch nun brachte sie keinen Ton heraus. Sie nahm Schüssel und Kanne, ging damit ins Bad und goss das Wasser ins Waschbecken. Verwirrt blickte sie sich im Spiegel selbst in die Augen. *Es geht nicht mehr, ich kann nicht mehr beten.*

Linda überlegte: Wenn sie in der Schule davon erzählen würde, würde man ihr vermutlich sagen, dass sie eine Glaubenskrise habe, die vorbeigehen würde. Oder man würde sogar denken, sie habe es die ganze Zeit mit dem Konvertieren nicht wirklich ernst gemeint, und dann würde sie aus dem Programm fliegen. Linda wusste nur zu genau, dass die Rabbiner in der Midrascha zwar für die Anliegen ihrer Konversions-Schülerinnen offen waren, gleichzeitig aber ein strenges Auge darauf hatten, eventuelle Scheinkonvertiten aufzudecken. Immer wieder kam es nämlich vor, dass junge Frauen aus aller Welt sich in das Konversionsprogramm einschrieben, um sich auf diese Weise die Aufenthaltserlaubnis und israelische Staatsbürgerschaft zu erschleichen. Zwar kamen sie meistens aus wirtschaftlich ärmeren Ländern in der Hoffnung auf ein besseres Leben, dennoch gab es natürlich auch Ausnahmen. Das Innenministerium hatte ebenfalls Interesse daran, Scheinkonvertiten aufzudecken und anschließend des Landes zu verweisen. Linda wusste auch, dass die Warteliste der Midrascha lang war und nur die wenigsten Bewerber überhaupt in das Konversionsprogramm aufgenommen wurden. Und sie war eine davon. Streng sah sie ihr Spiegelbild an und sagte: „Du hast sieben Jahre lang gebraucht, um bis hierher zu kommen. Du wirst mit niemandem darüber sprechen, dass du nicht mehr beten kannst, und machst wie geplant weiter." Hoffnungsvoll fügte sie hinzu: „Bald ist Chanukka[13], das wird dich ablenken. Bestimmt geht es danach wieder." Doch wirklich überzeugt klang sie nicht mehr.

Mitte Dezember begann Chanukka, das acht Tage dauernde Fest der Lichter und der Tempelweihe. Nach Schulunterricht versammelte sich Linda mit ihren Freundinnen im Wohnheim der Midrascha, um zu feiern. Jeden Abend zündeten sie eine Kerze mehr am Chanukka-Leuchter an, bis am achten Festtag schließlich alle Lichter brannten. Bei Kerzenschein sangen sie Lieder und tanzten, aßen in Öl zubereitete Speisen wie Latkes[14] oder Sufganijot[15] und spielten mit dem Dreidel[16] um Schokoladenmünzen. Dabei gab es viel Gelächter, und meistens wurde es so spät, dass Linda gleich im Wohnheim übernachtete.

Entgegen ihrer Hoffnung konnte Linda jedoch auch nach Chanukka nicht mehr beten. Das Fest und die Ablenkung hatten nichts genutzt. Jedes Mal, wenn sie es versuchte, schnürte sich ihr Hals zu, noch bevor sie das erste Wort ausgesprochen hatte.

Spät am darauffolgenden Sonntagabend lag sie im Bett. Sie konnte nicht schlafen und starrte frustriert in die Dunkelheit ihres Zimmers. Regen prasselte an die Fensterscheibe. *Wenn ich nicht mehr beten kann, war's das für mich mit dem Judentum.* Dieser Gedanke kam ihr so plötzlich in den Sinn – so befremdlich und kalt –, dass sie erschrak. Wenn sie jetzt aufgeben würde, würde sie alles wegwerfen, woran sie die letzten sieben Jahre ihr Herz gehängt hatte. Sie könnte weder konvertieren noch die israelische Staatsbürgerschaft annehmen, geschweige denn in Israel bleiben. Die weiteren Konsequenzen erschreckten sie noch mehr. Sie müsste nach Deutschland zurückgehen und dort von vorne anfangen. Innerlich wehrte sich Linda mit aller Kraft gegen dieses Szenario. *Auf keinen Fall! Ich wär ja blöd, meine ganze Zukunft hier aufzugeben, bloß weil ich momentan nicht mehr beten kann.*

Doch – ob sie wollte oder nicht – ernsthafte Zweifel nagten mit wachsender Dringlichkeit an ihrem Lebenstraum, und die Frage, die sich ihr auf der Rückfahrt von Hebron zum ersten Mal gestellt hatte, wurde bohrender: Sollte es doch nicht richtig sein, zum Judentum zu konvertieren?

Die Melodie der „Kavallerie Attacke", gespielt auf der Trompete, riss sie abrupt aus ihren Gedanken. Sie zuckte zusammen und griff nach ihrem Handy, das neben ihr auf dem Nachttisch lag. Gleich nachher würde sie den penetranten Benachrichtigungston endlich ändern. Eine neue Nachricht von Mariana.

> Hallo Linda, Achmad möchte gerne deine Handynummer haben. Hier seine Nummer, dann kannst du selbst entscheiden, ob du ihn kontaktieren willst oder nicht. 😉 🖤

Achmad. Sosehr Linda sich auch bemüht hatte, war es ihr nicht gelungen, ihn aus ihren Gedanken zu verdrängen. Wie schon so oft sah sie sich auch jetzt wieder in dem Kleiderladen in Ramallah stehen, blickte in seine sanften, geschwungenen Augen und spürte seine spontane Umarmung. Ein wohliger Schauer lief ihr über den Rücken, und am liebsten hätte sie ihm sofort geschrieben, dass sie ihn wiedersehen wollte. Sie zwang sich jedoch, ihrem ersten Impuls nicht zu folgen, sondern erst einmal ihre Gedanken zu sortieren. Bald würde sie konvertieren und irgendwann einen jüdischen Mann heiraten. War es nicht das, was sie die ganze Zeit gewollt hatte? Aber dann musste sie Achmad vergessen, und zwar schnell. Doch noch schneller wusste sie, dass sie das eigentlich gar nicht wollte. Ohne noch länger zu überlegen, fügte sie ihn als neuen Kontakt zu ihrer Liste hinzu, und schon flogen ihre Finger über die Tastatur.

> Hallo Achmad, ich bin's, Linda. Ich würde mich freuen, von dir zu hören.

Mit gelbem Lachgesicht versehen, war die Nachricht in Nullkommanichts abgeschickt. Achmads Antwort ließ nicht lange auf sich warten:

> Hallo Linda, schön, dass du dich gemeldet hast. Ich hoffe, dir geht's gut und dass dir der Tag in Ramallah gefallen hat. Du wolltest eine CD mit arabischer Rap-Musik – ich habe dir eine besorgt. Wenn du willst, besuch mich doch mal bei mir zu Hause. ☺

Linda lachte laut auf und tippte in ihr Handy:

> Cool, danke für die Musik! Klar, ich besuche dich gerne!

Gespannt wartete sie auf seine Antwort, während er schrieb, und dann las sie freudestrahlend:

> Wie wärs mit dem 31. Dezember? Meine Mutter hat ein paar ihrer Freundinnen eingeladen und würde sich bestimmt freuen, wenn du mit Mariana auch kommen würdest. Sie hat nämlich schon überall erzählt, dass ich nun außer einem argentinischen auch ein deutsches Mädchen kenne und alle sind neugierig auf dich! Hast du Lust? Oder feiert ihr beide da eine deutsch-argentinische Silvesterparty?

> Oh schade, am 31.12. kann ich leider nicht, da bin ich bei einer Hochzeit eingeladen. Und nein, Mariana und ich feiern natürlich kein Silvester.

> Warum nicht?

> Silvester ist Jahresende nach christlicher Zeitrechnung. Das jüdische Jahr hat bereits im September geendet.

> Das heißt, du hast schon Silvester gefeiert?

> So ähnlich. Bei uns heißt das Fest Rosch HaSchanah. Da feiern wir aber nicht das Jahresende, sondern den Beginn des neuen Jahres, und das gleich zwei Tage lang.

Achmad schien zu überlegen, denn seine Antwort ließ auf sich warten. Gerade, als Linda sich fragte, ob sie ihn mit ihrer Absage gekränkt hatte, kam eine neue Nachricht von ihm.

Ich habe gerade mit meinen Eltern gesprochen.
Ihr könntet uns auch im Januar besuchen. Meine
Mutter lädt ihre Freundinnen sowieso öfter ein. Sagt
Bescheid, wann ihr kommen könnt. Gute Nacht,
ich geh jetzt ins Bett, muss morgen früh um 5 Uhr
aufstehen. Schlaf gut. 🌷

Danke, dir auch eine gute Nacht!

Linda setzte noch ein Lachgesicht darunter, dann war der erste WhatsApp-Austausch mit Achmad beendet. Sie legte das Handy weg und sank mit einem glücklichen Stoßseufzer ins Kopfkissen.

Leichter Nieselregen hüllte Jerusalem in Nebel ein. Fröstelnd stand Mariana an einem Donnerstag im Januar mit Minirock bekleidet an der Straßenbahnstation und wartete auf Linda. Als sie schließlich aus dem Nebel auftauchte, trug sie wie immer einen knöchellangen, schwarzen Rock und einen langärmligen Pullover. Ihre Haare hatte sie wie gewöhnlich zu einem Pferdeschwanz zusammengebunden. Schwungvoll drückte sie Mariana ein Küsschen auf die Wangen. „Guten Morgen! So ein grauer Tag! Könnte fast in Deutschland sein, nur dass es hier nicht so kalt ist."

Mariana rieb sich die Hände. „In Argentinien haben wir 30 Grad im Januar, das wäre mir lieber." Sie blickte auf Lindas Rock. „Du hast aber nicht vor, so rüberzufahren, oder?"

„Quatsch, ich mach's einfach wie letztes Mal."

Die Scheinwerfer der Straßenbahn drangen durch den Nebel und kamen näher. Linda sah sich verstohlen um. „Wir müssen vorsichtig sein, hier steigen öfters Leute von der Midrascha ein, daran habe ich letztes Mal gar nicht gedacht." Ganz hinten entdeckten sie zwei freie Plätze. Auf dem Weg dorthin streiften ihre Blicke wie zufällig die anderen Fahrgäste. Niemand achtete auf sie, und auch eine Mitschülerin war nirgends zu sehen. Beim Hinsetzen auf den Fensterplatz streifte Linda sich flugs den Rock ab, und Mariana nahm neben ihr Platz.

„Hast du dir die Jeans wieder ausgeliehen?" Sie betonte das Wort *ausgeliehen* und deutete mit ihren Zeigefingern Anführungszeichen an. Linda rollte den Rock zusammen und stopfte ihn in den Rucksack. „Nein, dieses Mal nicht. Ich habe sie mir gestern für 10 Schekel im Secondhandladen gekauft. Passt perfekt."

Wie bei ihrer ersten Fahrt nach Ramallah stiegen sie wieder an der Haltestelle „Damaskustor" aus und ein paar Straßen weiter in den arabischen Bus ein. Linda holte ihr blaues, perlenbesetztes Kopftuch aus ihrer Tasche und setzte es auf. „Ich bin ja so gespannt, Achmads Familie kennenzulernen! Wie cool, dass wir zwei Tage dortbleiben können. Ganz abgesehen davon, würden wir vorher sowieso nicht heimkommen."

„Wieso denn nicht?" Mariana begriff nicht gleich, worauf Linda hinauswollte.

„Ist doch klar. Morgen ist Freitag, da fahren die arabischen Busse nicht, also kommen wir nicht mehr weg. Und am Samstag fahren die israelischen Verkehrsmittel ja erst wieder, wenn Schabbat vorbei ist. Wir könnten zwar mit dem arabischen Bus nach Jerusalem fahren, kämen aber erst abends weiter, es sei denn, wir laufen. Also sitzen wir sozusagen bis Samstagabend bei Achmads Familie fest. Ich freue mich darauf!"

Die beiden Freundinnen lachten. Mariana fragte: „Sag mal, was hast du denn deinen Gasteltern erzählt, wie du diesen Schabbat verbringst?"

„Mit dir. Stimmt ja auch."

„Und ich habe meinen Gasteltern gesagt, dass ich den Schabbat mit dir verbringe!" Sie sahen sich an, prusteten los und riefen gleichzeitig: „Stimmt ja auch!"

Dieses Mal wartete Achmad bereits am Busbahnhof in Ramallah. Linda entdeckte ihn schon beim Anfahren, und sofort schlug ihr Herz bis zum Hals. Er trug schwarze Jeans, ein rotes T-Shirt, darüber seine schwarze Lederjacke und hatte eine rote Baseballkappe auf. Wie bei ihrer ersten Begegnung waren seine Barthaare makellos gestutzt, und er roch dezent nach einer leicht holzigen Duftkomposition mit einer Note aus Vanille und Mandeln. Charmant lächelnd sagte er: „Herzlich willkommen zurück in Ramallah!" Zu Lindas Bedauern umarmte er sie dieses Mal jedoch nicht. Grinsend zeigte er auf das blaue Kopftuch: „Steht dir wirklich gut."

Er erklärte den beiden, dass sie mit dem Taxi in sein Dorf fahren würden, da er kein eigenes Auto besitze. Nachdem sie Ramallah hinter sich gelassen hatten, fuhren sie ein Tal entlang – vorbei an kleinen Dörfern, die sich wie Nester in die Hügel schmiegten. Verträumt sah Linda zum Fenster hinaus. Sollte Achmad mit dem Taxifahrer unter einer Decke stecken und vorhaben, sie zu kidnappen, wäre dies eine sehr schöne Art, entführt zu werden.

Doch das hatte er offensichtlich nicht vor, denn in dem Augenblick zeigte er auf die Kuppe eines Hügels vor ihnen. Dort oben im Dorf lag das Haus seiner Eltern. Die Straße vor ihnen schlängelte sich durch die karge Landschaft zwischen Felsbrocken und Grasbüscheln hinauf. Mittlerweile hatte es aufgehört zu regnen, der Himmel klarte auf und die Sonne kam heraus. Von der Anhöhe aus hatte man einen herrlichen Rundblick auf die umliegende Landschaft, Regentropfen glänzten wie Glasperlen an Büschen und Sträuchern. Unbeirrt von Mauern und Grenzen tauchten die Sonnenstrahlen Täler und Hügel gleichermaßen in ein Wechselspiel aus Schatten und Licht.

Zypressen und Akazien säumten das Dorf, entlang den Hängen zogen sich steinige Terrassen, gespickt mit Olivenbäumen. Wie in der Siedlung ihrer Gasteltern waren die Häuser auch aus Kalkstein gebaut, hatten aber anstelle eines ziegelbedeckten Satteldaches ein Flachdach.

Linda fiel auf, dass auf jedem Dach ein großer schwarzer Tank stand. Wassertanks, erklärte Achmad, da sie im Dorf keine zentrale Wasserversorgung hätten und manchmal das Wasser knapp werden könne. Zwischen den cremefarbenen Häusern standen vereinzelt Mandel- und Orangenbäume. In einiger Entfernung ragte weithin sichtbar das Minarett einer Moschee in den Himmel. Vor einem gepflegt aussehenden, zweistöckigen Haus hielt das Taxi an. Sie stiegen aus. Die klare Luft roch noch nach Regen, erfrischend und würzig.

Im selben Augenblick öffnete eine großgewachsene, jung aussehende Frau die Haustür. Sie trug einen rosa Sportanzug und bequeme Schuhe. Ihr langes schwarzes Haar mit ein paar vereinzelten Silbersträhnen fiel wellig über Schultern und Rücken, das Gesicht war sorgfältig geschminkt. Achmad stellte vor: „Linda, meine Mutter Aysha. Mamá, das ist Linda." Linda blickte in die samtbraunen Augen von Achmads Mutter und mochte sie sofort. Strahlend sagte Aysha auf Arabisch: „Achmad hat uns schon viel von dem Mädchen aus Deutschland erzählt. Wir freuen uns sehr, dass du uns besuchst." Auch Mariana wurde freundlich begrüßt. Linda entging jedoch nicht, dass Aysha dabei kurz auf den Minirock sah und gleich darauf Achmad einen missbilligenden Blick zuwarf.

Linda streifte sich das Tuch vom Kopf und steckte es in ihren Rucksack, und nachdem sie sich im Flur die Schuhe ausgezogen hatten, führte Achmad seine Gäste in das geschmackvoll eingerichtete Wohnzimmer. Mariana und Linda nahmen auf dem großen, mit anthrazitfarbenem Stoff bezogenen Sofa Platz. Währenddessen ging Achmad zu einem reich verzierten gusseisernen Kaminofen auf vier geschwungenen Füßen, der zugleich altmodisch und modern anmutete. Die Fronttür aus Glas gab den Blick auf das Spiel der Flammen frei, die jedoch nur noch schwach züngelten. Achmad nahm ein paar Holzscheite aus dem danebenstehenden Korb, die er durch eine kleine Seitentür in den Ofen schob, und das Feuer flackerte auf. In der Ecke neben dem Ofen steckten langstielige, bunte Seidenblumen in einer Bodenvase aus dunkelblauem Porzellan. Lindas Blick schweifte weiter durch das Zimmer. Alles war perfekt sauber und ordentlich, die wenigen Deko-Artikel offensichtlich sorgfältig ausgewählt. Unter dem Fenster mit den weinroten Samtvorhängen stand ein großer Esstisch aus dunklem Holz, darauf eine Kristallschale mit Obst. Auf dem Glas-Couchtisch vor ihnen lag ein mit Spitzen verziertes, weißes Deckchen, gegenüber standen zwei Plüschsessel, passend zum Sofa. Links neben dem Sofa lief auf einem weißen Tisch leise der Fernseher, dem aber niemand Beachtung schenkte. An der Wand hingen keine Bilder, sondern nur eine schwarze Uhr mit silbernem Zifferblatt in der Größe eines Esstellers sowie ein gerahmter Spruch. Lindas Blick blieb auf dem Text in arabischen Buchstaben hängen. „Was für einen Spruch habt ihr denn dort an der Wand?" Achmad entzündete ein Streichholz. „Das ist der sogenannte Thronvers aus dem Koran, auf Arabisch Ayat Al Kursi", erklärte er, während er mit der Flamme ein Stück Papier ansteckte und es in den Ofen warf. Kurz schaute er zu, wie die Flammen daran züngelten, dann schloss er die gusseiserne Tür und rezitierte: „Gott, es gibt keinen Gott außer Ihm, dem Lebendigen, dem Beständigen. Nicht überkommt Ihn Schlummer und nicht Schlaf. Ihm gehört, was in den Himmeln und was auf der Erde ist. Wer ist es, der bei Ihm Fürsprache einlegen kann, es sei denn mit Seiner Erlaubnis? Er weiß, was vor ihnen und was hinter ihnen liegt, während sie nichts von Seinem Wissen erfassen, außer was Er will. Sein Thron umfasst die Himmel und die Erde, und es fällt Ihm nicht schwer, sie zu bewahren. Er ist der Erhabene, der Majestätische."

Aufmerksam hatte Linda zugehört. „Interessant, das meiste kenne ich auch. ‚Gott, es gibt keinen Gott außer Ihm' – das steht in der Tora fast genauso. Oder die Stelle ‚Sein Thron umfasst die Himmel und die Erde', da gibt es bei uns auch einen ähnlichen Vers: ‚Der Himmel ist mein Thron und die Erde der Schemel für meine Füße.'"

Mariana neckte: „Na, du hast deine Hausaufgaben wohl immer gemacht, so gut, wie du dich auskennst. Also ich weiß das nicht so genau." Linda zuckte die Schultern. „Ist doch nichts Besonderes, ich hab den Tanach ja schon oft genug gelesen."

Das Feuer im Ofen verbreitete wohlige Wärme im Zimmer. Aysha, die nach der Begrüßung gleich in der Küche verschwunden war, kam mit einem Tablett herein und stellte eine Kanne Saft, vier Gläser sowie eine Schüssel mit Gebäck auf den Couchtisch. Mariana sagte: „Oh, lecker, Mamoul. Das hatten wir bei meinem letzten Besuch auch!" Linda betrachtete die kleinen, mit Puderzucker bestäubten Gebäckstückchen: „Mamoul, was ist das?"

Achmad hielt Rücksprache mit seiner Mutter, dann übersetzte er: „Das ist ein Buttergebäck, gefüllt mit Datteln und gehackten Nüssen. Meine Mutter sagt, sie nimmt am liebsten Pistazien." Nicht ohne Stolz fügte er hinzu: „Ihre Mamoul sind die besten, sie ist im ganzen Dorf bekannt dafür." Lächelnd goss Aysha Saft ein. „Und dazu gibt es frisch gepressten Granatapfelsaft, lasst es euch schmecken!" Sie setzte sich dazu und schenkte sich ebenfalls Saft ein. Linda lief das Wasser im Mund zusammen. Nur zu gerne hätte sie von den Gebäckteilchen gegessen, doch sie waren mit Sicherheit nicht koscher. Achmad sah, dass sie zögerte, und hielt ihr den Teller unter die Nase. „Nimm dir, sie werden dir schmecken." Mariana nahm sich gerade ein zweites Stück Mamoul und sagte: „Och Linda, mach doch mal eine Ausnahme. Aysha hat extra für uns gebacken."

Linda kam ins Schwitzen. Sie wollte nicht unhöflich sein, aber Kaschrut, die jüdischen Speiseregeln, wollte sie auch nicht brechen. Mit einer kurzen Entschuldigung holte sie schließlich einen Schokoriegel und ihre Wasserflasche aus dem Rucksack. Lustlos biss sie in den Riegel und starrte in das lodernde Feuer im Kamin, ohne es wirklich zu sehen. Während Mariana sich angeregt mit Achmad unterhielt, fühlte Linda sich in seiner Gegenwart auf einmal innerlich zerrissen. *Ich darf nicht zulassen, mich noch mehr in ihn zu verlieben.*

Achmad unterbrach ihre Gedanken. „Wie wäre es, wenn ich euch den oberen Stock zeige? Seit du das letzte Mal da warst, hat sich dort einiges verändert, Mariana." Sie erhoben sich, und mit der Ankündigung, das Essen sei gleich fertig, eilte Aysha in die Küche.

Über eine enge Steintreppe im Haus gelangten sie nach oben. Zu Lindas Überraschung befand sich das gesamte erste Stockwerk im Rohbau. Achmad sagte: „Das wird eines Tages die Wohnung für mich und meine zukünftige Frau sein. Seitdem ich Geld verdiene, kaufe ich nach und nach Baumaterial und arbeite immer wieder daran." Mariana warf Linda einen kurzen Seitenblick zu.

„Ich wusste ja gar nicht, dass du eine Freundin hast."

„Hab ich auch nicht, aber ich sorge schon mal vor."

„Bist du denn schon sicher, dass du später auch hier wohnen wirst?", fragte Linda erstaunt.

„Natürlich. Der Sohn bleibt im Haus seiner Eltern wohnen, das machen hier alle so. Wenn es nicht groß genug ist, wird einfach ein Stockwerk obendrauf gebaut. Meine Eltern haben ihr Haus von vorneherein so geplant, dass ich das auch eines Tages machen kann."

Wenn ich Achmads Frau werden würde, wäre das mein neues Zuhause. Genauso schnell, wie der Gedanke gekommen war, verdrängte Linda ihn wieder. Gerade fragte Mariana: „Das heißt, wenn deine Eltern mehrere Söhne hätten, dann würde jeder sein eigenes Stockwerk hier bauen?"

„Ja, genau so wäre es."

„Und wenn es acht Söhne wären, dann wäre das Haus irgendwann acht Stockwerke hoch?" Achmad nickte. „Und der Sohn, der zuletzt heiratet, wohnt typischerweise am höchsten." Er zeigte durch das Fenster auf ein hohes Haus. „Bei unserem Nachbarn ist dies genau der Fall. Acht Söhne, acht Stockwerke." Mariana und Linda lachten lauthals los. Achmad lachte mit, ohne jedoch genau zu wissen, was die beiden so lustig fanden, und ihr Gelächter hallte von den kahlen Wänden der leeren Räume wider.

„Hier oben habe ich mit meinen Freunden eine kleine Party gemacht, an dem Abend, als meine Mutter ihre Freundinnen eingeladen hatte. Ich habe die ganze Zeit nur an dich gedacht." Linda schluckte. Achmads Worte waren so unvermittelt gekommen, dass ihr Herz vor Freude einen kleinen Sprung machte. Da sie nicht wusste, was sie darauf antworten sollte, lächelte sie ihn einfach an. Eine Weile sagte niemand etwas. Die plötzlich eingetretene Stille im Raum fühlte sich harmonisch an, ebenso wie das Gemecker von Ziegen, das im nächsten Moment von der Straße zu ihnen heraufscholl. Sie sahen zum Fenster hinaus. Ein alter Mann trieb seine kleine Herde am Haus vorbei in Richtung Dorfausgang und den dahinter liegenden Feldern. Vor dem Eingang des gegenüberliegenden Hauses lag eine graugetigerte Katze und sonnte sich. Sie war offensichtlich an die Ziegen gewöhnt und ließ sich von ihnen nicht aus der Ruhe bringen.

Aysha rief von unten. Das Mittagessen war fertig. Der große Esstisch im Wohnzimmer war nun gedeckt, und in der Mitte stand ein riesiger Teller, gefüllt mit einem Reisgericht in Form einer Torte. Es roch köstlich nach Hühnchen und Gewürzen. Linda fragte Achmad: „Was ist das?"

„Maqluba, das bedeutet übersetzt *umgekehrt*." Aysha ergänzte: „Man kocht Fleisch, Reis und Gemüse schichtweise zusammen in einem Topf und stürzt ihn dann auf einen Teller, sodass die unterste Schicht dann oben ist. Darüber gibt man geröstete Pinienkerne und gehackte Petersilie."

„Das hört sich ja köstlich an, aber auch nach ganz schön viel Arbeit." Offensichtlich erfreut über Lindas Anerkennung zeigte Aysha auf die danebenstehenden Schüsseln. „Hier sind Gurken-Tomaten-Salat und Joghurt. Nehmt euch von allem, soviel ihr wollt." Mariana ließ sich dies nicht zweimal sagen und griff herzhaft zu, Linda hingegen saß da und rang mit sich selbst. Alles sah so gut aus, dass ihr der Magen knurrte. Aysha musste stundenlang in der Küche gestanden haben, um für sie und Mariana etwas

Besonderes zu kochen, aber auch dieses verlockende Gericht war sicherlich nicht koscher. Linda spürte, dass alle Augen auf ihr ruhten, und unbehaglich sagte sie: „Es tut mir leid, aber ich möchte nichts essen, das nicht koscher ist."

Aysha sah enttäuscht aus, sagte aber nichts. Achmad sah Linda an. „Vielleicht ist das Essen ja koscher, könnte das nicht sein?"

„Nein!" Das konnte schon allein aus dem Grund nicht sein, weil der Herd von einer Nichtjüdin angeschaltet worden war, aber das traute Linda sich nicht zu sagen. Stattdessen erklärte sie: „Deine Mutter hat vermutlich denselben Herd und Backofen für milchige und fleischige Speisen verwendet."

„Ja natürlich! Wie soll man das denn sonst machen, etwa mit zwei Öfen?" Achmad lachte.

„Ja. In der jüdischen Küche stehen zwei Öfen – einer für Fleischgerichte, der andere für Milchspeisen –, es sei denn, der Ofen hätte eine besondere Reinigungsmethode."

„Okay, aber dann bräuchte man ja auch getrennte Herde, getrennte Waschbecken, getrennte Spülmaschinen ..." Achmad blickte so ungläubig drein, dass nun Linda wiederum nicht anders konnte, als hellauf zu lachen. „Absolut richtig! Und außerdem trennen wir strikt das Geschirr für Fleischiges und Milchiges."

Achmad wandte sich an seine Mutter und übersetzte, was er soeben gelernt hatte. Aysha nickte und erwiderte etwas auf Arabisch. Ihr Sohn übersetzte: „Wir respektieren deine Religion, deshalb wollen wir dich nicht dazu überreden, etwas zu essen, das nicht koscher ist."

Erleichtert und widerstrebend zugleich stand Linda auf und holte einen Plastikbecher löslicher Nudelsuppe sowie eine Tüte Chips aus ihrem Rucksack. Während die anderen fröhlich plaudernd aßen, löffelte sie nachdenklich ihre Suppe. Aysha hatte sich mit dem Essen große Mühe für sie gemacht, und nun aß Linda nichts davon, nur weil es nicht koscher war. War das nicht undankbar und lieblos von ihr? Sollte nicht die Liebe an oberster

Stelle stehen? Hielt sie sich vielleicht doch zu streng an die ganzen koscheren Regeln?

Aufgewühlt holte sie einige Chips aus der Tüte und schob sie sich in den Mund. Nie zuvor waren ihr Zweifel an den jüdischen Essensregeln gekommen, doch nun machten sie sich mit einem Mal so stark in ihr breit, dass sie sie weder ignorieren konnte noch wollte.

Am Nachmittag machten Achmad, Linda und Mariana einen Spaziergang durch das 600-Seelen-Dorf, in dem es nur einen kleinen Lebensmittelmarkt gab. Der Besitzer war gerade dabei, Holzkisten mit Gemüse aus seinem Auto zu laden. Mehrere kleine Jungs spielten Fußball auf der Straße, ein verzotteter Hund ohne Halsband schnüffelte an einem Orangenbaumstamm, dann hob er sein Bein, woraufhin ihn der Ladenbesitzer schimpfend verscheuchte. Achmad erzählte, dass hier jeder jeden kannte. Einige der Dorfbewohner hatten ebenfalls eine Zeitlang im Ausland gelebt und waren irgendwann mit amerikanischem, brasilianischem oder jordanischem Pass in ihr Heimatdorf zurückgekehrt.

Mariana bat Achmad: „Erzähl Linda doch mal, wie deine Eltern sich kennengelernt haben, das ist eine irre Geschichte!" Achmad zeigte auf einen Turm am oberen Dorfrand. „Von dort hat man eine tolle Aussicht." Während sie zu dem Wasserturm gingen, erzählte er: Auch sein Großvater Ali war als junger Mann eines Tages ausgewandert – mit dem Schiff nach Argentinien. In Bahía Blanca ließ er sich nieder und lernte Achmads Großmutter Evita kennen, eine Argentinierin. Ihr Vater besaß mehrere Kleiderläden, und Ali stieg ins Geschäft mit ein. Er heiratete Evita, die beiden bekamen ihre Tochter Sol und drei Jahre später Halil, Achmads Vater. Halil war gerade 15 Jahre alt geworden, als seine Großeltern bei einem Bootsunfall auf dem Meer ums Leben kamen. Er brach die Schule ab, da sein Vater ihn brauchte. Mit 18 Jahren heiratete Sol einen ausgewanderten Palästinenser und zog mit ihm nach Palästina. Achmad kickte einen Stein über die

unbefestigte Straße. „Bei meinen Eltern war es aber ganz anders."
Da er nicht gleich weitersprach, fragte Linda: „Wie denn?"

„Meine Eltern wurden füreinander ausgesucht."

„Du meinst, jemand hat über ihren Kopf hinweg entschieden, dass sie heiraten sollen? Eine arrangierte Ehe?"

„Wie man's nimmt. Als mein Vater 20 war, lud Tante Sol ihn ein, sie in Palästina zu besuchen. Sie und ihr Mann hatten inzwischen drei Kinder, außerdem sollte er endlich einmal die restliche Verwandtschaft meines Großvaters kennenlernen, und die war riesengroß! Eines Tages wurden meinem Vater im Haus seines Onkels sieben junge Frauen vorgestellt. Sie waren alle die unverheirateten Töchter einer befreundeten Familie. Mein Vater saß auf der Couch, dann wurde eine Schwester nach der anderen zu ihm geführt, und er sollte sich eine aussuchen." Mariana brach in Gelächter aus. „Das finde ich immer wieder zu komisch, einfach unglaublich."

„So war es halt. Man wurde erst mal nicht gefragt." In seinen Augen funkelte Humor. „Meinem Vater wurde gesagt, er solle sich die aussuchen, die ihm am besten gefalle. Aber er konnte sich nicht gleich entscheiden, da alle sieben Schwestern so hübsch waren." Linda sagte: „Das muss doch für beide Seiten unangenehm gewesen sein. Sowohl jemanden auswählen zu müssen als auch ausgesucht zu werden."

„So schlimm war es gar nicht. Nachdem mein Vater schließlich meine Mutter gewählt hatte, durfte sie selbst entscheiden, ob sie ihn heiraten wollte oder nicht. Wie sie beteuert, wollte sie wirklich, und ein paar Wochen später wurde groß Hochzeit gefeiert. Gleich danach ist sie mit meinem Vater nach Argentinien gegangen."

Mariana sagte: „Das war echt mutig von deiner Mutter! Sie hatte ja keine Ahnung, worauf sie sich einließ."

„Ja, sie war noch nie zuvor aus ihrem Dorf herausgekommen, und dann gleich nach Argentinien zu ziehen, war bestimmt nicht leicht. Heute würde das so schnell gar nicht mehr gehen, aber damals gab es ja die Mauern noch nicht."

Linda fragte: „Wie haben sich deine Eltern denn unterhalten, konnte dein Vater Arabisch?"

Achmad schüttelte den Kopf. Seine Großeltern hatten mit ihren Kindern immer nur Spanisch gesprochen, sodass sein Vater sich am Anfang außer mit ein paar Brocken Englisch kaum mit Aysha unterhalten konnte. Sie lernte in Argentinien aber schnell Spanisch und arbeitete in einer Näherei, bis Achmads älteste Schwester Malak geboren wurde. Innerhalb weniger Jahre folgten Jasmin, Nesrin und Schirin, und zu guter Letzt wurde er geboren, der einzige Sohn. Bis auf Schirin waren mittlerweile alle Schwestern verheiratet und lebten mit ihren Männern in deren Heimatdörfern. Malak und Jasmin hatten jeweils drei Kinder, Nesrin erwartete im Herbst ihr erstes Baby. Schirin war bis vor Kurzem verlobt gewesen, hatte sich aber nach kurzer Kennenlernphase dazu entschieden, ihren Verlobten doch nicht zu heiraten. Sie arbeitete in einem Nagelstudio in Ramallah und wohnte noch zu Hause.

Mittlerweile hatten die drei den Turm erreicht und erklommen die Stufen. Achmad hatte nicht zu viel versprochen. Die Aussicht, die sich ihnen oben eröffnete, war atemberaubend. Sie blickten weit über das Dorf hinaus auf das umliegende Land mit seinem sanften Wechselspiel aus Hügeln und Tälern – bis hin zur Küste, dem glitzernden Mittelmeer am Gazastreifen und nach Tel Aviv. Inzwischen stand die Sonne schon tief und tauchte die Hügel in goldenes Licht, während das Tal bereits im Schatten lag. Achmad zeigte auf ein Dorf zwei Hügel weiter. „Dort wohnt übrigens Malak mit ihrem Mann, im vierten Stockwerk seines Elternhauses."

„Das bedeutet, in den drei Stockwerken unter ihnen wohnen die Brüder ihres Mannes, oder?" fragte Linda.

„Ja genau, mit ihren Familien. Und die Eltern wohnen im Erdgeschoss."

„Wie alt sind deine Schwestern?"

„Oh, da muss ich überlegen ... Malak ist sechs Jahre älter als ich, also 26, Jasmin ist 25, Nesrin 23 und Schirin 21." Eine Weile sagte niemand etwas. Das Schauspiel der untergehenden Sonne war beeindruckend. Wie von Meisterhand gemalt, glühte der Himmel am Horizont in wunderschönen Tönen von orange über lachsfarben bis rosa.

Achmad unterbrach die Stille. „Meine Mutter würde gerne mal wieder ans Meer gehen, so wie früher in Argentinien. Obwohl sie es von hier aus jeden Tag sehen kann, ist es für sie unerreichbar." In seiner Stimme lag Entschlossenheit. „Eines Tages will ich dieses Land wieder verlassen, weg von den unsinnigen Mauern und endlich wieder in Freiheit leben." Linda hörte die Sehnsucht in seiner Stimme, und er tat ihr leid. Sanft fragte sie: „Warum seid ihr denn überhaupt von Argentinien nach Palästina gezogen?"

„Aus der Not heraus. Mein Großvater ist überraschend gestorben, da war ich elf. Nach seinem Tod hat sich herausgestellt, dass seine vermeintlich gut laufenden Kleidergeschäfte hoch verschuldet waren, und er über Jahre hinweg seine Ware auf Kredit gekauft hatte. Nicht mal mein Vater hat davon gewusst. In die Buchführung hat mein Großvater sich nämlich nie reingucken lassen." Achmads Züge verhärteten sich. „Er hat meiner Großmutter ein schönes Erbe hinterlassen, nämlich einen Riesenberg Schulden! Die hätte sie nie im Leben bezahlen können. Mein Vater sah keine andere Möglichkeit, als alles zu verkaufen – unsere Wohnung, die Möbel, das Auto, einfach alles."

Während die drei ihre Blicke über die beeindruckende Landschaft schweifen ließen, die sich im Abendlicht vor ihnen ausbreitete, erzählte Achmad seine Familiengeschichte weiter. Zwei Jahre später, nach dem Tod des Großvaters, war auch seine Frau Evita gestorben, gebrochen und bettelarm. Achmad konnte sich noch gut daran erinnern, wie sein Vater verzweifelt versuchte, finanziell wieder auf die Beine zu kommen, um sich und seine Familie über Wasser halten zu können, es aber nicht schaffte. Hinzu kam, dass mit Evitas Tod das letzte Familienmitglied aus der argentinischen Verwandtschaft ausgelöscht wurde. Und die ganze arabische Verwandtschaft war in Palästina. Schließlich sahen Achmads Eltern nur noch eine Möglichkeit: nämlich in ihre Heimat zurückzugehen und dort noch einmal ganz neu anzufangen. Sie verkauften das Häuschen der Großmutter, zahlten mit dem Geld die restlichen Schulden ab, kauften Flugtickets nach Israel und zogen zu Sol und ihrem Mann in deren Haus mit ein.

„… mit 1000 Dollar in der Tasche und ein paar Koffern kamen wir dann hier an." Achmad strich sich durch den Bart, die Stirn gerunzelt. Nach kurzer Pause sagte Mariana: „Ich erinnere mich noch gut an den Tag, an dem du dich in der Schule von uns verabschiedet hast. Wir wussten nicht einmal, wo Palästina überhaupt liegt."

Am Horizont war mittlerweile nur noch ein schmaler, orangener Streifen zu sehen, dann war es dunkel, weit im Osten war die schmale Sichel des Mondes sichtbar. Wind kam auf, und es wurde empfindlich kalt. Sie stiegen den Turm hinunter und machten sich auf den Heimweg. Linda fragte: „Dein Vater und ihr Kinder, wie habt ihr das denn damals ohne Arabischkenntnisse gemacht, als ihr hierhergezogen seid?"

„Meine Mutter hat mit uns Arabisch gelernt und oft für uns übersetzt, und am Anfang hat Tante Sol sogar einen Privatlehrer angeheuert, der uns zu Hause unterrichtet hat."

„Und hat dein Vater hier eine Arbeit gefunden?"

„Ja, er hatte großes Glück. Mit seinem argentinischen Pass konnte er problemlos nach Jerusalem rüber, wo er einen Job bei einem Food-Catering-Unternehmen bekam. Dafür reichten seine Englischkenntnisse, und seinem Boss war es egal, dass er kein Hebräisch konnte."

Halil arbeitete fünf Tage die Woche, verließ morgens um 4 Uhr das Haus und war vor 20 Uhr eigentlich nie daheim. Oft machte er Überstunden, um so viel Geld wie möglich für ein eigenes Haus beiseitezulegen. Nach fünf Jahren hatte er genug angespart, kaufte das Grundstück und fing mit dem Hausbau an. Jede freie Minute verbrachte er auf der Baustelle, und als das Haus endlich fertig war, bekam Halil Herzprobleme. Ständig erschöpft, musste er schließlich seinen Job aufgeben. Er schaffte die langen Arbeitstage einfach nicht mehr. Mitfühlend fragte Linda: „Und was hat dein Vater dann gemacht?"

„Erst war er wochenlang zu Hause, und als es ihm endlich besser ging, hat er in Ramallah bei einer Bäckerei angefangen. Er verdient dort zwar viel weniger, muss dafür aber morgens nicht ganz so früh aufstehen und kommt abends nicht so spät heim."

Achmad sah auf die Uhr. „Er müsste gleich nach Hause kommen, und Schirin ist wahrscheinlich schon da."

Als sie das Haus betraten, empfing sie köstlicher Duft nach Kräutern und Gewürzen, und Linda merkte auf einmal, dass sie sehr hungrig war. Sie fanden Aysha und Schirin in der Küche. Schirin trug kein Kopftuch. Ihr langes, schwarzes Haar war mit einem Haarreif gebändigt, das schmale Gesicht perfekt geschminkt, die langen Nägel rot lackiert. Sie trug verwaschene Jeans und einen hellblauen Pullover. An ihren Ohrläppchen baumelten blaue Glasperlen an langen, silbernen Kettchen. Sie begrüßte Mariana und Linda mit einer Umarmung und ein paar englischen Worten, und Aysha bat ihre Gäste, am Esstisch im Wohnzimmer Platz zu nehmen, der bereits für das Abendessen gedeckt war. Sie hatten sich kaum hingesetzt, als Halil hereinkam. Er war einen Kopf kleiner als Achmad, hatte schütteres, ergrautes Haar und einen grau melierten Schnurrbart. Seine blauen Augen unter den buschigen Brauen sahen Linda freundlich an, und Achmad machte die beiden miteinander bekannt.

Aysha kam mit einer großen Platte Pizza herein und wandte sich freudestrahlend an Linda. „Ich habe extra für dich vegetarische Pizza gebacken, damit du sie essen kannst." Linda schluckte. Sie blickte zuerst auf die Pizza mit dem noch brutzelnden Käse, dann in Ayshas Augen, die sie erwartungsvoll anschauten. Mariana raunte ihr ins Ohr: „Das kannst du jetzt echt nicht bringen, Linda." Gespannte Stille lag im Raum, alle Blicke ruhten auf Linda. Sie griff zu.

Zum Nachtisch servierte Aysha frisch gebackenen Schokoladenkuchen, dazu reichte sie dampfend heißen Mokka mit Kardamom. Der würzige Geschmack erinnerte Linda an Nelken und Zimt und an die Plätzchen, die ihre Mutter jedes Jahr zu Weihnachten buk.

Total lecker! Die Gastfreundschaft, die sie hier erlebte, war genauso herzlich wie die auf jüdischer Seite. Hier wie dort waren ihr viele freundliche Menschen begegnet.

Der nächste Gedanke überfiel sie wieder einmal wie ein Blitz aus heiterem Himmel. *Was, wenn nicht die Tora, sondern der Koran stimmte?* Auf einmal kam sie ins Schwitzen und wusste, dass es nicht am Kaffee lag. Nur mit Mühe konnte sie sich noch darauf konzentrieren, was die anderen sagten. Immer wieder schweiften ihre Gedanken ab. Geistesabwesend rührte sie in ihrem Kaffee, das fröhliche Geplauder um sie herum vermischte sich zu einem einzigen Stimmengewirr.

„Was ist los, fühlst du dich nicht gut? Du bist ja ganz blass." Ayshas Stimme klang besorgt. Augenblicklich wurde es still am Tisch, und alle Augen waren wieder auf Linda gerichtet. Sie nahm die Kaffeetasse an den Mund, trank langsam einen Schluck. *Koran oder Tora?*

„Doch, mir geht's gut, danke. Ich glaube, ich habe nur ein bisschen zu viel gegessen." Sie rieb sich den Bauch und brachte ein Lächeln zustande.

Nachdem die Tafel aufgehoben war, wollten Aysha und Schirin nichts davon wissen, sich von Linda und Mariana in der Küche helfen zu lassen. Halil, erschöpft von der langen Arbeitswoche, zog sich zurück und auch Mariana war müde und wollte schlafen gehen. Linda und Achmad blieben allein im Wohnzimmer zurück, und er schlug vor, aufs Dach zu gehen. Linda war einverstanden. Dort würden sie ungestört reden können.

Vom Balkon im ersten Stock aus gelangten sie über eine Leiter auf das mit einer etwa anderthalb Meter hohen Mauer umrandete Flachdach. Die Arme auf die Brüstung gestützt, atmete Linda die kühle, erfrischende Abendluft ein und spürte nach, wie ihre Lungen sich damit füllten. Der Nachthimmel war sternenklar, über ihnen stand, endlos weit entfernt, blassgelb die Mondsichel. Irgendwo heulte ein Hund, von dem achtstöckigen Nachbarhaus wehte Musik herüber. Eine Weile sagte niemand etwas, dann fragte Achmad: „Woran denkst du?" Linda spürte seinen Blick auf sich ruhen. Sie starrte zu den Sternen, ohne sie wirklich zu sehen. „Jahrelang habe ich die jüdischen Regeln befolgt, und auf einmal habe ich Zweifel, ob sie überhaupt Sinn ergeben." Würde er sie nun auslachen? Oder ihr sagen, dass selbstverständlich nur der Koran richtig war?

Achmad sagte gar nichts, stattdessen nahm er Linda einfach in den Arm. Die Wärme seiner Umarmung gab ihr ein wohliges Gefühl von Geborgenheit, und auf einmal brach es aus ihr heraus. „Ich weiß nicht mehr, was ich glauben soll." Sie schmiegte sich an ihn und ließ ihren Tränen freien Lauf.

Linda hatte keine Ahnung, wie lange sie so auf dem Dach gestanden hatten. Irgendwann löste Achmad seine Umarmung und sagte sanft: „Wir gehen jetzt besser wieder rein, es ist zu kalt." Im Haus war alles still, die Küche war dunkel, und nichts rührte sich mehr. Im Flüsterton schlug Achmad vor, noch einen Tee zu trinken. Linda stimmte zu. Nach ihrem Gefühlsausbruch war sie hellwach und hatte noch keine Lust, ins Bett zu gehen. Während Achmad in der Küche hantierte, setzte sie sich im Wohnzimmer auf das Sofa und zog die Beine hoch. Die Geräusche aus der Küche waren irgendwie tröstlich: Wasser kochte, scheppernd fiel etwas zu Boden, eine Schranktür klappte.

Achmad kam mit einem Tablett herein, darauf eine Teekanne, ein Teller Schokopralinen und eine Tüte Kartoffelchips. Er stellte das Tablett vor ihr auf dem Wohnzimmertisch ab. Dann holte er zwei mit Gold verzierte Glastassen, kleine goldfarbene Löffel und eine Zuckerdose aus der Vitrine. Würziger Duft breitete sich aus, als er den Schwarztee mit Salbei einschenkte. Linda nahm ihre Tasse in beide Hände und sog genüsslich den heißen, aromatischen

Dampf ein. Ihre kalten Finger erwärmten sich, und sie fühlte, wie sie sich entspannte. Achmad legte ein Holzscheit im Kaminofen nach. Das Feuer flackerte auf und knisterte gemütlich. Er nahm auf dem Sessel ihr gegenüber Platz, häufte drei Löffel Zucker in seinen Tee, dann riss er die Tüte mit den Kartoffelchips auf und hielt sie Linda hin. Sie nahm sich eine Handvoll, und Achmad begann zu erzählen: von seiner Kindheit in Argentinien und davon, wie schwer es für ihn war, seine geliebte Heimat zu verlassen und in das fremde Palästina zu ziehen. In Argentinien hatte er nach sechs Jahren Grundschule gerade die erste Klasse der weiterführenden Schule begonnen, wurde aber hier zurück in die 5. Klasse gesteckt, weil sein Arabisch so schlecht war.

„Meine Klassenkameraden haben mich ausgelacht, weil ich schon 13 war, und ich wurde gehänselt, weil ich mich kaum mit ihnen unterhalten konnte. Anfangs hatte ich nur schlechte Noten, aber meine Lehrer haben mich zum Glück unterstützt, was mich motiviert hat, die Sprache zu lernen und nicht aufzugeben. Nach und nach wurden meine Noten dann endlich besser." Achmad grinste. „Irgendwann haben auch meine Klassenkameraden mich akzeptiert, und weil ich gut Fußball spielen konnte, wollte mich jeder in seinem Team haben." Linda lächelte. Behaglich nippte sie an ihrem Tee und nahm eine Schokopraline vom Teller. „Letztes Jahr habe ich die Schule dann mit einem guten Zeugnis abgeschlossen. Eigentlich würde ich das Studium ja gern fertig machen, aber wenn man erst einmal eigenes Geld verdient, will man nicht mehr darauf verzichten. Und jetzt, wo ich in Aschkelon arbeite, kann ich das Studium sowieso vergessen."

„Du kannst ja später immer noch studieren. Vielleicht findest du eines Tages doch einen gut bezahlten Job in der Nähe." Linda nahm eine weitere Praline, während Achmad Tee nachgoss. „Vielleicht, aber das ist eher unwahrscheinlich. Als ich angefangen habe, meine Wohnung zu bauen, hat mein Onkel mich gefragt, warum ich das mache. Er meinte, ich würde doch sowieso nicht in Palästina bleiben. Aber ganz ehrlich, eine andere Perspektive sehe ich nicht. Außerdem verlassen sich meine Eltern darauf, dass ich als ihr einziger Sohn für sie sorgen werde, wenn sie alt sind. Sie sind abhängig davon, dass ich mitverdiene."

Achmad sah Linda an. „Aber jetzt habe ich genug von mir geredet. Erzähl mir von dir! Wie war deine Kindheit? Und wieso bist du nach Israel gekommen?" Linda lehnte sich im Sofa zurück, und die Worte sprudelten nur so aus ihr heraus.

Erst als sie hörten, dass Achmads Vater aufstand, bemerkten sie, dass der Morgen bereits graute. Achmad gähnte, dann sagte er: „Mein Vater darf uns hier nicht sehen, wir gehen jetzt besser schlafen. Ein Glück ist heute Freitag und ich habe frei." Steif geworden vom langen Sitzen, standen sie ächzend auf. Linda lächelte Achmad an, und er lächelte zurück. Sie zögerte nur einen Augenblick, dann schlang sie ihre Arme um ihn, als wolle sie ihn nie wieder loslassen, und lehnte ihren Kopf an seine Brust. Nach einer Weile beugte er sich zu ihr herunter. Wie selbstverständlich fanden sich ihre Lippen und verschmolzen zu einem Kuss.

Mariana rüttelte leicht an Lindas Schulter: „Linda, wach auf. Es ist schon 10 Uhr." Schlaftrunken blinzelte Linda in das sonnendurchflutete Zimmer, das Malak und Jasmin sich früher geteilt hatten. Sie streckte sich und gähnte herzhaft. Mariana setzte sich zu ihr. „Sag mal, wann bist du denn ins Bett?" Lächelnd kuschelte Linda sich in ihr Kopfkissen. „Achmad und ich haben die ganze Nacht lang geredet, bis wir gehört haben, dass Halil aufgestanden ist."

„Wow, ich habe zwar schon manche Nacht durchgetanzt, aber die ganze Nacht lang zu reden, habe ich noch nicht geschafft. Kommst du gleich frühstücken? Aysha und Achmad erwarten uns am Esstisch."

Als Linda ins Wohnzimmer kam, stand Achmad auf und zog den Stuhl für sie zurück, damit sie Platz nehmen konnte. Ihre Blicke trafen sich, und sie lächelten sich an. Achmad roch frisch und sauber, trug ein hellblaues Oberhemd und eine schwarze Hose. Aysha brachte ihr eine frisch gefüllte Tasse Schwarztee, dann reichte sie ihr einen Teller Fladenbrot. Achmad informierte seine Gäste: „Das Brot hat meine Mutter heute Morgen frisch gebacken." Aysha zeigte auf zwei bis zum Rand gefüllte Schälchen. „Wir tunken es zuerst in Olivenöl und danach in Zaatar." Linda besah sich das Schälchen mit der Gewürzmischung. „Zaatar, was ist das?"

„Eine Mischung aus Thymian, Sumach, geröstetem Sesam und Salz." Aysha zeigte auf eine Schüssel Joghurt aus Schafsmilch, dann nahm sie einen Käse und zeigt Linda freudestrahlend, dass er einen Koscher-Stempel hatte. Linda musste lächeln. Der Käse war zwar koscher, nicht aber der Teller, auf dem er lag. Sie blickte auf eine Suppenschüssel. „Und was ist das?"

„Das ist Foul, Bohnen in einer Joghurt-Tahini-Soße." Eifrig zeigte Aysha auf eine Schüssel Humus und einen Teller gekochter Eier, und forderte Linda auf, von allem zu nehmen. Dieses Mal ließ Linda es sich nicht zweimal sagen.

Nach dem Essen zog Aysha sich in ihr Schlafzimmer zurück, um sich für die Moschee umzuziehen, und Achmad fragte seine Gäste, ob sie zum Jummua, dem Freitagsgebet, mitkommen wollten. Mariana hatte keine Lust, Linda hingegen stimmte sofort zu. Sie wollte wissen, wie so ein Moscheebesuch ablief. Gerade, als sie sich fragte, ob sie in Jeans überhaupt reindurfte, kam Aysha wieder. Sie trug nun einen Dschilbab – ein zweiteiliges Set, bestehend aus Kopftuch und langem Rock. Das kupferfarbene, mit Blütenmuster bestickte Tuch bedeckte weich fließend Schultern und Oberkörper. Als sie hörte, dass Linda mitkommen würde, winkte sie ihr zu, sie solle mit ins Schlafzimmer kommen. Einen Moment lang fühlte Linda sich wie in einem Märchen aus Tausendundeiner Nacht. In der Mitte stand ein großes schwarzes Bett mit hohem Kopfende, geschwungen und mit Schnörkeln verziert, bedeckt mit einer roten Tagesdecke aus Satin und vielen roten Kissen. Darüber spannte sich ein elfenbeinfarbener Baldachin aus glänzendem Chiffonstoff. Zu beiden Seiten standen kleine, schwarze Nachttischchen im Rokoko-Stil, dazu passend links an der Wand eine Spiegelkommode, die mit zahlreichen Schminkutensilien bestückt war. Der Kleiderschrank nahm die gesamte rechte Wand ein. Vier der sechs Türen waren von oben bis unten verspiegelt und bildeten die Form einer riesigen Rosette. Aysha öffnete eine Tür und holte einen dunkelgrünen Dschilbab heraus. Sie nahm den langen Rock vom Bügel, reichte ihn Linda und sagte etwas auf Arabisch. Dazu machte sie eine Handbewegung, die andeutete, Linda solle sich den Rock anziehen. Linda stieg mit den Füßen zuerst hinein und streifte ihn über die Jeans nach oben bis zur Taille. Er war viel zu lang, der Saum reichte bis auf den Fußboden und schlug sogar noch Falten. Kurzerhand fasste Aysha den Rock mit beiden Händen am Gummibund und zog ihn hoch bis unter Lindas Achseln. Perfekt! Die beiden lachten, dann sah Linda im Spiegel dabei zu, wie Aysha ihr mit gekonnten Handgriffen das Tuch auf den Kopf legte, sodass von ihrem Haar nichts mehr zu sehen war und es in der Verlängerung ihren gesamten Oberkörper bedeckte. Linda erkannte ihr eigenes Spiegelbild kaum wieder, doch ihre blauen Augen strahlten sie an, und ihr gefiel, was sie sah.

Gemeinsam machten Achmad, Aysha und Linda sich auf den Weg zur Moschee, während Schirin mit Mariana zu Hause blieb. Achmad erklärte, dass es nur für Männer Pflicht war, zum Freitagsgebet zu gehen, und sein Vater, der heute arbeiten musste, in Ramallah zur Moschee gehen würde.

Im Vorraum des kleinen, zweistöckigen Gebäudes mit Minarett sagte Achmad: „Ab hier trennen sich unsere Wege, ihr Frauen bleibt unten, die Männer gehen nach oben. Meine Mutter zeigt dir, wie der Wudu, also die rituelle Waschung, gemacht wird. Wir sehen uns später." Er lächelte Linda zu und ging die Treppe hoch.

Nachdem sie ihre Schuhe ausgezogen und in die dafür vorgesehenen Regale gestellt hatten, gingen die Frauen in den Waschraum, wo sie Hände und Unterarme, Gesicht und Füße wuschen. Der Fußboden im Gebetsraum war mit einem großen Teppich bedeckt. Das Muster zeigte Säulen und viele rote, nischenähnliche Innenfelder. Darauf verteilt standen bereits mehrere Frauen. Aysha schob Linda auf ein leeres Feld und stellte sich neben sie auf die benachbarte Nische. Über einen Lautsprecher hörten sie die Stimme des Imam[17], der oben bei den Männern war, und das Freitagsgebet nahm seinen Lauf.

Am Nachmittag herrschte reges Kommen und Gehen im Haus von Achmads Eltern. Linda wurde vielen Tanten, Onkeln, Cousinen und Cousins vorgestellt, lernte Achmads Schwestern Malak und Jasmin mit ihren Familien sowie seine Großeltern kennen. Sein Großvater war ein stattlicher, Respekt einflößender Mann und beinahe genauso groß wie Achmad. Die Großmutter war jedoch wesentlich kleiner. Ihren zierlichen Händen war anzusehen, dass sie in ihrem Leben viel gearbeitet hatte, doch sie wirkte keineswegs alt. Ihre Stimme und ihr Lachen schienen jugendlich geblieben, und ihre Bewegungen waren graziös. Es wurde laut geredet, gelacht und bisweilen heftig miteinander diskutiert. Währenddessen sorgte Aysha pausenlos dafür, dass Gläser und Teller stets gefüllt waren.

Als spät am Abend die letzten Gäste gegangen waren, brummte Linda der Kopf, und sie fragte Achmad: „Sind deine Verwandten etwa heute alle wegen mir gekommen?"

„Die meisten wären auch so gekommen, das ist ganz normal bei uns. Man kommt einfach auf einen Sprung vorbei, manche bleiben auch etwas länger, wie du gesehen hast. Aber natürlich waren heute alle neugierig auf dich, und du hast mit deinem Charme ihre Herzen im Sturm erobert."

Darüber freute sich Linda, und sie überschlug kurz, wie viele Gäste Aysha heute bewirtet haben mochte. Sie kam auf mindestens 32 und sagte: „Ihr habt ja echt eine große Verwandtschaft." Achmad zuckte die Schultern. „Das waren längst noch nicht alle. Meine Mutter hat zwölf Geschwister, alle verheiratet und mit Kindern."

„Zwölf Geschwister! Da muss deine Oma beim ersten Kind ja noch sehr jung gewesen sein."

„Das war sie zwar, aber nicht alle 13 Kinder sind von ihr. Mein Großvater hat insgesamt drei Frauen." Linda schluckte. Die Vorstellung, sich den eigenen Mann mit anderen Frauen teilen zu müssen, fand sie schrecklich. Sie sah Achmad direkt in die Augen. „Würdest du das auch wollen, mehrere Frauen?"

„Auf keinen Fall. Mein Herz soll nur einer Frau gehören. Das habe ich schon beschlossen, als ich damals nach Palästina gekommen bin. Für meine Großmutter ist es auch nicht so toll, dass sie sich meinen Großvater mit anderen Frauen teilen muss." Achmad erhob sich vom Sofa. „Zeit für mich, ins Bett zu gehen, morgen muss ich wieder arbeiten. Schade, ich würde mich gerne noch länger mit dir unterhalten, so wie letzte Nacht." Seine Stimme wurde zärtlich. „Schlaf gut, ich freue mich schon darauf, dich morgen Abend wiederzusehen."

Als Linda und Mariana am nächsten Morgen am Frühstückstisch erschienen, hatte Achmad das Haus längst verlassen, doch auf ihrem Teller fand Linda einen großen Briefumschlag mit ihrem Namen darauf. Neugierig riss sie ihn auf und zog eine CD heraus. Linda lächelte, es war die Rap-Musik, die Achmad ihr extra besorgt hatte. Auf der Hülle klebte ein kleiner gelber Zettel, darauf war ein rotes Herz gemalt. Eine Welle der Glückseligkeit erfasste Linda, und sie spürte, wie sie vor Freude errötete. Mariana, die sie beobachtet hatte, meinte belustigt: „Du musst ja wirklich ein großer Fan von Rap-Musik sein." Die beiden Freundinnen sahen sich an und lachten.

Den Nachmittag verbrachten sie mit einem ausgedehnten Spaziergang in den umliegenden Hügeln. Einmal scheuchten sie dabei versehentlich ein riesengroßes Wildschwein auf, das in erstaunlicher Geschwindigkeit die Flucht ergriff. Die Temperatur war angenehm mild, nur dort, wo die Sonne nicht hinkam, wurde es etwas kühl. Die Hügel waren wunderschön in goldenes Licht getaucht, leichter Dunst lag über den Tälern. Linda beschattete sich mit der Hand die Augen und betrachtete lange das friedliche Bild, das sich ihr bot. Dann machte sie mit ihrem Handy ein Foto und schickte es, versehen mit einer knappen Nachricht, an ihre Mutter.

> Hi Ima, mache gerade mit meiner Freundin einen Ausflug in die Umgebung. Hier würde es dir bestimmt gut gefallen.
> Grüße auch an Papa und Johanna!

Noch einmal blickte sie auf die weite Landschaft. Im Tal verdichtete sich der Nebel, bis er schließlich den Blick auf alles, was darunterlag, verdeckte. Wie traurig es doch war zu wissen, dass es in diesem Moment unter der Nebeldecke vielerorts alles andere als friedlich zuging. Die Ankündigung einer neuen Nachricht ließ sie auf ihr Handy blicken. Ihre Mutter hatte geantwortet:

> Liebe Linda, das sieht ja wirklich sehr schön aus. Irgendwann kommen wir dich bestimmt besuchen, und dann kannst du uns alles zeigen! Bei uns hat es heute geschneit, aber darauf kannst du ja getrost verzichten, gell? ☺
> Dir noch viel Spaß heute, pass auf dich auf!
> Liebe Grüße von uns allen! 👧

Als Linda und Mariana nach Hause zurückkamen, fanden sie Aysha und drei weitere Frauen aus dem Dorf im Wohnzimmer sitzend, alle mit einer Stickarbeit in der Hand. Während sie fröhlich miteinander plauderten, bestickten sie Kleider mit bunten Blütenmustern, die denen ähnlich sahen, die Linda im Laden in Ramallah gesehen hatte. Später kam ein Mann vorbei und holte einen ganzen Stapel fertig bestickter Kleider ab, die Aysha schon für ihn in eine Kiste gepackt hatte. Er drückte ihr einige Geldscheine in die Hand, dann war er wieder fort. Linda fand, dass dies eine schöne Art war, Geld zu verdienen – zu Hause und doch nicht allein.

Am Abend kam Achmad etwas früher als sonst nach Hause, um Mariana und Linda im Taxi nach Ramallah zu begleiten. Nachdem Linda sich schweren Herzens von Aysha, Halil und Schirin verabschiedet hatte, saß sie so wortkarg im Taxi, dass Achmad fragte, ob bei ihr alles gut sei. Sie schüttelte den Kopf. „Ich will nicht weg von hier."

„Ich will auch nicht, dass du gehst. Aber wir sehen uns im Videocall, und du kommst uns bald wieder besuchen, okay?" Linda nickte, dann nahm sie Achmads Hand und ließ sie erst wieder los, als das Taxi am Bahnhof hielt und sie aussteigen mussten. Sie war verliebt über beide Ohren und hatte keine Ahnung, wie es weitergehen sollte.

Als Linda kurz vor 23 Uhr die Haustür aufschloss, wehten ihr Rock und ihre zusammengebundenen Haare leicht im kühlen Wind. Daniel und Sarah waren noch auf und begrüßten sie herzlich. Sarah fragte: „Hattest du ein schönes Wochenende mit deiner Freundin?"

„Oh ja, es war richtig schön. Wir hatten viel Spaß." Gelogen war es zwar nicht, dennoch regte sich in Linda das schlechte Gewissen. Um weiteren Fragen aus dem Weg zu gehen, sagte sie: „Ich bin ganz schön müde, entschuldigt mich bitte, ich gehe besser ins Bett." Ihre Gasteltern nickten verständnisvoll und wünschten ihr eine gute Nacht. Linda eilte auf ihr Zimmer, warf ihre Tasche aufs Bett und tippte in ihr Handy:

> Lieber Achmad, ich wünschte, ich könnte bei dir
> sein oder wenigstens jetzt sofort mit dir facetimen.
> Aber das kann ich nur, wenn mich niemand hört.

Achmads Antwort ließ nicht lange auf sich warten.

> Ist schon okay, wir können ja auch schreiben. War echt schön mit dir. 😊

Lindas Herz war voller Sehnsucht nach ihm. Sie schrieb zurück:

> Ich vermisse dich jetzt schon. Ich liebe dich. 🖤

Sie schickte die Nachricht ab, noch bevor ihr wirklich klar wurde, was sie da geschrieben hatte. Prompt wurden die beiden Häkchen blau und Linda sah, dass Achmad eine Antwort schrieb. Herzklopfend und ohne die Augen vom Handy abzuwenden, wartete sie ungeduldig, dann hatte sie es schwarz auf weiß.

> Ich liebe dich auch und denke die ganze Zeit nur noch an dich. 😍

Linda seufzte glücklich und schickte selig lächelnd ein gelbes Gesicht umgeben von drei Herzen als Antwort.

Knapp zwei Wochen später, an einem Donnerstagmorgen Anfang Februar, hielt Linda es nicht länger aus. Bis dahin hatte sie mit Achmad in jeder freien Minute Nachrichten ausgetauscht und sich, wann immer möglich, von der Midrascha fortgestohlen, um im Wohnheim in einem leer stehenden Zimmer ungestört telefonieren oder einen Videocall machen zu können. Spätabends, wenn sie zu Hause war, hatten sie oft bis in die Nacht hinein einander so lange geschrieben, bis ihnen die Augen zugefallen waren.

Achmad ging ihr nicht mehr aus dem Kopf. Sie musste ihn wiedersehen, und zwar noch heute! Und plötzlich wusste Linda, was sie tun würde. Sie stopfte ihr blaues Kopftuch, ein paar Kleider zum Wechseln und andere Utensilien in ihre Tasche, dann nahm sie ihren Schulrucksack und sagte zu Sarah: „Ich gehe nach der Midrascha zu einer Freundin und bleibe über Schabbat dort. Mozasch[18] bin ich zurück." Sarah nickte. „Okay, pass auf dich auf. Schabbat Schalom!" Linda fühlte einen Stich in ihrem Herzen. Ihre Gastmutter anzulügen, tat ihr weh, doch sie sah keinen anderen Weg.

In der Mittagspause zog Linda Mariana beiseite. „Ich fahre nachher zu Achmad. Nimmst du bitte meinen Rucksack mit zu dir nach Hause? Ich hole ihn Samstagabend bei dir ab." Mariana sah Linda mit großen Augen an. „Hast du dir das auch gut überlegt? Weiß Achmad überhaupt, dass du kommst?"

„Nein, ich will ihn überraschen."

„Mensch Linda, das ist gefährlich so alleine. Außerdem sprichst du kaum Arabisch, wie willst du denn von Ramallah in Achmads Dorf kommen?" Mariana war plötzlich ganz aufgebracht und musste sich bemühen, nicht laut zu werden. Linda zuckte die Schultern. „Ich komm schon irgendwie hin. Aber jetzt muss ich los, damit ich es schaffe, bevor es dunkel wird."

Mariana suchte nach Worten, um ihre Freundin irgendwie von ihrem Vorhaben abzuhalten. Linda jedoch hatte ihr bereits den Schulrucksack in die Arme gedrückt und eilte, ohne sich noch einmal umzudrehen, zur Tür hinaus.

Wie sie war, in Rock und mit zusammengebundenen Haaren, stieg sie in die Straßenbahn, fuhr bis zur Haltestelle „Damaskustor" und kaufte bei einem nahegelegenen Kiosk eine Flasche Wasser mit arabischem Aufdruck. Dann wickelte sie sich das blaue Tuch um den Kopf. Kurze Zeit später saß sie in ihren hellblauen Jeans im Bus nach Ramallah, zückte ihr Handy und machte ein Selfie. Bevor sie das Foto an Achmad schickte, schrieb sie darunter:

> Rate mal, wohin ich gerade fahre! 😉

Seine Antwort kam postwendend.

> Das kannst du doch nicht einfach so machen!
> Du weißt ja gar nicht, wie du zu mir nach Hause
> kommst! Ich bin noch in Aschkelon, kann
> frühestens in drei Stunden in Ramallah sein!

Verdutzt blickte Linda auf die Nachricht. Achmad schien alles andere als erfreut. Vielleicht hätte sie doch vorher Bescheid sagen sollen? Im selben Moment kam eine neue Nachricht von ihm.

> Entschuldige bitte, du bist natürlich herzlich
> willkommen bei uns, ich mach mir nur einfach
> Sorgen um dich. 😊

Linda atmete erleichtert auf und schrieb zurück:

> Ich pass schon auf mich auf, du brauchst dir keine
> Gedanken zu machen.

Doch anscheinend machte Achmad sich sogar große Gedanken, denn nun schrieb er:

> Wenn du in Ramallah ankommst, rühr dich nicht
> von der Stelle. Nimm auch ja kein Taxi alleine! Ich
> rufe Ali an, dass er dich abholt und in das richtige
> Sammeltaxi setzt.

Am Busbahnhof erwartete Ali sie bereits. In gebrochenem Englisch sagte er: „Achmad ist ganz außer sich vor Sorge um dich. Er hat mir regelrecht befohlen, dich nicht aus den Augen zu lassen, bis du im richtigen Taxi sitzt. Also habe ich kurzerhand mein Café vorübergehend geschlossen, um zu kommen." Er zeigte auf die gegenüberliegende Seite, wo mehrere Kleinbusse aufgereiht waren. „Das sind die Sammeltaxis, die in die umliegenden Dörfer fahren. Feste Abfahrtzeiten gibt es nicht. Man wartet, bis der Bus voll ist."

Linda folgte Ali über die Straße zu einem der Kleinbusse. Ali redete mit dem Mann am Steuer, dann reichte er ihm einen Geldschein und sagte: „Du kannst einsteigen. Der Fahrer bringt dich bis vor die Haustür." Einige Plätze waren schon besetzt, und kaum hatte Linda sich in die letzte Reihe gesetzt, klingelte ihr Handy. Achmad wollte wissen, wo sie war. Als er hörte, dass sie bereits im Taxi saß, stieß er einen Seufzer der Erleichterung aus. „Gut, da bin ich ja beruhigt. Meine Eltern habe ich inzwischen verständigt, meine Mutter ist daheim und erwartet dich. Der Fahrer bringt dich bis an die Haustür. Du weißt ja, die Fahrt dauert etwa 45 Minuten."

Nicht lange danach war das Sammeltaxi voll besetzt und fuhr los. Der kleine Bus hatte Ramallah jedoch noch nicht lange verlassen, als er plötzlich wieder anhielt. Linda sah, dass die Straße vor ihnen abgesperrt war. Der Busfahrer schimpfte wild gestikulierend auf Arabisch und begann, den Bus zu wenden. Sein Wendemanöver wurde von dem Hupen wütender Autofahrer hinter ihnen begleitet. Manche machten ihrem Ärger über die Straßensperre lauthals Luft, andere hatten ihr Fenster heruntergekurbelt und fuchtelten mit den Armen. Linda versuchte, Achmad anzurufen, musste jedoch feststellen, dass ihr Handy keinen Empfang mehr hatte. In dem Moment rief der Fahrer seinen Passagieren etwas zu, das sie nicht verstand, und ihr Sitznachbar erklärte ihr, dass sie einen Umweg fahren mussten. Linda wurde unruhig. Es war wohl doch keine so gute Idee gewesen, einfach aufs Geratewohl loszufahren. Immer wieder klingelte das Handy des Fahrers, und während er mit einer Hand das Lenkrad betätigte, nahm er mit der anderen die Gespräche an. Die Fahrt ging über zahlreiche Hügel und durch viele Dörfer, die Linda noch nie gesehen hatte.

Inzwischen waren sie schon seit zwei Stunden unterwegs. Gerade als sie dachte, sie würde heute nicht mehr ankommen, tauchte Achmads Dorf vor ihnen auf, und der Taxifahrer fuhr wie ausgemacht bis zum Haus von Halil und Aysha. Linda war kaum ausgestiegen, als auch schon die Haustür geöffnet wurde. Mit einer hastigen Handbewegung deutete Aysha ihr an, schnell hereinzukommen. Überrascht rief Linda dem Taxifahrer noch rasch ein Dankeschön zu und eilte ins Haus. Sofort machte Aysha die Tür hinter ihr zu, dann erst begrüßte sie Linda mit einer Umarmung und einem herzlichen Lächeln. Linda konnte sich keinen Reim darauf machen, doch weder ihre Arabisch- noch Spanischkenntnisse reichten aus, um nachzufragen, was los war. Im selben Moment, als sie ihr blaues Tuch vom Kopf streifte, klingelte ihr Handy. Froh darüber, wieder Empfang zu haben, nahm sie das Gespräch an, doch noch bevor sie etwas sagen konnte, schallte ihr Achmads Stimme entgegen. „Dank sei Allah, dass du gut angekommen bist!" Er berichtete, dass seine Mutter ihn besorgt angerufen hatte, da Linda so lange nicht kam. Und weil er Linda nicht erreichen konnte, erfragte er beim Taxi-Unternehmen die Handy-Nummer ihres Fahrers, der ihm dann mitteilte, dass er wegen einer Straßenblockade auf Umwegen fahren musste. „Das hat mir keine Ruhe gelassen, deshalb habe ich ihn dann noch mehrmals angerufen, bis ich sicher sein konnte, dass du auch tatsächlich zu Hause ankommst." Linda lachte ins Telefon. „Ach du warst das. Die Fahrt hat zwar länger gedauert als gedacht, aber alles ist gut! Ich verstehe gar nicht, warum ihr euch so aufregt."

„Niemand regt sich auf, wir wollen nur, dass es dir gut geht. Ich fahre jetzt los, bin in etwa drei Stunden daheim." Seine Stimme wurde weicher. „Ich freue mich auf dich." Lindas Herz machte einen kleinen Sprung. Wenn es nur schon Abend wäre und sie Achmad endlich wiedersehen würde.

Den restlichen Nachmittag konnte sie nichts weiter tun, als zu warten, da Aysha jegliche Hilfe bei den Vorbereitungen fürs

Abendessen ablehnte. Gelangweilt saß sie bei Tee und Dattelkeksen auf der Couch vor dem laufenden Fernseher, in Gedanken unentwegt bei Achmad. Gegen Abend strömte der köstliche Duft gebratenen Hühnchens aus der Küche zu ihr herüber, und dann endlich hörte sie die Haustür klappen. Voller Vorfreude schlug ihr Herz höher. Gleich würde Achmad mit seinem entwaffnenden Lächeln vor ihr stehen und sie mit seinen samtbraunen Augen ansehen. Doch Achmad kam nicht. Stattdessen hörte Linda die eiligen Schritte von Aysha im Flur und gleich darauf ihre gedämpfte Stimme. Sie schien aufgebracht. Zwischendurch sprach Achmad in ruhigem Ton, als versuche er, seine Mutter zu beschwichtigen. Obwohl Linda nichts verstand, wusste sie, dass es um sie ging, und wartete angespannt darauf, was als Nächstes passieren würde. Die Stimmen im Flur wurden lauter, dann herrschte einen Moment lang Stille. Ayshas Schritte entfernten sich wieder, die Küchentür klappte zu.

Endlich wurde die Wohnzimmertür geöffnet und Achmad kam herein. Er lächelte sein strahlendes Lächeln, das Linda so liebte. „Hallo, und herzlich willkommen zurück! Wir freuen uns, dass du da bist." Ihr fiel ein Stein vom Herzen. „Danke, ich dachte schon, deine Mutter hat sich irgendwie über mein Kommen geärgert."

„Quatsch, dein Besuch erfüllt unser Haus mit Licht, meine Mutter freut sich natürlich sehr." Linda hatte die Hoffnung, Achmad würde sie nun umarmen, sie sehnte sich danach, sich an ihn zu klammern und den Geruch seines Parfüms einzuatmen, das so wunderbar an Vanille und Mandeln erinnerte. Doch er tat nichts dergleichen. Stattdessen setzte er sich ihr gegenüber auf den Sessel und begann, über belanglose Dinge zu plaudern.

Als wenig später auch Halil nach Hause kam, versammelten sich alle am gedeckten Esstisch, und Aysha trug eine Schüssel nach der anderen auf – allesamt gefüllt mit dampfend heißen, nach Gewürzen duftenden Speisen. Linda ließ es sich schmecken, ohne weiter darüber nachzudenken, ob das Essen koscher war oder nicht. Nachdem sie fertig waren, saßen sie noch lange am

Tisch und redeten. Aysha und Halil fragten Linda nach ihrer Familie in Deutschland und ihrem Zuhause. Linda erzählte von ihren Eltern und ihrer kleinen Schwester, dabei zeigte sie Fotos, die sie auf ihrem Handy hatte. Dann sprach Aysha von ihrer Familie und den vielen Geschwistern, mit denen sie aufgewachsen war. Sie erzählte davon, wie sie und ihre Schwestern im Sommer nebeneinander auf dem flachen Dach ihres Elternhauses geschlafen hatten, weil die Nächte zu heiß waren und an eine Klimaanlage nicht zu denken war.

Irgendwann beschloss Linda, ins Bett zu gehen, um die Gastfreundschaft von Achmads Familie nicht zu sehr zu strapazieren. Doch sie war überhaupt nicht müde. Hellwach lag sie im Bett und ließ den Tag in Gedanken noch einmal Revue passieren. Allmählich wurde sie dabei doch schläfrig, und beinahe wie im Traum hörte sie Aysha wieder mit gedämpfter Stimme auf Achmad einreden, spürte der Erleichterung nach, als sie vor ihrem inneren Auge sah, wie die Wohnzimmertür aufging und Achmad endlich hereinkam – sein Lächeln genauso strahlend, wie sie es sich erhofft hatte. Schade nur, dass er sie nicht umarmt hatte. Wenn er es nicht bald tat, dann würde sie eben ihn umarmen. Mit geschlossenen Augen lächelte sie unwillkürlich, dann war sie eingeschlafen.

Am nächsten Tag musste Achmad nicht arbeiten. Nach dem Freitagsgebet in der Moschee fuhren er und Linda mit dem Sammeltaxi nach Ramallah, wo sie in einem kleinen Restaurant zu Mittag aßen und anschließend im Kino einen Film anschauten. Als sie aus dem Kino kamen, dämmerte es bereits, doch keiner von beiden wollte schon nach Hause fahren. Achmad schlug vor, zu Ali ins Café zu gehen. Freudig überrascht begrüßte Ali sie, dann führte er sie an einen kleinen Tisch für zwei Personen. Im Café herrschte eine heimelige Atmosphäre. Kleine Schirmlampen an den Wänden verbreiteten gemütliches Licht, aus einem Lautsprecher kam leise Musik, die Luft im Raum roch nach gebratenem

Fleisch und Gewürzen. Ali zündete mit einem Streichholz die Kerze auf ihrem Tisch an. Linda sah ihm zu, glücklich und entspannt wie schon lange nicht mehr. Sie sagte: „Am liebsten würde ich die Zeit anhalten!" Achmads Augen funkelten im Schein der Kerze. „Alle Mädchen, die ich bisher kennengelernt habe, waren einfach nur langweilig. Du bist so ganz anders, das habe ich auf den ersten Blick gewusst." Linda lachte, reichte über den Tisch und wollte ihre Hand auf Achmads legen, doch ehe sie dazu kam, hatte er sie bereits zurückgezogen. Verdutzt sah sie ihn an, doch er sagte nichts und lächelte nur.

Ali war die kurze Szene nicht entgangen, und er zwinkerte ihnen zu. „Wartet kurz, bin gleich wieder zurück." Als er wiederkam, balancierte er ein Tablett mit zwei dampfenden, randvoll mit Milch gefüllten Gläsern in der einen Hand, in der anderen einen Teller Manakish, die für Linda aussahen wie kleine, verschieden belegte Pizzen. Ihr lief das Wasser im Mund zusammen. Ali stellte alles auf ihrem Tisch ab und ließ das Tablett auf seiner Hand herumwirbeln, bevor er gut gelaunt zu seinen anderen Gästen eilte. Die heiße Milch verströmte aromatischen Zimtgeruch: Sahlab. Linda liebte dieses typische Wintergetränk und hatte es schon öfters an gemütlichen Abenden mit ihren Freundinnen aus der Midrascha selbst zubereitet. Das aus Orchideenknollen gewonnene Sahlab-Pulver kochte man mit Zucker und Milch auf, wodurch die Milch zähflüssig wurde. Zum Schluss streute man Zimt darüber. Gelegentlich hatten sie das Sahlab noch mit etwas Rosenwasser verfeinert und mit einer Zimtstange dekoriert.

Die Stunden in Alis Café verflogen wie im Nu. Linda und Achmad fanden immer wieder neue Gesprächsthemen, und als sie sich schließlich auf den Heimweg machten, war es weit nach Mitternacht.

Linda hatte noch nicht lange geschlafen, als sie wieder aufwachte. Sie hatte auf einmal starke Bauchschmerzen. Irgendetwas, das sie bei Ali gegessen hatte, war ihr wohl nicht bekommen. Sie legte die Hände auf ihren Bauch, atmete tief ein und aus und hoffte, dass die Schmerzen bald nachlassen würden. Die steigerten sich jedoch zu immer stärker werdenden Krämpfen, die sich anfühlten wie Messerstiche. Irgendwann hielt sie es nicht mehr aus. Sie tastete nach ihrem Handy auf dem Nachttisch. Zwei Uhr. Sie kroch aus dem Bett, und gekrümmt vor Schmerzen tastete sie sich durch die Dunkelheit aus dem Zimmer hinaus und weiter den Flur entlang bis zu Achmads Zimmer. Sie öffnete die Tür und schleppte sich an sein Bett, dann rüttelte sie an seiner Schulter. „Tut mir leid, dich zu wecken, aber ich habe schreckliche Bauchschmerzen." Erschrocken fuhr Achmad hoch. „Leg dich aufs Sofa, ich mach dir eine Wärmflasche." Fünf Minuten später kam er mit einer „Wärmflasche" aus der Küche zurück. Offenbar schien er den Begriff wortwörtlich zu verstehen, denn er hatte eine Plastikflasche mit heißem Wasser befüllt und ein Handtuch darumgewickelt. Allem Anschein nach hatte er kochendes Wasser benutzt, denn die Flasche war sonderbar verformt. Normalerweise hätte Linda dies lustig gefunden, doch ihr war gerade nicht nach Lachen zumute. Die Krämpfe ließen nicht nach, kalter Schweiß hatte sich auf ihrer Stirn gebildet, und sie wand sich vor Schmerzen auf dem Sofa. Besorgt und ratlos entschied Achmad schließlich, entgegen Lindas Protest seine Mutter zu wecken.

Zehn Minuten später kam Aysha mit einer Tasse Kräutertee ins Wohnzimmer geeilt, die Linda widerwillig trank. Eigentlich liebte sie diesen würzigen Tee, doch nun wurde ihr beinahe schlecht davon. Zu allem Übel half auch das nichts, im Gegenteil. Die Bauchschmerzen wurden immer schlimmer, und stöhnend wälzte Linda sich auf dem Sofa hin und her. Alarmiert beratschlagten Achmad und seine Mutter, was sie tun sollten, bis er schließlich sein Handy nahm und ein Taxi anrief, um Linda ins Krankenhaus nach Ramallah zu bringen. „Ich will aber nicht ins Krankenhaus." Ihre Stimme klang matt. „Und ich will euch doch auch keine Umstände machen." Achmad schüttelte den Kopf. „Du machst uns keine Umstände, wir wollen ja, dass dir geholfen wird."

In der Notaufnahme des städtischen Krankenhauses herrschte nicht viel Betrieb, als Achmad und Linda gegen vier Uhr morgens ankamen. Im Wartebereich ließ Linda sich auf einen Stuhl fallen, während Achmad zur Anmeldung ging. Kurz darauf kam er zurück. „Die wollen deinen Pass haben, um deine Personalien aufzunehmen." Ein messerscharfer Schmerz durchbohrte Lindas Bauch, sie stöhnte auf und presste hervor: „Auf keinen Fall! Wenn die meinen richtigen Namen in den Computer eingeben und irgendwie rauskommt, dass ich ein Doppelleben führe, wird es für mich gefährlich. Das könnte mein Konvertieren und meine Aufenthaltserlaubnis aufs Spiel setzen."

„Ich sage einfach, du hast deinen Pass vergessen. Wie soll ich dich nennen?"

Linda war alles egal, sie wollte nur noch den Arzt sehen. Der erstbeste Nachname, der ihr einfiel, war der ihrer Tante in Kanada. „Johnson. Nenne mich Linda Johnson." Aus den Augenwinkeln heraus sah Linda ihm zu, wie er zur Anmeldung zurückging, dort eine Weile mit der zuständigen Person diskutierte und auf einmal einen Geldschein über die Theke schob.

Danach ging alles ganz schnell, und nachdem die Personalien aufgenommen waren, führte ein Krankenpfleger Linda und Achmad zu einem Bett, das durch Vorhänge vom Nachbarbett abgetrennt war, und sagte etwas auf Arabisch. Während er den Vorhang zuzog, übersetzte Achmad, dass Linda sich hinlegen solle und der Doktor gleich käme. Tatsächlich dauerte es nicht lange, bis ein Arzt mittleren Alters in weißem Kittel und mit Stethoskop um den Hals eintrat. Er war klein und gedrungen und hatte kurz geschnittene schwarze Haare. Sein Gesicht war glatt rasiert und er trug eine runde Brille. Er blickte zuerst auf Linda, dann wandte er sich auf Arabisch an Achmad. Hörte sie Skepsis in seiner Stimme oder bildete Linda sich das nur ein?

Schließlich erklärte Achmad: „Ich habe ihm erklärt, dass du heftige Bauchkrämpfe und starke Schmerzen hast. Der Doktor wollte wissen, ob wir verheiratet sind." Linda stöhnte auf. „Was soll die blöde Frage, er soll mir endlich helfen!" Achmad errötete ein wenig. „Außerdem hat er gefragt, ob du noch Jungfrau bist, was ich natürlich bejaht habe." Wütend zischte Linda zwischen zusammengebissenen Zähnen: „Das geht den gar nichts an!"

Der Arzt blickte Linda über den Rand seiner Brille an. Ruhig sagte er in fließendem Englisch: „Ich untersuche Sie erst einmal, dann sehen wir, was ich für Sie tun kann." Linda vergaß für eine Sekunde ihren Schmerz und warf Achmad einen vorwurfsvollen Blick zu, der unbehaglich von einem Fuß auf den anderen trat. In dem Moment klingelte das Handy des Arztes, und während er telefonierte, flüsterte Linda: „Warum hast du mir nicht gesagt, dass er Englisch spricht?" Ebenfalls im Flüsterton antwortete Achmad: „Woher sollte ich das denn wissen? Ich habe ihn doch auch noch nie zuvor gesehen, und er hat ja nur Arabisch mit mir gesprochen."

Als der Arzt sein Gespräch beendet hatte, hörte er Herz und Lunge ab, fühlte Lindas Puls und tastete vorsichtig ihren Bauch ab. Nachdem er auch in Hals und Ohren geschaut hatte, sagte er: „Ich kann nichts Auffälliges finden, außer dass Sie viel Luft im Bauch haben. Zur Sicherheit gebe ich Ihnen aber eine Infusion und Medizin gegen die Bauchkrämpfe."

Der Krankenpfleger kam, gab ihr eine Tablette und legte Linda an den Tropf. Währenddessen machte Achmad sich auf die Suche nach etwas Essbarem und kam wenig später mit Croissants und Traubensaft wieder. Tatsächlich ließen Lindas Schmerzen bald nach, und schon während die Infusion durchlief, fühlte sie sich besser. Erleichtert biss sie in ihr Croissant und trank einen großen Schluck Traubensaft, und da gerade niemand in der Nähe war, zeigte sie auf das Rezept, das der Arzt ihr ausgestellt hatte, und sagte leise: „Das Zeug brauche ich gar nicht holen. Mit einem arabischen Medikament kann ich nicht in die jüdische Siedlung zurückkommen."

Froh darüber, dass es ihr besser ging, flüsterte Achmad zurück: „Vielleicht war es ja gar nicht Alis Essen, das die Bauchschmerzen verursacht hat, sondern die Aufregung, ganz allein zu uns zu fahren." Linda wischte sich einen Krümel vom Mund. „Ich war aber überhaupt nicht aufgeregt." Achmad gähnte. „Hauptsache, dir geht's besser. Sobald du hier fertig bist, fahren wir heim."

„Das hört sich gut an. Vielleicht war der Tag ja doch ein bisschen stressig für mich, obwohl ich eigentlich nicht das Gefühl hatte. Aber jetzt, wo du es sagst, fällt mir ein, dass ich früher bei Stress auch schon ab und zu Bauchweh hatte." Linda schmunzelte. „Vor allem bei meinem vierten Versuch, die praktische Fahrprüfung zu bestehen."

„Was für eine Prüfung? Hä?" Achmad hatte offensichtlich keine Ahnung, wovon sie sprach, also erklärte sie ihm, wie man in Deutschland einen Führerschein macht, wobei er immer wieder erstaunt den Kopf schüttelte. „Bei der dritten Prüfung bin ich aus Versehen vor lauter Aufregung über eine rote Ampel gefahren. Vor der vierten Prüfung habe ich mehrere Beruhigungspillen geschluckt, und zum Glück hat es dann endlich geklappt. Ein fünftes Mal hätte ich es nämlich nicht versucht." Sie kicherte. „Wahrscheinlich war der Prüfer mindestens genauso nervös wie ich und heilfroh, lebend wieder aus dem Auto zu kommen. Er war wirklich sehr nett."

Bester Laune verließen sie das Krankenhaus und fanden das Taxi wieder, in dem sie gekommen waren. Achmad hatte mit dem Fahrer abgemacht, dass er auf sie warten würde. Als er die beiden kommen sah, sprang er aus dem Auto, hielt ihnen zuvorkommend die Tür auf und sagte vergnügt: „Ich dachte mir schon, dass es eine Weile dauert, bis ihr wiederkommt, deshalb bin ich zwischendurch kurz in die Moschee um die Ecke gegangen, um zu beten."

Etwas enttäuscht musste Linda feststellen, dass Achmad vorne auf dem Beifahrersitz Platz nahm. Zu gerne hätte sie sich an ihn gekuschelt und sich an seine Schulter gelehnt. Stattdessen musste sie sich damit begnügen, durch den Schlitz zwischen Vordersitz und Kopfstütze seinen Nacken zu sehen. Doch er war da, saß in greifbarer Nähe auf kleinstem Raum vor ihr. Mitten in ihre Gedanken hinein drehte er sich zu ihr um und sagte: „Ist schon verrückt. Hier sitzt du mitten in der Nacht im Taxi in Palästina, und außer Mariana weiß drüben kein Mensch, wo du bist." Linda, einfach nur froh, dass ihre Bauchschmerzen endlich nachgelassen hatten, versank mit ihrem Blick in seinen Augen und lächelte versonnen. „Ich bin genau da, wo ich sein will."

Als Mariana am Samstagabend die Haustür öffnete, stand Linda mit Rock bekleidet und zusammengebundenen Haaren vor ihr. Vor Freude, ihre Freundin wohlbehalten vor sich zu sehen, fiel sie ihr spontan um den Hals. Durch einen breiten, hell gefliesten Flur gelangten sie in Marianas gemütlich eingerichtetes Zimmer. Die Wände waren zartgelb gestrichen, ein hellblauer Orientteppich bedeckte fast den gesamten Fußboden. Auf dem Bett lag eine bunt gemusterte Alpakadecke. Unter dem großen Fenster stand ein Schreibtisch und an der Wand gegenüber eine kleine, dunkelblau gepolsterte Couch, daneben ein Regal mit Büchern und einer altmodischen Uhr. Linda setzte sich auf das Sofa, während Mariana in die Küche ging, um Gläser und Orangensaft zu holen. In einiger Entfernung klappte eine Schranktür, Gläser klirrten, dann kam Mariana zurück. „Ich kann dir auch gerne einen Matetee machen, möchtest du?"

Linda schüttelte den Kopf. „Nein danke, Saft ist gut." Mariana reichte ihr ein Glas und schenkte ein, holte noch eine Packung Bamba-Erdnussflips und setzte sich dann im Schneidersitz neben Linda auf die Couch. „Ich bin ja so gespannt! Wie war's denn?" Linda berichtete. Von ihrem Selfie-Foto im Bus mit der Nachricht, Achmad solle raten, wo sie sei, und seiner besorgten Antwort, der abenteuerlichen Busfahrt ins Dorf und dem herzlichen, wenn auch etwas seltsamen Empfang, den Aysha ihr bereitet hatte. „Sie war total freundlich, wollte aber, dass ich sofort ins Haus komme, und hat die Tür hinter mir zugemacht, kaum dass ich drin war. Das hat mich schon gewundert." Mariana griff nach der Packung Erdnussflips und riss sie auf. „Mich wundert das überhaupt nicht. Aysha wollte vermeiden, dass dich die Leute aus dem Dorf sehen."

„Wieso das denn?"

„Weil sie Angst hat, sie könnten denken, du seist eine Spionin."

Lindas Augen wurden weit. „Was? Wie kommst du denn auf so eine Idee?"

„Na ja, es könnte schon so aussehen. Überleg doch mal, du tauchst da einfach auf, und niemand weiß wirklich, woher du kommst. So was verbreitet sich wie ein Lauffeuer im Dorf und weckt natürlich Neugier bei den Leuten. Sie werden wissen wollen, warum Aysha und Halil dich beherbergen."

„Ja, aber ich war doch vor zwei Wochen erst mit dir dort, bin durchs Dorf gelaufen, war in der Moschee …" Mariana unterbrach Linda. „Das war was anderes, da wussten sie vorher, dass wir kommen würden, und Aysha konnte den Leuten erzählen, dass sie Gäste erwarteten. Offiziell waren wir Touristen, die zu Besuch gekommen sind. Aber jetzt bist du wie aus dem Nichts wieder aufgetaucht. Das könnte ganz leicht anders verstanden werden. Im Dorf weiß ja niemand etwas davon, dass wir in Jerusalem wohnen und die Midrascha besuchen." Linda war vor Staunen sprachlos, also redete Mariana weiter. „Ich hab's letztes Jahr schon mitbekommen, als ich Achmad besucht habe. Aysha wollte nicht, dass im Dorf bekannt wird, dass ich nach Jerusalem ziehen würde, um auf der Midrascha zu studieren – aus Angst davor, was die Leute über sie reden würden. Und als wir vor zwei Wochen bei ihnen waren, habe ich gehört, wie Achmad seinen Eltern versprechen musste, nichts davon zu erzählen, dass du konvertieren willst. Die Dorfbewohner sollten wie gesagt denken, du seist eine ganz normale Touristin aus Deutschland."

„Ich hatte ja keine Ahnung, dass mein Überraschungsbesuch ein Problem sein könnte." Plötzlich lachte Linda. „Aber ganz ehrlich, das mit der Spionin glaube ich nicht, da hast du eine etwas zu blühende Fantasie."

Mariana zuckte die Schultern. „Wäre doch aber eine plausible Erklärung für Ayshas Verhalten. Na ja, vielleicht interpretiere ich da tatsächlich ein bisschen viel rein."

„Achmad hätte mir ja ansonsten bestimmt auch was gesagt."

Mariana nahm einen Schluck Orangensaft und schüttelte den Kopf. „Nein, gesagt hätte er trotzdem nichts, das würden weder er noch seine Eltern jemals tun. Sie wollen, dass du dich bei ihnen wohlfühlst, und würden nichts sagen, was dich betrüben könnte. Du sollst uneingeschränkt den besten Eindruck von ihnen haben."

„Ich finde, das ist sehr rücksichtsvoll, nicht so wie in Deutschland. Da knallen einem die Leute öfter mal was um die Ohren, ohne Rücksicht darauf, Gefühle zu verletzen. Dann ist mir dies hier doch viel lieber."

Eine lange Weile sagte niemand etwas. Nachdenklich nahm Linda ein paar Nüsse und schob sie sich in den Mund. Die Uhr auf dem Regal tickte leise. Irgendwann stupste Mariana Linda leicht in die Seite und bat sie weiterzuerzählen.

Als sie von ihrem Abenteuer im Krankenhaus hörte, lachte Mariana hellauf. Sie nahm ihr Glas Orangensaft und tat so, als proste sie Linda zu. „Nice to meet you, Linda Johnson!" Linda stimmte in ihr Lachen ein, dann erzählte sie leicht errötend von dem Arzt. „Stell dir vor, anstatt mich zu untersuchen, wollte er erst mal wissen, ob Achmad und ich verheiratet sind und ob ich noch Jungfrau bin!"

„Ach du meine Güte, wie peinlich ist das denn? Aber eigentlich verständlich."

„Wieso?" Die Uhr schlug neun Mal, dann sagte Mariana: „Dort ist es sehr ungewöhnlich, dass ein Mann eine Frau ins Krankenhaus bringt, ohne mit ihr verheiratet zu sein."

„Ach so, das wusste ich nicht."

„Ja, die Kultur ist eben ganz anders, nicht so wie bei euch in Deutschland oder bei uns in Argentinien."

„Und woher weißt du das?"

„Bevor Achmad damals mit seiner Familie nach Palästina gezogen ist, hat er mir viel darüber erzählt. Wir waren ja erst 13, aber ich glaube, das ist vielleicht das schwierigste Alter überhaupt für so einen Einschnitt im Leben. Alles verlassen zu müssen, was einem von Geburt an vertraut ist, das ist schon heftig. Neues Land, neue Sprache, neue Kultur. Es war wichtig für ihn, mit jemandem darüber zu reden – vielleicht auch deshalb, um sich selbst innerlich auf sein neues Leben vorzubereiten, falls das überhaupt möglich war." Mariana warf sich ein paar Erdnussflips in den Mund und zerkaute sie. „Als Achmad dich neulich bei eurer ersten Begegnung im Laden umarmt hat, hat er eigentlich etwas Verbotenes getan. Ist dir aufgefallen, dass in dem Moment außer uns kein Mensch im Laden war?" Linda verneinte. Darauf hatte sie natürlich nicht geachtet. „Was war denn mit dem Ladenbesitzer, der war doch die ganze Zeit in der Nähe, oder etwa nicht?"

Ihre Freundin schüttelte den Kopf. „Der war kurz rausgegangen, um mit einem Bekannten zu reden, das hatte mich noch gewundert. Wir hätten ja den halben Laden ausräumen können. Wäre er drin gewesen, hätte Achmad dich ganz sicher nicht umarmt."

Linda griff sich an die Stirn. „Ach, deshalb hat sich Achmad auch nicht mit mir zusammen auf die Rückbank ins Taxi gesetzt. Jetzt verstehe ich das! Und in Alis Café wollte ich meine Hand auf seine legen, aber er hat sie wie zufällig genau in dem Moment weggezogen."

„Natürlich, das darfst du nicht machen!"

Linda dachte einen Augenblick nach, dann blickte sie Mariana ins Gesicht. „Hm, das ist ja eigentlich nicht anders als shomer negiah, oder?"

„So genau weiß ich das nicht. Ein Unterschied ist aber auf jeden Fall, dass shomer negiah sich ja nur auf die religiösen Juden beschränkt, während das Verbot des Anfassens bei Muslimen die ganze Gesellschaft betrifft."

Linda gingen immer mehr die Augen auf. „Ist es dann für Halil und Aysha nicht auch komplett unnormal, mich überhaupt zu beherbergen?"

„Genauso ist es. Normalerweise gibt es das nicht, dass die Freundin des Sohnes bei ihm zu Hause übernachtet, und sie riskieren natürlich damit, dass die Leute über sie reden."

Auf einmal fühlte Lindas Mund sich trocken an. Sie griff nach ihrem Glas und trank zügig. Irgendwo im Haus klingelte ein Telefon. Dann sagte sie: „Aber Achmad sieht das nicht so eng. Er hat selbst gesagt, dass er von den Traditionen nicht viel hält."

Mariana nickte. „Das stimmt ja auch, aber mit seinem Verhalten reflektiert er gleichzeitig das seiner Familie, und er würde nie riskieren, ihre Ehre aufs Spiel zu setzen."

Linda hatte das Gefühl, nicht länger sitzen bleiben zu können. Sie stand auf, ging zum Schreibtisch und sah aus dem Fenster. Über der Silhouette einer Palme im Garten stand der Halbmond am Nachthimmel, ab und zu kurz verdeckt von Wolken, die sich davorschoben. Nach einer langen Weile drehte Linda sich wieder um und sagte: „Ich glaube, das mit Achmad und mir wird komplizierter, als ich dachte. Doch wie mein Vater immer sagt: ‚Wo ein Wille, ist auch ein Weg.' Ich liebe Achmad so unendlich, und ich will alles tun, um ihm oder seiner Familie keine Schande zu machen. Das kann ja nicht so schwer sein."

Mariana sagte nichts darauf. Linda setzte sich wieder neben sie auf die Couch, holte noch ein paar Erdnüsse aus der Tüte und erzählte weiter bis zum Schluss. „... und dann habe ich wie immer in der Straßenbahn den Rock wieder angezogen und die Haare zusammengebunden."

Mariana stieß einen Seufzer der Erleichterung aus. „Ich bin froh, dass alles gut gegangen ist!"

„Klar, warum sollte denn nicht alles gut gehen? Selbst die Bauchschmerzen waren letztendlich zu was gut. So konnte ich unverhofft die halbe Nacht mit Achmad zusammen verbringen." Linda lächelte verträumt.

Marianas Augen funkelten schelmisch: „Ich habe ja gesagt, dass ihr ein schönes Paar abgebt. Mazel tov!"

„Todah!"

Sie lachten, erhoben ihre Gläser und prosteten sich zu. Dann wurde Linda plötzlich wieder ernst. „Achmad will nicht, dass ich wegen ihm alles aufgebe, wofür ich die letzten sieben Jahre gearbeitet habe. Er sagt, dass er meinen Glauben respektiert und mir beim Konvertieren nicht im Weg stehen will. Das Problem ist nur: Wenn ich konvertiere und die israelische Staatsbürgerschaft annehme, fände ich es unmoralisch, nicht religiös zu leben. Und sollte ich irgendwann Achmad heiraten, würde das sehr wahrscheinlich so aussehen, als hätte ich scheinkonvertiert."

Mariana nickte. „Und das könnte vielleicht als Verrat angesehen werden."

„Ja, obwohl es natürlich nie meine Absicht war, nur zum Schein zu konvertieren. Aber jetzt ist alles anders. Ich liebe Achmad so sehr und weiß, dass er mich auch liebt, er hat es mir selbst gesagt." Linda dachte an ihre Gebetsblockade und die inneren Kämpfe, die sie seit Monaten mit sich selbst ausfocht. „Mit Achmad habe ich auf einmal eine ganz neue Perspektive."

Nachdenklich schwieg sie einen Augenblick, und als sie weitersprach, war ihre Stimme leise, eher so, als rede sie zu sich selbst. „Ich habe mir die Entscheidung nicht leicht gemacht, ich liebe das Judentum und Israel nach wie vor. Doch vorhin auf der Rückfahrt im Bus ist mir plötzlich klargeworden, was ich tun werde." Aus der Küche drang leises Geschirrklappern, irgendwo draußen bellte ein Hund. Gespannt wartete Mariana darauf, dass Linda weitersprach. Rhythmisch und gleichmäßig war das Ticken der Uhr zu hören. Dann endlich räusperte Linda sich und sah ihrer Freundin fest entschlossen in die Augen.

„Ich breche die Schule ab."

Endlich hatte sie nicht nur eine Entscheidung getroffen, sondern sie auch ausgesprochen. Sie spürte, wie sich Erleichterung in ihr breitmachte. Wie vom Donner gerührt starrte Mariana sie mit offenem Mund an, um gleich darauf in Tränen auszubrechen. Überrascht fragte Linda: „Sind das jetzt Freudentränen oder warum weinst du?" Ihre Freundin antwortete nicht. Linda nahm sie in den Arm. „Du wolltest Achmad und mich doch schon die ganze Zeit verkuppeln und jetzt, wo es so weit ist, weinst du, anstatt dich mit uns zu freuen. Ohne dich hätten wir uns ja gar nicht kennengelernt!" Mariana schnäuzte sich. „Ich freu mich ja für euch, verliere aber gerade meine beste Freundin an Achmad. Und wenn du die Midrascha abbrichst, kannst du ja gar nicht in Israel bleiben." Bei der Vorstellung rollten schon wieder die Tränen.

„Ja klar, aber ich komme wieder. Und ich hoffe natürlich, dass ich nicht allzu oft ein- und ausreisen muss, bevor Achmad um meine Hand bittet." Mariana musste unwillkürlich lächeln, und schon kam Linda der nächste Gedanke. „In nächster Zeit gibt es eine Menge zu tun. Ich bin jetzt schon nervös, wenn ich daran denke, dass ich Rabbiner Rosenfeld mitteilen muss, dass ich doch nicht konvertieren will. Am besten bringe ich das so schnell wie möglich hinter mich."

Linda holte ihr Handy aus der Rocktasche. Bisher hatte sie einfach an seine Bürotür geklopft, wenn sie mit ihm reden wollte, aber es waren kleinere Anliegen gewesen, die sie gehabt hatte. Für dieses Gespräch holte sie sich besser einen Termin bei ihm. Gut, dass sie seine Nummer hatte. Tatsächlich erreichte sie ihn, und schnell war das Gespräch erledigt, er erwartete sie morgen um 16 Uhr in seinem Büro. Mariana fragte: „Soll ich mitkommen?"

„Ja gerne, ich glaube, etwas moralische Unterstützung kann ich morgen gut gebrauchen." Plötzlich fiel Linda ein: „Mensch, Achmad weiß ja noch gar nichts von meiner Entscheidung, und außerdem muss ich mit meinen Eltern skypen und ihnen erzählen, dass ich die Schule abbreche und … in Achmad verliebt bin. Sie holte tief Luft, und schon flogen ihre Finger über die Handy-Tastatur.

> Hallo, können wir morgen Abend um 18 Uhr skypen?
> Ich muss euch was sagen.

Sie schickte die WhatsApp-Nachricht an ihre Mutter und auch an ihren Vater.

Mariana kämpfte erneut mit den Tränen. „Deine Entscheidung, nicht zu konvertieren, wird dein Leben grundlegend verändern. Aber egal, was du tust, ich werde immer deine Freundin bleiben."

„Genau das ist es, was echte Freundschaft ausmacht – danke." Linda umarmte Mariana, und auf einmal hatte sie es eilig, sich zu verabschieden und in die Siedlung zu fahren. „Sobald ich zu Hause bin, schreibe ich Achmad." Im Stehen trank sie ihr Glas leer. „Ich bin echt froh, wenn ich kein Doppelleben mehr führen muss. Mal sehen, wie Sarah und Daniel die Nachricht aufnehmen. Natürlich erzähle ich ihnen nur, dass ich die Schule abbreche. Ich hoffe, sie fragen nicht nach dem Grund und sind nicht enttäuscht von mir. Aber zuerst will ich morgen das Gespräch mit dem Rabbiner hinter mich bringen."

Mariana holte Lindas Schulrucksack aus dem Schrank und reichte ihn ihr. „Und was machst du danach, fliegst du gleich nach Hause oder bleibst du noch hier, bis dein Visum ausläuft?"

„Das weiß ich noch nicht, kommt drauf an, was Achmad sagt. Am liebsten würde ich natürlich noch mal zu ihm fahren, aber nach dem, was du mir erzählt hast, geht das ja wahrscheinlich nicht." Sie schulterte den Rucksack. „Das zeigt sich dann." Mariana begleitete sie zur Haustür. „Komm gut heim, wir sehen uns spätestens morgen Nachmittag in der Midrascha." Nachdenklich sah sie Linda hinterher, bis sie in der Dunkelheit verschwunden war.

Kurz vor 16 Uhr trafen sie sich am nächsten Tag wie vereinbart vor dem Büro des Schulleiters. Sie waren sich den ganzen Tag noch nicht über den Weg gelaufen, und Mariana platzte schier vor Neugier. „Und, wie hat Achmad auf deine Entscheidung reagiert?" Linda legte kurz ihren Zeigefinger auf die Lippen, dann nickte sie freudestrahlend und zeigte mit dem Daumen nach oben. Mariana flüsterte: „Du hast Rabbi Rosenfeld bisher aber nichts erzählt von Achmad, oder?"

„Natürlich nicht, und das werde ich auch nicht tun!" Linda sah auf die Uhr, es war Zeit hineinzugehen, doch einen Moment lang zögerte sie. Rabbiner Rosenfeld war ein netter Mensch, dennoch war sie plötzlich nervös, noch dazu fühlte sie sich, als würde sie aufgeben. Sie atmete noch einmal tief durch, dann klopfte sie an die Tür. Der Schulleiter saß hinter seinem Schreibtisch und lud die beiden mit einer ausladenden Handbewegung ein, ihm gegenüber auf den beiden Stühlen Platz zu nehmen. Seine lebhaften braunen Augen sahen Linda freundlich an. „Nun Linda, was hast du denn auf dem Herzen?"

Linda hatte sich die Worte genau zurechtgelegt, doch auf einmal konnte sie sich nicht mehr daran erinnern, was sie sagen wollte. Sie schluckte und spürte einen schmerzhaften Stich in der Magengegend. Rabbi Rosenfeld wartete geduldig und nickte ihr aufmunternd zu. Linda gab sich einen Stoß. „Ich habe mir das alles noch mal überlegt und bin zu dem Entschluss gekommen, dass ich doch nicht konvertieren möchte." Sie senkte den Blick, und beinahe entschuldigend fügte sie hinzu: „Ich habe noch nie in meinem Leben mit etwas aufgehört, das nicht fertig war. Aber ich habe erst hier erkannt, dass das Judentum nicht das Richtige für mich ist."

Der Schulleiter faltete die Hände wie zum Gebet und sagte erst einmal nichts. Als er zu reden begann, klang seine Stimme ruhig und bedacht. „Vor vielen Jahren studierte hier an der Schule eine junge Dame, die zu Beginn ähnlich begeistert und wissbegierig war wie du. Auch sie wollte konvertieren und arbeitete sehr fleißig daran, ihr Ziel zu erreichen. Doch dann ließ ihr Eifer zunehmend nach, bis sie eines Tages ihr Vorhaben ganz aufgab. Heute ist sie in leitender Position bei einer humanitären Organisation. Erst neulich sagte sie mir, dass sie noch immer Kraft aus ihrer Zeit an unserer Schule schöpft und aus dem, was sie hier gelernt hat." Er sah Linda über seinen Brillenrand väterlich wohlwollend an. „Ich bedaure es natürlich, Linda, dass du unsere Schule vorzeitig verlassen willst, doch es ist kein Problem, wenn du nicht konvertierst. Aufhören heißt ja nicht aufgeben. Du wechselst die Richtung, kannst aber auch jederzeit wieder umkehren. Und wenn nicht, ist es auch in Ordnung. Wir brauchen gute Menschen in der Welt, die nicht Juden sind." Der Rabbiner lächelte milde, dann wechselte er ganz unvermittelt das Thema.

„Zu Beginn einer Ehe brennt die Liebe meistens wie ein starkes Feuer. Man ist begeistert, fühlt sich extrem verliebt. Dieses Feuer wird nicht immer so stark lodern wie am Anfang. Bei vielen Paaren flackert irgendwann nur noch eine kleine Flamme oder verlöscht sogar ganz. Doch um eine gute Ehe zu führen, braucht es dieses Feuer auch gar nicht. Wahre Liebe bleibt bestehen, selbst wenn das Gefühl des Verliebtseins schwindet."

Linda war so perplex, dass sie überhaupt nicht wusste, wie sie auf die Worte des Rabbiners reagieren sollte. Er schien jedoch auch gar keine Antwort von ihr zu erwarten. Für einen Augenblick war nur das Ticken der Uhr in seinem Büro zu hören, dann strich er sich über seinen wallenden, leicht ergrauten Vollbart und sah Linda eindringlich an. „Ich gebe dir einen Rat: Sei deinen Freunden gegenüber diskret, was deine Entscheidung angeht. Erzähle nicht alles, was dich dazu bewogen hat, nicht zu konvertieren. Und vergiss nicht, dass auch eine gesunde Selbstliebe dazugehört, wenn du eine Partnerschaft eingehst."

Rabbi Rosenfeld sah sie eindringlich, aber freundlich an. Dann stand er auf. „Was auch immer du tust, sei besonnen! Schalom!" Er nickte Linda noch einmal freundlich zu. Das Gespräch war beendet.

Auf dem Flur sahen Mariana und Linda sich verblüfft an, dann flüsterte Mariana: „Sag mal, wieso um alles in der Welt hat Rabbiner Rosenfeld plötzlich vom Eheleben gesprochen?"

„Keine Ahnung, das hat mich auch total überrascht. Als ob er schon wüsste, dass es bei mir einen Typ gibt." Linda zuckte die Schultern. „Na ja, kommt vielleicht öfters vor. Anders kann ich es mir nicht erklären. Auf jeden Fall bin ich sehr erleichtert, dass er meine Entscheidung so gut aufgenommen hat." Lindas Augen funkelten bereits wieder abenteuerlustig. Ab sofort würde sie nur noch nach vorne blicken. „Als Erstes rufe ich gleich Achmad an, dann gehe ich in meine Klasse und sage allen Bescheid, dass ich ab sofort nicht mehr komme. Später gehe ich ins Wohnheim rüber, um in aller Ruhe mit meinen Eltern zu skypen. Und wenn ich das erledigt habe, fahre ich zu meinen Gasteltern zurück und erzähle ihnen ebenfalls von meiner Entscheidung."

Mariana nickte nur. Linda sah, dass ihre Freundin schon wieder mit den Tränen kämpfte, und nahm sie in den Arm. „Och Mariana, nimm's doch nicht so schwer!"

„Ich gönne dir dein Glück von ganzem Herzen, aber es geht alles so schnell!" Arm in Arm gingen sie die Treppe hinunter. „Ich hab auch keine Zeit zu verlieren. In drei Wochen läuft mein Visum ab, und ohne den Schulbesuch hier bekomme ich kein neues. Dann muss ich erst einmal nach Deutschland zurück. Bis dahin will ich so viel Zeit wie möglich mit Achmad verbringen." Linda hatte schon beinahe die Schultür erreicht, als sie sich noch einmal zu Mariana umdrehte. „Danke, dass du mitgekommen bist!"

Sobald sie das Schulgebäude verlassen hatte, holte sie ihr Handy aus der Tasche und rief Achmad an. Er hatte offensichtlich schon auf ihren Anruf gewartet, denn er meldete sich bereits nach dem ersten Klingelton. Im Hintergrund war das Kreischen einer Säge zu hören, irgendwo wurde gehämmert. „Und, wie war das Gespräch?"

„Super! Der Rabbi schien überhaupt nicht überrascht zu sein und hat total nett reagiert."

„Das ist ja gut. Ich hatte schon befürchtet, du bekommst Probleme."

„Nein, alles gut. Ich freue mich ja so! Jetzt können wir unsere Zukunft planen! Ich liebe dich so sehr!" Das Kreischen der Säge wurde lauter. Achmad wartete mit seiner Antwort, bis es im Hintergrund wieder leiser wurde. „Ich liebe dich auch und kann kaum abwarten, dich wiederzusehen."

„Am liebsten würde ich sofort in den Bus steigen und zu dir kommen, aber erst muss ich hier noch einige Dinge erledigen." Das Hupen eines rückwärtsfahrenden Lastwagens ertönte.

„Wenn du mit allem fertig bist, könntest du vielleicht eine Weile bei uns wohnen, solange dein Visum noch gültig ist. Ich frage heute Abend meine Eltern."

„Meinst du? Das wäre echt super! Und ich mache nachher einen Videocall mit meinen Eltern. Die fallen bestimmt aus allen Wolken, wenn sie hören, dass ich die Schule abgebrochen und mich verliebt habe."

„Hoffentlich nehmen sie es gut auf." Neben Achmad wurde laut gehämmert, und er hob die Stimme an. „Vor allem die Nachricht mit uns beiden!" Jemand rief ihm etwas zu. „Ich muss Schluss machen, melde mich heut Abend wieder! Auf Wiedersehen, du Licht meiner Augen!"

Licht meiner Augen, klang das schön! Glücklich lächelnd sah Linda auf die Uhr. Halb fünf. In anderthalb Stunden würden ihre Eltern erfahren, dass sie sich in einen Muslim aus Palästina verliebt hatte. Schlagartig verspürte sie wieder ein schmerzhaftes Bauchkrampfen, das zum Glück so schnell wieder nachließ, wie es gekommen war. Sie ging zurück in das Schulgebäude, ihre Klasse hatte gerade Pause. Manche ihrer Kommilitoninnen plauderten in kleinen Grüppchen miteinander, andere saßen auf ihrem Platz. Niemand nahm Notiz von ihr, und um die Aufmerksamkeit auf sich zu lenken, ging sie kurzerhand nach vorne an die Tafel und kratzte mit den Fingernägeln darüber. Das unangenehme, schrille Geräusch erzeugte sofort die gewünschte Wirkung. Die Mädchen zuckten zusammen, schrien auf oder hielten sich die Ohren zu, und dann waren alle Blicke auf Linda gerichtet. Sie sah in die erstaunten, teils entsetzten Augen vor ihr, und auf einmal wurde ihr das Herz schwer. Von Anfang an hatten ihre Klassenkameradinnen sie angenommen wie eine der ihren. Jeden einzelnen Tag war sie gern hierhergekommen. Das würde nun vorbei sein, wie auch das Studieren, das sie so sehr geliebt hatte.

Sie räusperte sich und sagte: „Ich möchte euch eine Mitteilung machen. Ich werde doch nicht konvertieren und breche die Schule ab. Bevor ich gehe, wollte ich mich aber noch von euch verabschieden." Als trauten sie ihren Ohren nicht, starrten die Mädchen Linda ungläubig an. Einen Augenblick lang herrschte Totenstille, dann fragte Rivka fassungslos: „Warum das denn?"

Sei deinen Freunden gegenüber diskret, was deine Entscheidung angeht. Erzähle nicht alles, was dich dazu bewogen hat, nicht zu konvertieren. Doch wie sollte sie das tun, ohne zu lügen? Alle warteten gespannt auf ihre Antwort. Linda schluckte. „Ich gehe zu meiner Familie nach Deutschland zurück." Um weiteren Fragen zuvorzukommen, fügte sie schnell hinzu: „Aber ich halte euch über unsere WhatsApp-Gruppe auf dem Laufenden. Ich komme ganz bestimmt nach Israel zurück, dann sehen wir uns wieder!"

Beinahe wäre ihr herausgerutscht, wie sehr sie sich jetzt schon darauf freute, ihre Klassenkameradinnen zu besuchen, wenn sie dann erst einmal in Palästina wohnte, biss sich aber gerade noch rechtzeitig auf die Zunge. Auch würde außer Mariana niemand erfahren, dass sie noch drei Wochen im Land bleiben würde. Gerade, als sie aus der Tür huschen wollte, fiel ihr noch etwas ein. Sie drehte sich noch einmal um und rief Rivka zu, noch nichts ihren Eltern zu erzählen, sie würde es später selbst machen.

Als sie die Schule verließ, war es bereits dunkel, der Himmel wolkenverhangen, und eisiger Wind wehte. Fröstelnd zog Linda den Reißverschluss ihrer Jacke bis ganz nach oben und steckte die

Hände in die Taschen. Schnell ging sie zum Wohnheim hinüber, holte wie immer den Haustürschlüssel unter einem Blumentopf hervor und schloss die Tür auf. Von dem Versteck hatte Rivka ihr gleich in den ersten Tagen erzählt, nachdem Linda zu ihr in den hebräischen Kurs gewechselt hatte. Keine der Mitbewohnerinnen hatte ein Problem damit gehabt, dass sie gelegentlich die Küche mitbenutzt oder sich in eines ihrer Zimmer zurückgezogen hatte. Mit leichter Wehmut dachte Linda an die vielen schönen Stunden, die sie hier erlebt hatte. Oft hatte sie mit ihren Freundinnen zusammen gekocht, fröhliche Feste gefeiert und bis tief in die Nacht hinein gequatscht. Auch das würde nun vorbei sein.

Wie erwartet war niemand zu Hause. Alle waren noch im Unterricht. Linda ging in Rivkas Zimmer und setzte sich mit ihrem Handy in der Hand aufs Bett. Pünktlich um 18 Uhr startete sie den Videoanruf.

Martina saugte im Wohnzimmer den Teppichboden, dabei wanderten ihre Gedanken zum wiederholten Male zu Lindas gestriger Nachricht. „Ich muss euch was sagen", hatte sie geschrieben. Hoffentlich war nichts passiert. Seit Linda in Israel war, hatte sie schon öfters bestätigt, dass sich an ihrem Traum nichts geändert habe. Erst neulich hatte sie wieder geschrieben, sie sei sehr glücklich und liebe Israel über alles. Dennoch waren ihre kurzen Nachrichten in letzter Zeit irgendwie anders; sie sprühten nicht mehr so vor Begeisterung wie sonst immer. Oder bildete Martina sich das vielleicht nur ein?

In dem Moment, als sie einen großen Keksktrümel aufsaugte, fiel es ihr wie Schuppen von den Augen. Linda war von ihrem Ausflug nach Hebron verändert zurückgekehrt. Martina schaltete den Staubsauger aus und sah auf ihre Armbanduhr. Genau

17 Uhr. In einer Stunde würden sie und Andreas endlich erfahren, was los war.

Das Flötensolo der Badinerie von Bach erklang aus der Küche, wo ihr Handy lag. Ein Videoanruf von Linda. Schnell schob sie das Kamerasymbol auf dem Display nach oben und sah ihre Tochter vor sich.

„Hallo, mein Schatz, du wolltest doch erst um 18 Uhr anrufen, Papa ist noch gar nicht zu Hause." Linda griff sich an die Stirn. „Ups, hab ganz vergessen, dass wir euch eine Stunde voraus sind!"

„Willst du mir schon sagen, worum es geht?"

„Nö, ich warte, bis Papa da ist, und rufe in einer Stunde noch mal an. Okay?"

„Ist denn alles in Ordnung bei dir?" Die Ungewissheit war für Martina beinahe unerträglich.

„Mach dir keine Sorgen, bis nachher!" Linda verschwand vom Bildschirm.

Nun war Martina erst recht beunruhigt, und sie spürte, wie sich ihr Puls vor Aufregung beschleunigte. Um sich abzulenken, spielte sie mit Johanna „Mensch ärgere Dich nicht", doch in Gedanken war sie unentwegt bei Linda und blickte ständig auf die Uhr. Die Zeiger schienen sich auf einmal viel langsamer zu bewegen als sonst. Hoffentlich kam Andreas rechtzeitig nach Hause. Wie von weit her hörte sie Johanna, die sich beschwerte. „Mama! Du passt ja gar nicht auf! Dann schmeiße ich dich halt zum dritten Mal raus."

Kurz vor 18 Uhr kam Andreas pfeifend zur Tür herein. Martina schaltete den Fernseher für Johanna ein, und als die Flötenmelodie wieder erklang, saßen Andreas und sie gemeinsam am Küchentisch vor dem Handy. Linda redet nicht lange um den heißen Brei herum. „Ich habe es mir anders überlegt. Ich will nicht mehr jüdisch werden und habe die Schule abgebrochen." Martinas Herz schlug wieder schneller, dieses Mal vor freudiger Aufregung. „Oh! Das sind ja mal Neuigkeiten! Wie kam es denn zu dieser Entscheidung?"

„Ich habe hier so einiges erlebt, was ich mit meinem Glauben nicht mehr vereinbaren kann. Das hat nichts mit dem Judentum an sich, der Schule oder meinen Freundinnen zu tun, sondern es ist meine ganz persönliche Entscheidung." Andreas nickte verständnisvoll.

„Okay. Was wirst du jetzt stattdessen machen?"

Linda wurde rot und grinste. „Das ist meine zweite Neuigkeit. Ich habe nämlich jemanden kennengelernt." Martina beugte sich näher ans Handy. „Sag bloß, du hast dich verliebt!" Linda lachte auf. „Ja, Mami, genau das habe ich. Er heißt Achmad und ist total süß. Er kommt aus Argentinien und wohnt mit seiner Familie in Palästina."

Linda holte Luft und wartete einen Moment, um ihre Worte wirken zu lassen. Die Küchenuhr tickte leise, aus dem Wohnzimmer tönte Johannas Lachen. Martina fühlte sich benommen, so als habe ihr jemand einen leichten Schlag auf den Kopf versetzt. Ein Satz aus dem Buch „Max und Moritz" kam ihr in den Sinn: „Dieses war der erste Streich, und der zweite folgt sogleich." Linda fuhr fort: „Ich brauche jetzt eure Unterstützung. In drei Wochen läuft mein Visum ab, dann komme ich heim. Ich suche mir für ein paar Monate einen Job, und sobald ich etwas Geld gespart habe, ziehe ich zu Achmad. Ich kann es kaum abwarten, bis ihr ihn per Videoanruf kennenlernt. Ihr werdet ihn sofort mögen! Er ist die Liebe meines Lebens!"

Da Andreas immer noch nichts sagte, fragte Martina: „Wann habt ihr euch denn kennengelernt?"

„Im November, also schon vor fast drei Monaten!"

„Erst vor drei Monaten? Da kennt ihr euch doch kaum!" Martina hatte lauter gesprochen als beabsichtigt.

„Och Mami, wir haben schon mehr zusammen geredet als andere Paare in zwei Jahren. Außerdem will ich die nächsten drei Wochen bei ihm und seiner Familie verbringen. Achmad muss nur noch seine Eltern fragen. Wenn sie einverstanden sind, lernen wir uns ja auf jeden Fall noch besser kennen."

Zum ersten Mal schaltete Andreas sich in das Gespräch ein. „Du sagst, sie wohnen in Palästina. Welcher Religion gehören sie denn an?"

Linda antwortete nicht sofort und sagte dann wie beiläufig: „Sie sind Muslime." Wortlos starrten Martina und Andreas auf den Bildschirm, und fast schon etwas trotzig erwiderte Linda ihren Blick. Einen Augenblick lang herrschte gespannte Stille auf beiden Seiten.

Martina hörte, dass ihre Stimme schrill klang, als sie fragte: „Das heißt, du wechselst vom Judentum zum Islam über?!"

„Reg dich doch nicht so auf, Mami! Bloß, weil ich einen Muslim liebe, heißt das ja nicht gleich, dass ich zum Islam übertrete. Aber interessieren tut mich die Religion schon." Hilfe suchend warf Martina einen Seitenblick auf Andreas. Er blieb gelassen. „Komm erst einmal heim, dann besprechen wir alles in Ruhe. Wir freuen uns jedenfalls auf dich!"

Nachdem sie noch ein paar Worte gewechselt hatten, verabschiedete Linda sich, dann war sie vom Bildschirm verschwunden.

Ein stechender Schmerz durchfuhr Martinas Nacken und sie stöhnte: „Ich muss mich bei dem Gespräch gerade total verkrampft haben, ich habe einen ganz steifen Hals." Andreas massierte ihr den Nacken. „Du hast ja auch die ganze Zeit wie versteinert vor dem Handy gesessen. Lindas Neuigkeiten müssen erst einmal geschluckt und verdaut werden, also mir schlägt das eher auf den Magen."

Martina wusste, dass Andreas die Situation mit Humor auflockern wollte, doch ihr war absolut nicht nach Lachen zumute. Kopfschüttelnd sagte sie: „Hoffentlich bringt Linda sich mit ihrer Entscheidung nicht in Schwierigkeiten. Sie ist oft so impulsiv. Sie kennt den jungen Mann doch kaum, und jetzt wechselt sie womöglich auch noch vom Judentum zum Islam! Ach du liebe Zeit!" Martina schlug die Hände über dem Kopf zusammen.

Andreas nickte. „Das wäre allerdings eine abrupte Kehrtwende, aber mach dich deshalb nicht verrückt. Sie kommt ja erst einmal heim, dann sehen wir weiter. Aus der Entfernung betrachtet ändert sie ihre Meinung vielleicht noch."

Martina seufzte. „Hoffentlich! Ich frage mich, was sie wohl erlebt hat, dass sie nach all den Jahren auf einmal nicht mehr jüdisch werden will. Sie war doch so überzeugt und voller Eifer. Und jetzt wechselt sie auch noch die Seiten!"

Andreas sah einen Augenblick lang zum Küchenfenster hinaus, dann nahm er seine Frau in den Arm. „Linda wollte nie wieder heimkommen, erinnerst du dich? Du hast mir damals erzählt, was sie so lässig verkündet hat, als sie gegangen ist. Und jetzt kommt sie doch wieder. Bei Gott ist nichts unmöglich, und ich bin ganz zuversichtlich, dass auch in dieser Situation noch nicht das letzte Wort gesprochen ist."

Martina fühlte sich ein wenig getröstet. „Ja, okay." Nach kurzem Überlegen fügte sie hinzu: „Ich bin schon gespannt, wie es wird, wenn sie wieder bei uns einzieht."

„Linda wird nicht mehr dasselbe junge Mädchen sein, das letztes Jahr ausgezogen ist. Sie ist selbständig geworden und hat viel erlebt. Wir werden uns erst einmal neu aufeinander einlassen müssen. Das wird vermutlich für uns alle eine Herausforderung." Andreas stand auf. „Doch jetzt warten wir einfach mal ab. Mehr können wir im Moment ohnehin nicht tun."

Bevor Martina an diesem Abend ins Bett ging, notierte sie in ihr Tagebuch:

> 4. Februar – Linda kommt wieder heim. Sie hat uns vorhin mitgeteilt, dass sie nicht mehr zum Judentum konvertieren will, und gleich im nächsten Atemzug, dass sie sich in einen Muslim verliebt hat. Morgen zieht sie sogar zu ihm und will die nächsten drei Wochen im Haus seiner Eltern verbringen. Hoffentlich meint man es dort auch gut mit ihr ...

Urplötzlich fiel ihr ein Gespräch mit ihrem Frauenarzt kurz vor Lindas Geburt ein. Verwundert darüber, dass ihr Baby beinahe pausenlos in ihrem Bauch strampelte, hatte sie damals ihren Arzt gefragt, ob es auch schon ungeborene, hyperaktive Babys gäbe. Seine belustigte Antwort lautete: „Nein, aber da kommt was auf Sie zu." Er hatte recht gehabt. Martina beendete ihren Tagebucheintrag mit den Worten:

> Ich glaube, da kommt noch ganz schön was auf uns zu.

Noch war alles ruhig im Wohnheim, der Unterricht in der Midrascha war noch nicht zu Ende. Als Nächstes rief Linda Achmad an. Auch er hatte inzwischen mit seinen Eltern gesprochen.

Nach dem, was Mariana ihr erzählt hatte, war Linda nicht überrascht zu erfahren, dass Halil und Aysha zuerst nicht wollten, dass sie bei ihnen wohnte. Vorsichtig formulierte Achmad die Bedenken seiner Eltern: „Das bedeutet nicht, dass sie dich nicht mögen. Sie haben halt Angst, dass Gerüchte im Dorf aufkommen könnten. Letztendlich konnte ich sie aber dann doch umstimmen. Also fühl dich herzlich willkommen!"

„Super! Gleich morgen packe ich meine Sachen und komme zu euch! Nachher erzähle ich meinen Gasteltern noch, dass ich nicht mehr jüdisch werden will und bei ihnen ausziehe."

Linda schloss die Haustür des Wohnheims ab und legte den Schlüssel wieder an seinen Platz unter dem Blumentopf. Mit dem Bus fuhr sie nach Gilo und von dort weiter per Anhalter in die Siedlung. Linda fand Sarah in der Küche beim Ausräumen der Spülmaschine und setzte sich auf einen der Barhocker am Tresen. Sie schnupperte. „Hmm, was riecht denn hier so wunderbar?"

Sarah lachte und ging zum Herd, auf dem ein großer Topf dampfender Suppe stand. Sie nahm eine Kelle, schöpfte einen Teller randvoll mit Suppe und stellte ihn vor Linda. „Das ist Linsensuppe, gewürzt mit Zwiebeln, Knoblauch, Kümmel, Chilipulver und Petersilie." Dazu reichte sie ihr frisch gebackenes, noch warmes Fladenbrot. Schmunzelnd sagte sie: „Du weißt ja, für Linsensuppe hat Esau damals sogar sein Erstgeburtsrecht an seinen Zwillingsbruder Jakob verkauft. Lass es dir schmecken!"

Dankbar löffelte Linda die heiße Suppe und sah Sarah dabei zu, wie sie das Besteck einzeln aus dem Korb der Spülmaschine nahm und sorgfältig jedes Teil mit einem sauberen Küchentuch polierte, ehe sie es in die Schublade legte. Ihre Blicke trafen sich, und Sarah lächelte. „Hattest du einen schönen Tag?" Linda schluckte die Suppe herunter, die sie im Mund hatte, und wollte gerade antworten, als sie plötzlich einen Kloß im Hals spürte, der mit der Suppe ganz bestimmt nichts zu tun hatte. So nickte sie nur, dann räusperte sie sich und fragte: „Ist Daniel zu Hause? Ich muss euch was sagen."

Ihre Gastmutter hielt eine Gabel ins Licht. „Nein, er kommt erst später heim. Möchtest du auf ihn warten und es uns beiden zusammen erzählen?"

„Ich will es lieber gleich loswerden." Sarah legte die Gabel in die Schublade, schwang sich das Küchentuch über die Schulter und setzte sich auf den Barhocker neben Linda. „Schieß los, ich bin ganz Ohr."

Zum vierten Mal an diesem Tag sagte Linda: „Ich will nicht mehr konvertieren." Angespannt schaute sie Sarah ins Gesicht. Würde sie schockiert sein? Oder versuchen, Linda umzustimmen? Sie sagte nichts, und ihre Miene war freundlich wie immer. Weder Ärger noch Überraschung spiegelten sich darin.

Ermutigt sprach Linda weiter. „Morgen ziehe ich hier aus. Es tut mir leid, wenn ich euch enttäusche." Mehr brachte sie jedoch nicht heraus. Sarah legte den Arm um sie. „Mach dir wegen Daniel und mir keine Gedanken. Deine Entscheidung, nicht zu konvertieren, hat ja vermutlich nichts mit uns zu tun."

„Nein, natürlich nicht!", beeilte sich Linda zu bestätigen. „Viel wichtiger ist", fuhr Sarah fort, „dass du den Weg gehst, der dir richtig erscheint." Sie lächelte. „Im Übrigen überrascht mich das gar nicht. Ich beobachte schon seit längerem, dass du nicht mehr betest, und habe mir schon beinahe so etwas gedacht."

Linda fiel ein Stein vom Herzen, und auf einmal fühlte sie sich wie befreit. „Ich habe jemanden kennengelernt, den ich total nett finde." Kaum waren ihr die Worte entschlüpft, hätte sie sich am liebsten dafür geohrfeigt. Ärgerlich rührte sie mit dem Löffel in ihrer Suppe und rechnete damit, dass Sarah gleich alle möglichen Fragen stellen würde. Doch sie sagte nur: „Das freut mich für dich. Ich wünsche dir von ganzem Herzen, dass du glücklich wirst." Überrascht blickte Linda auf. Liebevoll sah Sarah ihr in die Augen. „Doch bevor du morgen gehst, gebe ich dir einen Ratschlag mit auf den Weg: Lass dir Zeit und stürze dich nicht leichtfertig in eine Ehe." Mit einem innerlichen Stoßseufzer der Erleichterung aß Linda einen weiteren Löffel Suppe, dann sagte sie beinahe jubilierend: „Nein, auf keinen Fall. Ich fliege ja sowieso erst mal nach Deutschland zurück und weiß noch gar nicht, wann ich wiederkomme." Einen Augenblick lang war sie versucht, ihrer Gastmutter anzuvertrauen, dass sie erst in drei Wochen nach Hause fliegen würde und auch, warum. Sie ließ es dann aber doch lieber bleiben.

Auf dem Weg in ihr Zimmer fiel Lindas Blick durch die geöffnete Tür ins Esszimmer. Das Licht der Straßenlaterne schien durch das Fenster und fiel direkt auf das Bild an der gegenüberliegenden Wand. Linda liebte dieses Bild und trat näher, um es sich noch einmal genau zu betrachten. Eine Frau stand an einem Tisch vor zwei entzündeten Kerzen, das Gesicht vom Schein der Flammen erleuchtet. Sie sprach einen Segen über zwei Hefezöpfe und einen Krug Wein. Daneben abgedruckt war der Text „Eschet

Chayil", das Lob der tüchtigen Hausfrau. Seit Linda diese Verse aus Sprüche 31 zum ersten Mal auf Hebräisch gelesen hatte, war sie von ihnen fasziniert. In alphabetischer Reihenfolge bildeten die Anfangsbuchstaben der Verse das gesamte hebräische Alphabet, angefangen mit „Aleph" im ersten Vers bis hin zum letzten Buchstaben „Taw" zu Beginn des letzten Verses. Linda kannte den Text fast auswendig, so oft hatte sie ihn schon gelesen.

Jeden Freitagabend sang Daniel vor dem Essen dieses Loblied für Sarah. Linda fand das Ritual sehr schön, womit der Mann seine Wertschätzung seiner Frau gegenüber ausdrückte. Jahrelang war es ihr Traum gewesen, eines Tages auch einen Mann zu haben, der für sie dieses Lied singen würde, und dem sie eine genauso gute Frau sein wollte, wie in den Versen beschrieben. Daraus würde nun nichts werden. Sie spürte einen leichten Stich im Herzen, wandte sich ab und ging in ihr Zimmer. Schon morgen würde sie zu Achmad fahren. Sofort schlug ihr Herz vor Freude schneller und ihre aufgekommene Wehmut war augenblicklich wieder verflogen. Sie setzte sich an den Schreibtisch und schrieb ihm eine WhatsApp-Nachricht.

> Alles gut, ich komme wie besprochen morgen!

Darunter setzte sie ein rotes Herz. Prompt lachte zur Antwort ein gelbes Gesicht, dann schrieben sich die beiden bis tief in die Nacht hinein.

Als Linda am nächsten Morgen aufwachte, stand die blasse Wintersonne bereits hoch am Himmel. Zum ersten Mal seit ihrer Ankunft in Israel schlüpfte sie nicht in einen Rock, sondern holte ihre Jeans und das blaue Kopftuch aus einer Plastiktüte in der hintersten Ecke des begehbaren Kleiderschranks. Die Jeans zog sie sofort an, das Kopftuch stopfte sie nebst ihren neu gekauften Schminksachen in die Handtasche. Sie würde es später aufsetzen, wenn sie im Bus nach Ramallah saß. Dann zog sie ihren Rucksack aus dem

Schrank und packte ihre Sachen. Zum Schluss ließ sie ihren Blick noch einmal prüfend durch das ganze Zimmer wandern, schaute unters Bett, in die Schreibtischschubladen und öffnete noch einmal die Lamellentür des Kleiderschranks. Sie hatte nichts vergessen. Die Röcke, die noch im Schrank am Bügel hingen, würde sie von nun an nicht mehr brauchen. Vielleicht würde Rivka sie gerne anziehen, sie hatte etwa dieselbe Größe. Außer der Jeans, die sie anhatte, besaß Linda bislang keine weitere Hose, aber sie konnte sich für die nächsten drei Wochen bestimmt welche von Achmads Schwestern ausleihen. Im Kleiderschrank von Jasmin und Nesrin lagen noch einige Hosen, die sie bei ihrem Auszug nicht mitgenommen hatten. Wenn sie nicht passten, würde sie sie einfach passend machen.

In einer Schachtel auf dem Schrankboden waren Lindas wenige Utensilien, die sie von nun an auch nicht mehr brauchen würde: Kanne, Israelflagge und ihre kleine Menora aus Bronze.

Sie wandte sich um, und ihr Blick blieb auf dem Schreibtisch hängen, wo sie ihre Bücher aus der Midrascha aufgestapelt hatte. Sie spürte einen Kloß im Hals. Seit sie hierhergezogen war, hatte sie die meiste Zeit mit dem Studium der Bücher verbracht und ihr ganzes Leben danach ausgerichtet. Einige davon waren ihr besonders ans Herz gewachsen und hatten sie tagtäglich begleitet wie ein guter Freund. Sie ging die wenigen Schritte zum Schreibtisch. Jetzt, da sie ihre Röcke nicht mitnahm, war noch etwas Platz im Rucksack, wenn auch nicht viel. Gezielt zog sie den Tanach und die Tehillim – die Psalmen – sowie ihr Gebetbuch aus dem Stapel, dann nahm sie noch zwei Taschenbücher und steckte alles in den Rucksack.

Zufrieden verließ Linda das Zimmer, dann drehte sie sich noch ein letztes Mal um. Hier hatte sie ein neues Zuhause gefunden, hier hatten die Menschen es gut mit ihr gemeint. Noch heute würde sie in eine neue Welt eintauchen – auf der anderen Seite der Mauer. Eine Welt, die ihr bisher fremd war. Abrupt drehte sie sich um und ging in die Küche, um zu frühstücken.

Kurz vor Mittag hievte sie ächzend ihren viel zu großen Rucksack auf den Rücken. Sarah drückte ihr ein Lunchpaket in die Hand. „Du bist Daniel und mir wie eine eigene Tochter ans Herz gewachsen. Pass gut auf dich auf, was auch immer du tun wirst. Du wirst dein Leben sicher anders gestalten, wenn du dann aus Deutschland zurückkommst, doch bitte tue nichts, das gefährlich ist. Vor allem gehe nicht in arabische Städte wie Ramallah oder Jericho!" Linda schluckte. Hatten ihre Gasteltern etwa doch Verdacht geschöpft? Da sie keine falschen Versprechungen machen wollte, sagte sie nur: „Danke für alles! Es war richtig schön bei euch." Sie umarmte ihre Gastmutter, dann ging sie, leicht gebeugt unter der Last ihres Rucksacks, zur Tür hinaus. Sie war schon ein Stück die Straße hinuntergegangen, als Sarah ihr hinterherrief: „Behatzlacha – Viel Erfolg! Und lass uns wissen, wie es dir geht, ja?" Linda drehte sich um und winkte ihr zu. „Ja, mach ich!"

Sie musste nicht lange am Straßenrand warten, bis ein Auto mit israelischem Kennzeichen angefahren kam. Der Fahrer zeigte nach rechts, und Linda ließ den Arm nach vorne schnellen, Zeige- und Mittelfinger ausgestreckt. Auf der Fahrt nach Jerusalem rief Rivka an und wollte wissen, wo sie war. Ihre Stimme klang geheimnisvoll, als sie Linda bat, noch kurz bei ihr im Wohnheim vorbeizuschauen. Neugierig geworden stimmte Linda zu. Zeit hatte sie genug, sie würde Achmad erst um 16 Uhr in Ramallah treffen, um von dort mit ihm nach Hause zu fahren. Noch einmal stieg sie in Gilo in den Bus ein, der ganz in der Nähe der Midrascha hielt.

Am Wohnheim angekommen, wartete Rivka schon an der Haustür auf sie und sagte: „Wie schön, dass wir uns vor deiner Abreise noch mal sehen können. Ich hatte schon befürchtet, dass du bereits auf dem Weg zum Flughafen bist. Komm rein!" Linda trat ein und ließ den Rucksack auf den Boden plumpsen. „Nein, alles gut, ich habe noch viel Zeit." „Ich leider nicht, du weißt ja, in einer Stunde ist die Mittagspause vorbei, und ich muss wieder rüber in den Unterricht." Sie gingen den Flur entlang bis zu Rivkas Zimmertür. Unzählige Male war Linda dort eingetreten, hatte mit ihrer Freundin gelacht und Quatsch gemacht.

„Mach doch mal die Tür auf." Rivka lächelte schelmisch, und gehorsam öffnete Linda die Tür. Der Anblick, der sich ihr bot, verschlug ihr für einen Augenblick die Sprache. Auf Bett und Fußboden saßen alle ihre Kommilitoninnen aus der hebräischen Klasse und grinsten sie an. Linda schaute so verdutzt drein, dass die Mädchen in lautes Gelächter ausbrachen. Am meisten freute Rivka sich über die gelungene Überraschung und rief ausgelassen: „Hast du ein Glück, dass du noch einmal kommen konntest, sonst hättest du echt was verpasst." Linda stimmte in das allgemeine Gelächter ein, dann umarmte sie eine Freundin nach der anderen. Rivka kletterte auf den Schreibtischstuhl und hob theatralisch die Hände. „Seid mal bitte still!"

Als alle Augen auf sie gerichtet waren, wandte sie sich an Linda. „Du hast uns gestern ganz schön vor den Kopf gestoßen mit deiner Mitteilung, die Schule abzubrechen, und wir sind echt traurig, dass du gehst. Wir haben dann noch lange überlegt, was wir dir zum Abschied schenken könnten, als Andenken an deine Zeit hier mit uns." Sie stieg vom Stuhl und holte eine runde, honiggelbe Dose vom Regal, zugebunden mit rosarotem Seidenband. „Für dich, von uns allen."

Gespannt löste Linda die Schleife und öffnete die Dose. Sie holte eine Tasse heraus, bedruckt mit einem Gruppenfoto ihrer ganzen Klasse. Daneben war zu lesen: Tamid itach – Immer mit dir, deine Freundinnen aus der Midrascha.

Gerührt schaute Linda von der Tasse auf. „Das ist echt lieb von euch, vielen Dank." Rivka erklärte: „Ein paar von uns sind gestern Abend nach dem Unterricht noch in die Stadt gegangen, um die Tasse für dich bedrucken zu lassen. So kannst du uns immer sehen und an uns denken."

„Ich würde euch auch so nie vergessen, ihr seid toll!"

Eine Stunde später stand Linda mit ihrem Gepäck an der Haltestelle. Gerade, als sie in die Straßenbahn einsteigen wollte, hörte sie jemanden ihren Namen rufen. Suchend sah sie sich um und erblickte Mariana, die aus Richtung Schule angerannt kam. Keuchend stieg sie mit Linda ein und half ihr, sich des Rucksacks zu entledigen, dann ließ sie sich neben ihr auf den Sitz plumpsen. Ihre dunklen Augen blitzten abenteuerlustig. „Ich lasse dich doch an so einem besonderen Tag wie heute nicht allein. Der Tag deines Auszugs aus Jerusalem!"

„Woher wusstest du denn, dass ich jetzt hier einsteige?"

„Och, ich hab so meine Spione." Mariana lachte. „Nein, Rivka ist mir gerade mit allen Klassenkameradinnen im Flur begegnet und hat erzählt, sie hätten dich im Wohnheim überrascht, und du würdest vermutlich jetzt gerade an der Haltestelle stehen. Also hab ich kurz entschlossen entschieden, den Nachmittag freizunehmen." Belustigt schüttelte Linda den Kopf. „Ich dachte immer, ich bin die Einzige, die so spontan ist. Super, dass du mich begleitest! Achmad und ich haben vereinbart, dass wir uns bei Ali im Café treffen. Er kommt extra früher von der Arbeit zurück."

Im Bus nach Ramallah holte Linda Schminksachen und ihren kleinen Spiegel aus der Handtasche. Mit großen Augen sah Mariana ihr dabei zu, wie sie knallroten Lippenstift auftrug. „Seit wann schminkst du dich denn?"

„Seit gerade eben." Linda rieb ihre Lippen aneinander und betrachtete das Ergebnis im Spiegel. „Ist dir schon mal aufgefallen, wie toll die arabischen Frauen sich schminken? Da kann ich doch nicht wie eine graue Maus dort auftauchen." Als der Bus vor dem Checkpoint Qalandia anhielt, achtete Linda nicht darauf. Sie war viel zu sehr damit beschäftigt, Mascara auf ihre Wimpern aufzutragen.

Der warme Duft frisch gebackenen Pitabrots und Gegrilltem empfing Linda und Mariana in dem kleinen Café von Ali. Ein paar alte Männer tranken Tee und spielten Backgammon, ansonsten war noch nicht viel los. Ali, der gerade einen Tisch deckte, legte das Besteck schnell ab und ging ihnen entgegen. „Willkommen, die Damen! Schön, euch wiederzusehen! Achmad müsste auch gleich kommen, er hat mich vorher angerufen und gesagt, dass ihr euch hier trefft." Er blickte auf Lindas Rucksack. „Gib ihn mir, ich trage ihn zu eurem Tisch." Erleichtert befreite Linda sich von der Last auf ihrem Rücken, und Ali ging ihnen voraus zu einem Tisch in der Nähe des Eingangs. „Nehmt Platz, ich bringe euch gleich eine kleine Stärkung." Mariana und Linda taten wie geheißen, und es dauerte nicht lange, bis Ali mit einem Tablett zurückkehrte. Nachdem er Teller, Tassen und eine Schüssel auf den Tisch gestellt hatte, goss er Tee ein. „Lasst es euch schmecken!"

Die Tür ging auf, ein Schwung Touristen kam ins Café und Ali eilte zu ihnen. Linda blickte auf den Inhalt der Schüssel. „Mhm, lecker, Fatteh." Mariana fragte: „Fatteh, was ist denn das?"

„Das ist Joghurt vermischt mit Olivenöl, Kichererbsen und gerösteten Brotstückchen. So wie es aussieht, hat Ali Pitabrot dafür verwendet." Mariana gab drei Löffel Zucker in ihren Tee. „Was willst du eigentlich die nächsten drei Wochen machen? Achmad arbeitet doch den ganzen Tag." Linda häufte sich Fatteh auf den Teller. „Ich werde Arabisch lernen. Und ich möchte von Achmads Mutter lernen, arabisch zu kochen." Sie blies auf ihren Tee. „Natürlich werde ich dabei pausenlos an Achmad denken, ihm tausend Nachrichten schicken und die Minuten zählen, bis er abends heimkommt."

Versonnen lächelte sie, als die Tür erneut aufging und Achmad hereinkam. Sofort klopfte ihr Herz vor Freude schneller, und es hätte nicht viel gefehlt, dass sie vom Stuhl aufgesprungen und ihm entgegengerannt wäre, hätte Mariana sie nicht gerade noch rechtzeitig am Handgelenk festgehalten.

Achmad wechselte kurz ein paar Worte mit Ali, dann steuerte er auf ihren Tisch zu, begrüßte die beiden und setzte sich zu ihnen. Linda fiel auf, dass er auch jetzt sauber und gepflegt aussah, und fragte: „Kommst du direkt von der Baustelle?"

„Nein, ich war noch kurz bei meinen Großeltern, sie wohnen nicht weit von hier. Manchmal übernachte ich auch bei ihnen, wenn es nach der Arbeit sehr spät wird."

Nachdem auch er eine Tasse Tee getrunken und etwas gegessen hatte, schulterte Achmad Lindas Rucksack, und die drei verabschiedeten sich von Ali. Als sie zur Tür des kleinen Cafés hinaustraten, war die Sonne bereits untergegangen. Die Dunkelheit des Abends wurde von den Lichtern der Stadt und den zahllosen Scheinwerfern der Autos erhellt, Benzingeruch lag in der Luft, vermischt mit dem Aroma von Mais und frisch gebrühtem Kaffee mit Kardamom. Vorbei an Händlern, unzähligen Fußgängern und hupenden Autos gingen sie durch das Wirrwarr der Straßen bis zum Bahnhof und dort zur Haltestelle der Busse Richtung Jerusalem. Eine Brise kam auf und ließ Lindas Hidschab, dessen Enden locker über ihre Schultern fielen, leicht wehen. In der Ferne kam der Bus in Sicht. Die Zeit des Abschieds war gekommen.

Mariana sagte: „Das hier ist echt bittersüß. Ich kann mir gar nicht vorstellen, wie es ohne dich sein wird. Ich werde dich wahnsinnig vermissen, dabei bin ich auch noch selbst schuld daran, dass du Achmad kennengelernt hast und jetzt gehst. Andererseits freue ich mich natürlich auch für dich." Sie schaute Achmad an. „Für euch beide."

Achmad grinste, und Linda antwortete: „Ich werde dich auch vermissen, aber erstens bleiben wir in Kontakt, und zweitens komme ich ja so bald wie möglich wieder." Sie umarmte Mariana. „Und denk dran, außer dir weiß in der Midrascha niemand, dass ich die nächsten drei Wochen noch im Land bin." Mariana nickte.

Der Bus fuhr heran, die Türen öffneten sich, zahlreiche Menschen strömten heraus, andere stiegen ein. Mariana wechselte noch ein paar Worte auf Spanisch mit Achmad, dann stieg auch sie ein. Die Türen schlossen sich, und der Bus fuhr ab, zurück nach Jerusalem. Linda sah ihm hinterher, bis er aus ihrem Blickfeld verschwunden war.

Ihre Reise nach Jerusalem war zu Ende. Zu Ende? Nein, sie ging weiter, nur die Richtung hatte sich geändert. Von nun an würde Linda neue Wege gehen, auf der anderen Seite der Mauer.

Es dauerte nicht lange, bis das Sammeltaxi gefüllt war und losfuhr. Während sie Ramallah hinter sich ließen, sagte Achmad: „Ich wollte dir noch was sagen. Meine Eltern sind zwar einverstanden, dass du die nächsten drei Wochen bei uns wohnst, aber ..." Weiter kam er nicht. Linda spürte, dass er nach Worten suchte, um ihre Gefühle nicht zu verletzen, deshalb sprach sie für ihn weiter: „... aber das ist schon eine merkwürdige Situation für euch, und sie befürchten, dass schlecht über sie geredet wird." Achmad sah sie erstaunt an und stammelte: „Ja ..., also nein, ..."

„Ist schon okay, du kannst mir ruhig sagen, wie ihr euch fühlt, ich bin deswegen nicht enttäuscht oder böse."

Achmad schien erleichtert. „Na ja, es ist halt so: Normalerweise gibt es das bei uns nicht, dass die Freundin des Sohnes bei ihm zu Hause übernachtet."

„Das hat Mariana mir auch schon erzählt. Umso mehr weiß ich es zu schätzen, dass ich trotzdem bei euch wohnen darf."

„Und die Leute werden sich schon daran gewöhnen." Achmad lächelte sie an.

Die nächsten Tage machte Linda eine ganz neue Erfahrung: Zum ersten Mal in ihrem Leben wusste sie nicht, was sie tun sollte. Aysha hatte ihr lächelnd zu verstehen gegeben, keine Hilfe in der Küche oder bei der Hausarbeit anzunehmen, und sie freundlich, aber bestimmt, ins Wohnzimmer geschoben. Dort lief den ganzen Tag der Fernseher. Da dies jedoch viel zu langweilig war, vertrieb Linda sich die Zeit damit, Arabisch zu lernen oder Achmad kleine Nachrichten zu schicken. Oft stieg sie aufs Dach, setzte sich dort auf einen Stuhl in die Sonne oder betrachtete sich das Dorf von oben. Was sie sah, wirkte beschaulich: Katzen lagen schläfrig im Schatten eines Hauseingangs oder Baumes, ein paar streunende Hunde schlichen die engen Straßen entlang – wohl in der Hoffnung, etwas Fressbares zu finden. Weiter oben spielte eine Gruppe kleiner Kinder mit Stöckchen. Linda schätzte ihr Alter auf etwa fünf Jahre. Ein alter Mann in olivgrünem Kaftan und schwarzweiß gemustertem Kopftuch schlenderte mit seinem Gehstock zu ihnen, holte Süßigkeiten aus seiner Tasche und gab sie ihnen. Ein anderer alter Mann ging, beide Hände auf dem Rücken verschränkt, gemächlich in Richtung Moschee. Er trug eine dunkelgraue Hose, ein blaues Hemd und auf dem Kopf ein großes, rotweiß gemustertes Tuch, das von einem schwarzen Ring gehalten wurde. Ein kleiner Lastwagen, beladen mit Obst und Gemüse, knatterte langsam durchs Dorf. Der Fahrer hielt an beinahe jedem Haus an, stieg aus und klingelte an der Tür, woraufhin Frauen in Kopftüchern herauskamen, seine Ware besahen und das kauften, was ihnen gefiel.

Kam Achmad nach seinem langen Arbeitstag endlich nach Hause, hatte Linda nur noch Augen für ihn. Halil achtete jedoch streng darauf, dass die beiden sich nicht zu zweit allein in Achmads Zimmer zurückzogen. Noch am Abend ihrer Ankunft hatte er ihnen freundlich, aber bestimmt, zu verstehen gegeben, nichts zu dulden, worüber die Nachbarn reden könnten. Seltsamerweise schien nicht nur Halil, sondern auch Schirin beschlossen zu haben, ein Auge auf die beiden zu werfen. Kaum waren Achmad und Linda zusammen im Wohnzimmer, gesellte sie sich wie zufällig zu ihnen, beschäftigte sich mit ihrem Handy oder sah fern und stand erst wieder auf, wenn es für Achmad Zeit wurde, ins Bett zu gehen. Als Linda auch am dritten Abend keine Möglichkeit sah, ungestört und allein mit Achmad zu reden, schickte sie ihm eine WhatsApp-Nachricht, während sie ihm gegenüber auf dem Sofa saß.

> Hey, Schirin sitzt jetzt schon den ganzen Abend vor dem Fernseher und tut so, als schaue sie den Film an, aber ist dir schon mal aufgefallen, dass sie uns dabei fast ständig beobachtet? Warum macht sie das? Ich würde so gerne einfach mit dir reden, aber ohne Zuhörer. Kannst du ihr nicht sagen, dass sie uns alleine lassen soll? Ich liebe dich so sehr.

Nachdem sie drei rote Herzen daruntergesetzt hatte, schickte sie die Nachricht ab. Umgehend wurden die beiden grauen Häkchen blau, und Achmad tippte auf seinem Handy.

> Hey, ja, ich weiß, dass Schirin uns beobachtet. Die Antwort ist einfach. Sie ist eifersüchtig, weil sie selbst noch keinen passenden Mann gefunden hat und allmählich befürchtet, sie kriegt gar keinen mehr. Meiner Schwester passt es nicht, dass du bei uns wohnst, und wenn sie auch nur den geringsten Anlass hätte, etwas Negatives über uns zu sagen, würde sie garantiert zu meinen Eltern rennen und petzen.

Gerade, als Linda die Nachricht gelesen hatte, folgte eine weitere von Achmad:

> Also küssen verboten! 😒

Linda sah von ihrem Handy auf und begegnete Achmads Blick. Er zwinkerte ihr zu, und sie lachte, woraufhin Schirin abrupt den Blick vom Fernseher abwandte und sie misstrauisch, ja beinahe feindselig ansah.

Früh am nächsten Morgen wachte Linda plötzlich auf. Im Zimmer war es noch dunkel, und sie tastete nach ihrem Handy auf dem Nachttisch. Kurz vor fünf. In dem Moment hörte sie leise aus der Ferne melodischen Gesang und wusste, dass die Dorfbewohner zum Fadschr, dem Frühgebet, aufgerufen wurden. Über die Sprechanlage am Minarett der Dorf-Moschee wurde aus Ramallah der Gesang eines Muezzin[19] übertragen. Auf diese Weise wurden die Dorfbewohner fünfmal täglich zu den vorgeschriebenen Zeiten an die Pflichtgebete erinnert. Den arabischen Gebetsruf, den Adhan, kannte Linda bereits von ihren beiden ersten Besuchen bei Achmad.

Mit offenen Augen lag sie im Bett und lauschte den Tönen. Sie fand den Gebetsruf unglaublich schön, irgendwie unvergleichbar mit jeglichem Gesang, den sie bisher gehört hatte. Ihr fiel ein, wie sie an ihrem ersten Morgen in Jerusalem im Hostel von armenischen Gesängen geweckt worden war. Wie schön es doch war, dass gläubige Menschen um diese Uhrzeit bereits sangen, wohingegen bei ihr daheim im Ort morgens höchstens die Kirchenglocken läuteten.

Linda streckte sich im warmen Bett und gähnte herzhaft, da fiel ihr plötzlich ein, dass heute Freitag war und Achmad nicht zur Arbeit musste. Zum ersten Mal seit ihrer Ankunft würde er den ganzen Tag zu Hause sein. Der Gedanke erfüllte sie mit wohligem Glücksgefühl, und mit einem Schlag war sie hellwach, schlug die Decke zurück und schwang sich aus dem Bett. Sie würde Achmad auf der Stelle sagen, wie sehr sie ihn liebte. Wie sie war, im Nachthemd und barfuß, öffnete sie leise die Tür und tastete sich im Dunkeln an der Wand den Flur entlang bis zu Achmads Zimmertür. Sie lauschte. Im Haus war noch alles still, doch sie musste sich beeilen, denn bald würden die anderen auch alle aufstehen, um rechtzeitig vor Sonnenaufgang das Fadschr-Gebet zu verrichten.

Vorsichtig drückte sie die Türklinke herunter, schlüpfte ins Zimmer und schloss die Tür geräuschlos wieder hinter sich. Im fahlen Licht der einsetzenden Morgendämmerung schlich sie ans Bett, wo sie seine Umrisse unter der Decke ausmachte. Er lag auf dem Bauch, das Gesicht im Kissen vergraben. Zärtlich fuhr sie ihm durch sein Haar und flüsterte in sein Ohr: „Ich liebe dich so sehr."

Erschrocken fuhr Achmad hoch, knipste die Taschenlampe seines Handys an, das griffbereit neben seinem Kopfkissen lag, und leuchtete Linda ins Gesicht. Verwirrt sah er sie einen Augenblick lang an, als wäre er nicht sicher, ob er wach war oder träumte, dann sagte er: „Mensch, hast du mich erschreckt. Was um alles in der Welt machst du denn hier, hast du wieder Bauchschmerzen?" Linda setzte sich auf die Bettkante. „Nein, mir geht's total gut. Ich muss dir nur kurz sagen, wie sehr ich dich liebe." Lachend ließ Achmad sich auf das Kissen zurücksinken. „Ich liebe dich auch, Baby." Linda beugte sich zu ihm herunter, ihre Lippen kamen sich langsam näher.

Genau in dem Augenblick, als sie sich küssten, ging das Licht in Achmads Zimmer an. Mit weit aufgerissenen Augen stand Schirin in der Tür. Sie starrte die beiden einen Moment lang an, dann drehte sie sich, ohne ein Wort zu sagen, auf dem Absatz um und rannte davon.

Achmad setzte sich auf. „Scheiße! Sie muss dich beobachtet haben und hat die Tür so leise aufgemacht, dass wir sie nicht gehört haben. Jetzt erzählt sie bestimmt alles brühwarm meinen Eltern."

Noch bevor Linda antworten konnte, kamen Aysha und Halil hereingestürzt, Ayshas Haar war offen und sie hatte sich offensichtlich schnell einen Morgenmantel übergeworfen, Halil war bereits bekleidet. Hysterisch schrie Aysha auf Arabisch: „Was um alles in der Welt tut ihr da?" Halil blieb äußerlich ruhig, doch seine Stimme bebte vor Zorn, als er sich an Achmad wandte. „Du kommst sofort in unser Schlafzimmer, wir müssen reden." Achmad folgte seinen Eltern ins Schlafzimmer, währenddessen schrie Aysha ununterbrochen weiter.

Linda blieb alleine in Achmads Zimmer zurück. Sie sah auf das zerwühlte Kopfkissen, auf dem Achmad bis vor Kurzem geschlafen hatte, und fühlte sich elend. Warum nur musste Schirin ausgerechnet in dem Moment ins Zimmer kommen, als sie sich küssten? Wo war sie überhaupt so plötzlich hergekommen? War sie doch schon zum Beten aufgestanden und hatte etwas gehört? Oder hatte sie gar auf Linda gelauert und war ihr unbemerkt gefolgt? Linda stöhnte auf, sicherlich würden Halil und Aysha sie gleich in hohem Bogen rausschmeißen. Kaum hatte sie das gedacht, spürte sie einen stechenden Schmerz in der Magengegend. Ihren Bauch haltend schlurfte sie in Nesrins Zimmer zurück und rollte sich im Bett zusammen. Sie hörte Achmad und seine Eltern in deren Zimmer laut miteinander streiten, konnte aber nichts von den Wortfetzen, die zu ihr herüberdrangen, verstehen, außer dass Aysha immer wieder schrie: „Das jüdische Mädchen, das jüdische Mädchen."

Irgendwann wurde es still, und nervös wartete Linda darauf, was nun kommen würde. Im Geiste sah sie sich bereits mit gepacktem Rucksack im Sammeltaxi auf dem Weg nach Ramallah. Wo sollte sie dann hin? In Jerusalem wollte sie sich nicht wieder blicken lassen, bis auf Mariana waren ja alle der Annahme, dass sie vor drei Tagen nach Hause geflogen war. Dann doch lieber weiter nach Tel Aviv und in das nächstbeste Flugzeug nach Deutschland.

Es kam ihr vor wie eine Ewigkeit, bis Achmad anklopfte. Ohne ins Zimmer zu kommen, öffnete er die Tür gerade weit genug, um seinen Kopf durch den Spalt zu stecken.

„Meine Eltern haben sich wieder beruhigt. Zum Glück konnte ich sie davon überzeugen, dass zwischen uns nichts war, nicht einmal ein Kuss." Er zwinkerte ihr zu. Linda war so erleichtert, dass sie ihm am liebsten um den Hals gefallen wäre, besann sich jedoch eines Besseren und blieb liegen, wo sie war. Sie spürte, wie sich ihr Magen entkrampfte. „Danke. Ich bin ja so froh."

„Ja, und ich erst." Achmad gähnte. „Ich verrichte mein Morgengebet, dann lege ich mich noch mal hin. Am besten, du ruhst dich nach der Aufregung auch noch eine Weile aus, wir haben später noch was vor."

Linda richtete sich ein wenig auf und stützte sich auf ihren Ellenbogen. „Ja? Was denn?"

„Lass dich überraschen." Bevor Linda noch etwas sagen konnte, war sein Kopf verschwunden, und die Tür wurde leise wieder zugemacht.

Linda lag mit offenen Augen im Bett und überlegte, was Achmad damit meinte. Sie hatten für heute nichts ausgemacht. Ob es damit zu tun hatte, was soeben vorgefallen war? Eine böse Überraschung konnte es aber wohl nicht sein, schließlich hatten seine Eltern sich ja wieder beruhigt, und Achmad hatte gelächelt. Schläfrig grübelte Linda noch eine Weile weiter, dann fielen ihr die Augen zu.

Als sie wieder aufwachte, war es ganz hell im Zimmer, Sonnenstrahlen fielen durch das Fenster und ließen die Staubteilchen in der Luft tanzen. Mit Blick auf die Uhr stellte Linda fest, dass sie bis beinahe 10 Uhr geschlafen hatte. Sofort fielen ihr die Geschehnisse des frühen Morgens wieder ein, und sie spürte noch einmal dem Gefühl der Erleichterung nach, als Achmad ihr endlich die erlösende Nachricht übermittelt hatte, dass sie wider Erwarten bleiben konnte. *Wir haben später noch was vor. Lass dich überraschen.* Mit einem Mal freute sie sich unbändig auf den Tag und beeilte sich aufzustehen.

Als sie kurze Zeit später fertig angezogen am Schminktisch saß, fiel ihr Blick im Spiegel auf ein Stück Papier auf dem Fußboden. Sie drehte sich um und sah, dass es ein zusammengefalteter Zettel war. Jemand musste ihn vom Flur aus unter die Tür geschoben haben. Neugierig legte sie den Kajalstift beiseite, hob den Zettel auf und faltete ihn auseinander. In krakeliger Handschrift hatte Achmad geschrieben: „Guten Morgen, mein Schatz, ich muss noch etwas Dringendes erledigen, bin um 12 Uhr zurück. Bis dahin mach dich hübsch, wir verbringen den Nachmittag in Ramallah. Ich liebe dich. PS: Mach doch gleich mal die Tür auf."

Linda tat wie geheißen und entdeckte eine große weiße Schachtel mit roter Schleife vor der Tür. Sie blickte den Flur entlang, niemand war zu sehen. Aus der Küche drangen leise Geräusche, Wasser lief und Geschirr klapperte. Schnell holte sie die Schachtel ins Zimmer und machte mit dem Fuß die Tür wieder zu. Auf dem Bett löste sie die Schleife, wobei ihre Finger vor Aufregung leicht zitterten. Dann nahm sie den Deckel ab und holte ein dickes, in rosa Seidenpapier eingewickeltes weiches Päckchen heraus. Hastig schlug sie das Papier zurück und hatte kaum den rubinroten, seidenglänzenden Stoff erblickt, als sie erkannte, was es war. Ungläubig starrte sie einen Moment lang mit großen Augen darauf, und dann hätte sie vor Freude beinahe laut geschrien. Schnell hielt sie die Hand vor den Mund, bevor ihr ein Laut entschlüpfte. Das Kleid aus dem Laden in Ramallah, das sie in Händen gehalten hatte, als sie Achmad zum ersten Mal begegnet war! Passend dazu, in derselben Farbe und mit Glitzersteinchen besetzt, lag in der Schachtel außerdem ein neues Kopftuch.

Linda stellte sich vor den Spiegel und hielt das Kleid vor sich. Die Perlen und Glitzersteinchen funkelten im Sonnenlicht, und sie fand es noch schöner als beim ersten Mal. Sie streifte es sich über, genoss das seidige Gefühl auf ihrer Haut und konnte ihr Glück kaum fassen. Nie im Leben hätte sie auch nur im Traum daran gedacht, jemals ein solches Kleid zu besitzen. Der Saum reichte bis zum Boden. Sie würde Schuhe mit hohen Absätzen brauchen, aber ansonsten passte es wie angegossen. Das Rubinrot betonte schmeichelhaft ihre sonnengebräunte Haut, und ihre blauen Augen glänzten mit den Perlen und Pailletten um die Wette. Ihr noch offenes, langes Haar fiel sanft über den Rücken und schimmerte golden im Sonnenlicht. Schade eigentlich, dass von ihrer Haarpracht später nichts mehr zu sehen sein würde.

Bewundernd betrachtete sie sich im Spiegel. Sie erkannte sich selbst kaum wieder, beinahe war ihr, als stünde ihr eine andere Frau gegenüber – wunderschön und strahlend vor Glück.

Was hatte Achmad nur heute Nachmittag mit ihr vor?

Als er kam, um sie abzuholen, war Linda sorgfältig geschminkt und ihr Haar vollständig von dem rubinroten Tuch bedeckt. Aysha, die nicht mehr verärgert zu sein schien, hatte ihr bereitwillig beim Feststecken ihrer Kopfbedeckung geholfen und ihr anschließend sogar ein Paar hochhackige, schwarze Schuhe gebracht. Linda vermutete, dass die Schuhe von Schirin waren, da Achmads Schwester in etwa dieselbe Größe hatte wie sie. Ob Schirin wohl damit einverstanden war? Doch Linda war nicht dazu gekommen, sich weitere Gedanken darüber zu machen. Aysha hatte unentwegt geredet und war offensichtlich mit Lindas Aussehen sehr zufrieden, denn sie hatte dabei über das ganze Gesicht gestrahlt. War sie wohl in Achmads Plan eingeweiht?

Auch Achmad begann zu strahlen, als er Linda sah. „Wow, du siehst wunderschön aus, das Kleid steht dir ausgezeichnet!" Linda drehte sich, sodass der Rock schwang. „Noch nie habe ich so ein schönes Kleid gehabt, aber das kann ich eigentlich gar nicht annehmen, es hat doch sicherlich ein Vermögen gekostet."

„Darüber mach dir keine Gedanken, es gehört dir."

„Wie cool! Ich weiß gar nicht, was ich sagen soll, einfach nur ‚Danke' hört sich irgendwie blöd an."

„Du brauchst gar nichts zu sagen. Dich so zu sehen, ist Dank genug." Wieder einmal musste Linda sich beherrschen, ihm nicht sofort um den Hals zu fallen, und wäre Aysha nicht neben ihnen gestanden, hätte sie es vermutlich getan.

Achmad sah ebenfalls umwerfend aus. Er trug nun einen schwarzen Anzug mit dunkelblauem Hemd, seine schwarzen Schuhe waren auf Hochglanz poliert. Nachdem Aysha ihm noch einen dunkelgrauen Kaschmirschal um den Hals gewickelt hatte, saßen sie kurze Zeit später im Sammeltaxi nach Ramallah. Linda hätte sich am liebsten an Achmad geschmiegt, doch wenigstens saß er auf dem Platz neben ihr und sie konnte seinen vertrauten Duft einsaugen. Von der Seite blickte sie ihn an. „Verrätst du mir jetzt, was wir in Ramallah machen?" Achmad lächelte sein charmantes Lächeln, das sie so sehr liebte. „Ich dachte, nach der

Aufregung von heute Morgen machen wir uns einen schönen Nachmittag und gehen ins Kino."
„Und deswegen sollte ich mich so hübsch machen?"
„Lass dich überraschen." Achmad grinste breit und lehnte sich betont gelassen in den Sitz zurück, Linda entging jedoch nicht, dass er während der weiteren Fahrt immer wieder nervös an seinem Kaschmirschal herumzupfte.

In Ramallah war das Wetter nicht mehr so schön, ein ungewöhnlich kühler Wind hatte dunkle Wolken vor die Sonne geschoben. Nach dem Kinobesuch nieselte es, Nebel lag wie ein grauer Schleier über der Stadt. Schemenhaft schoben sich Autos und Menschen durch Straßen und Gassen. Achmad schlug vor, in einem Restaurant eine Kleinigkeit zu essen, zufällig kenne er eines in der Nähe. Linda stimmte erfreut zu. Ihr war kalt und trotz Popcorn im Kino hatte sie Hunger. Zu ihrer Überraschung war das Restaurant, in das Achmad sie führte, sehr elegant. An den Wänden aus hellem Stein hingen gerahmte Sprüche in schön geschwungener arabischer Schrift, aus riesigen Töpfen ragten zimmerhohe Palmen, auf den Tischen mit blütenweißen Decken standen Kristallgläser und weiße Kerzen in silbernen Kerzenständern. Einige Tische waren bereits besetzt. An manchen wurde so lebhaft und wild gestikulierend diskutiert, dass Linda sich fragte, ob die Leute einfach nur laut redeten oder miteinander stritten. Der Geräuschpegel war jedenfalls um einiges höher, als sie es von einem Restaurant dieser Klasse in Deutschland her kannte. Sie fragte: „Muss man hier nicht vorher reservieren?" Achmad machte eine beiläufige Handbewegung. „Nein, ich habe noch nie irgendwo einen Tisch reserviert, das muss man hier nicht. In Ramallah gibt es so viele Restaurants, da findet man überall einen freien Tisch."

Er bat Linda, kurz zu warten, ging an den Tresen und redete mit dem Kellner, woraufhin dieser eifrig nickte und sie an einen kleinen, für zwei Personen festlich gedeckten Tisch in der Ecke führte. Er überreichte Linda und Achmad die Speisekarte, dann zündete er mit einem Feuerzeug die Kerze an. Achmad nickte ihm zu, woraufhin der Kellner eine leichte Verbeugung andeutete und sogleich lächelnd wieder ging. Linda wunderte sich: „Wieso hat er denn gar nicht gefragt, was wir trinken wollen?" Achmad öffnete seine Speisekarte. „Er kommt bestimmt gleich wieder." Doch anstelle des Kellners näherte sich nun ein freundlich aussehender, älterer Mann mit weißem Vollbart ihrem Tisch. Er war ganz in schwarz gekleidet und hatte einen türkisfarbenen Schal locker um seinen Hals geschlungen. In seinen Händen hielt er ein Musikinstrument, das Linda dem Aussehen nach an eine Mandoline erinnerte. Er begann, seinem Instrument durch Zupfen der Saiten Töne zu entlocken, die für Linda ungewöhnlich, aber schön klangen – harmonisch und zugleich irgendwie melancholisch. Sie fragte: „Was ist das für ein Instrument?" Der Musikant, offensichtlich erfreut über ihr Interesse, antwortete breit lächelnd auf Englisch: „Das ist eine Oud."

„Oud, was heißt das?" Achmad schaltete sich ein: „Eigentlich nur Holz, aber es ist auch die Bezeichnung für diese Art Laute. Ansonsten habe ich leider keine Ahnung davon."

Der Oud-Spieler beendete seine Melodie, nickte den beiden strahlend zu, dann ging er weiter zum nächsten Tisch. Während Linda die Speisekarte studierte, rutschte Achmad unruhig auf seinem Stuhl hin und her, bis er schließlich sagte: „Ich schau mal nach, wo der Kellner bleibt." Linda sah ihm hinterher. Irgendwie benahm er sich merkwürdig.

Jetzt zog er im Gehen eine kleine rote Schachtel aus seiner Hosentasche. Im nächsten Moment fiel es ihr wie Schuppen von den Augen. Ihr Herz setzte für einen Schlag aus. Gleich darauf fühlte sie einen kurzen Stich in der Magengegend, doch dieses Mal blieb das schmerzhafte Krampfen aus. Achmad war kurz aus ihrem Blickfeld verschwunden, kam aber wenig später an den Tisch zurück und informierte sie, dass der Kellner gleich komme. Lächelnd setzte er sich und nahm die Speisekarte wieder auf. Dabei beobachtete Linda, dass er sich mehrmals verstohlen umsah, als ob er jemanden suche. Aufmerksam und mit wachsender Spannung verfolgte Linda das weitere Geschehen. Der Lautenspieler stand inzwischen an einem Tisch auf der anderen Seite des Restaurants, suchte aber während des Spielens immer wieder den Blickkontakt zu Achmad. Beinahe unmerklich nickte Achmad ihm schließlich zu, woraufhin er langsam und weiter an den Saiten zupfend, wie zufällig, zu ihnen an den Tisch zurückkehrte. Virtuos spielte er auf allen elf Saiten und machte dann laut hörbar für alle anwesenden Gäste plötzlich eine Ansage auf Arabisch, die Linda nicht verstand.

Im Restaurant wurde es mucksmäuschenstill, alle Augen waren auf Achmad und Linda gerichtet. Der Musikant begann, eine wunderschöne Melodie zu spielen, leise und voller Gefühl. Wie aus dem Nichts tauchte nun auch der Kellner wieder auf, in seinen Händen einen silbernen Teller mit einer von weißem Fondant umhüllten Torte, auf der eine brennende Wunderkerze in Herzform steckte. Er stellte die Torte vor Linda auf den Tisch. Dabei leuchtete seine feierliche Miene im Schein der Funken versprühenden Wunderkerze. Einen Augenblick lang von dem Licht geblendet, beobachtete Linda fasziniert die sternchenförmigen Funken, die nach allen Seiten flogen, während beide Herzhälften gleichzeitig von oben nach unten knisternd abbrannten. An der Herzspitze trafen die Funken aufeinander und vereinten sich zu einem kleinen Feuerball. Dann war das bezaubernde Schauspiel auch schon vorüber, und zurück blieb das schwarzverkohlte Herz aus Draht. Im selben Moment, in dem das Feuer erlosch, las Linda, was in schnörkeliger Schokoladenschrift auf Englisch auf den Fondant geschrieben war: *Willst du mich heiraten?*

Gleich darauf entdeckte sie auch die kleine, mit rotem Samt bezogene Schachtel, die Achmad vorhin aus seiner Hosentasche geholt hatte. Sie lag nun geöffnet neben dem Kuchen auf dem Teller. In einem kleinen, silbernen Seidenkissen steckten zwei Ringe. Der eine zierlich, weißgolden mit fünf Diamanten, der andere größer und aus Silber. Noch bevor Linda wusste, wie ihr geschah, war Achmad aufgestanden und versuchte, neben ihrem Stuhl vor sie niederzuknien, doch seine Knie zitterten so stark, dass er sich eines Besseren besann und doch lieber stehen blieb.

Er räusperte sich, dennoch krächzte seine Stimme, als er schließlich herausbrachte, was bereits auf dem Kuchen stand: „Willst du mich heiraten?"

Im Restaurant herrschte weiterhin gespannte Stille. Alle Gäste schauten zu Linda, doch sie bemerkte nichts davon. Sie war ganz und gar verloren in Achmads tiefbraunen, samtenen Augen und seinem freundlichen Gesicht mit den angespannten Zügen. Ihre Stimme war fest, als sie laut und deutlich sagte: „Ja, ich will!" Die Gäste klatschten und jubelten, der Kellner klopfte Achmad auf die Schulter und sagte lachend auf Englisch: „Das war eine tolle Idee! Unsere Gäste werden diesen Abend nicht so schnell vergessen. Mabruk – Herzlichen Glückwunsch!"

Achmad und Linda sahen sich an und lachten, romantisch begleitet von dem Musikanten, der nun ein etwas melancholisch anmutendes Lied sang. Mit Tränen in den Augen sagte Achmad: „Jetzt weiß ich endlich, warum ich von Argentinien nach Palästina ziehen musste."

Alle Anspannung war von ihnen abgefallen. In gelöster Stimmung zückte Linda ihr Handy und fotografierte den Kuchen mit dem Heiratsantrag sowie die Ringe in der Schachtel. Unverzüglich schickte sie die Bilder an ihre Mutter, dazu tippte sie:

Es ist passiert, wir haben uns verlobt! 😘

Achmad nahm den Diamantring aus der Schachtel und steckte ihn an Lindas rechten Ringfinger. Er saß wie angegossen. Erstaunt fragte Linda: „Woher wusstest du denn, welche Ringgröße ich habe?"

„Deine Hände und Finger sind genauso zierlich wie die meiner Großmutter, deshalb habe ich einfach vermutet, dass du dieselbe Größe hast wie sie. Ich habe mir heimlich einen Ring von ihr ausgeliehen, bin damit zum Juwelier gegangen und habe ihm gesagt, dass ich einen Ehering in dieser Größe brauche."

„Das war ja schlau. Wann hast du das denn gemacht?"

„An dem Abend vor zwei Wochen, als du mit Mariana nach Jerusalem zurückgefahren bist. Da hatte ich den Ring schon in der Tasche, und gleich nachdem wir uns in Ramallah verabschiedet hatten, bin ich damit zum Juwelier gegangen."

„Du hast da schon gewusst, dass du um meine Hand anhalten willst?"

„Schon? Gewusst habe ich das bereits in dem Moment, als ich dich zum ersten Mal in dem Kleiderladen gesehen habe."

Verblüfft und überglücklich sah Linda ihn an. „Ich hatte ja keine Ahnung, dass es dir genauso ging wie mir. Ich habe mich nämlich auch auf den ersten Blick in dich verliebt."

Bewundernd blickte sie auf die Diamanten ihres neuen Ringes, die im Schein der Kerze funkelten. „Wunderschön, ich könnte mir keinen hübscheren Ring vorstellen." Auf Achmads Gesicht breitete sich ein Ausdruck tiefer Zufriedenheit aus. „Die Entscheidung war nicht leicht, der Juwelier hat mir eine Menge Ringe vorgelegt, aber dieser hier schien mir für dich der schönste."

„Mensch, Achmad, der hat doch bestimmt ein Vermögen gekostet."

„Schon, aber du bist wertvoller als alles Gold der Erde, dagegen sind so ein paar Diamanten nichts." Nicht ahnend, dass er das Geld für den Ring von der Bank geborgt hatte und viele Extraschichten arbeiten müsste, um den Kredit abzuzahlen, strahlte Linda ihn verzückt an und sagte: „Vielleicht symbolisieren die fünf Diamanten ja unsere Kinder, die wir haben werden. Also ich hätte nichts dagegen!"

Achmad stimmte in ihr Lachen ein, wurde gleich darauf aber plötzlich ernst. „Bin bloß gespannt, was meine Eltern zu unserer Verlobung sagen werden. Ich habe nämlich heute komplett mit unserer Tradition gebrochen."

„Mit der Tradition gebrochen? Was ist denn bei euch üblich?"

„In unserer Familie finden Verlobungen zu Hause statt, im Beisein der Eltern und eines Imams. Nur durch den Imam wird die Verlobung offiziell, und er bescheinigt sie auch. Erst dann dürfen sich Mann und Frau anfassen. Zusammen essen gehen dürften wir nach Tradition meiner Familie eigentlich auch dann erst."

Nun war Linda das Lachen ebenfalls vergangen. „Oje, das wusste ich nicht. Deine Eltern werden nicht begeistert sein – vor allem nach dem, was heute Morgen los war." Etwas trotzig sagte Achmad: „Sie müssen sich eben langsam daran gewöhnen, dass ihr einziger Sohn nicht alles so macht, wie sie es wollen. Die ganzen Traditionen hier bedeuten mir sowieso nicht viel. In Argentinien haben wir jedes Jahr Weihnachten gefeiert, aber als wir nach Palästina gezogen sind, war dieses Fest plötzlich wie ausgelöscht in meiner Familie. Das Wort ‚Weihnachten' wurde nie wieder erwähnt, stattdessen wurden mir von einem Tag auf den anderen Gebräuche beigebracht, die mir völlig fremd waren."

Bevor Achmad weitersprechen konnte, ertönte das Motiv der „Kleinen Nachtmusik" von Mozart. Linda griff nach ihrem Handy. Eine neue Nachricht von ihrer Mutter war gekommen, ungewöhnlich knapp.

Oh, das ging aber schnell.

Keine Glückwünsche, kein freudiges Smiley dahinter.

Linda seufzte: „Meine Mutter scheint auch nicht gerade begeistert zu sein." Sie legte ihre Hand auf Achmads. In den Diamanten brach sich das weiße Licht der Deckenlampen in bunten Farben. „Na ja, sie wird ihre Meinung schon ändern, wenn sie dich erst einmal kennengelernt hat. Wir sollten unbedingt bald mit meinen Eltern einen Videoanruf machen." Abrupt zog sie die Hand zurück. „Ups, sorry. Hab vergessen, dass das nicht geht." Achmad griff jedoch wieder nach ihrer Hand und umschloss sie mit beiden Händen.

„Jetzt sind wir verlobt, dann ist es okay."

Der Kellner kam mit einer großen Platte zu ihnen an den Tisch, randvoll mit dampfendem, köstlich duftendem Essen. Er schob den Kuchen ein wenig beiseite, um Platz zu machen, und während er guten Appetit wünschte, zwinkerte er Achmad grinsend zu. Linda wunderte sich: „Wir haben doch noch gar nichts bestellt, wieso bringt der Kellner uns einfach etwas?" Achmads Augen blitzten vor Vergnügen. „All das hier hatte ich schon arrangiert, bevor wir überhaupt ins Restaurant gekommen sind!"

„Also hattest du den Tisch schon reserviert, und der Kellner wusste längst Bescheid von deinem Plan, mir einen Heiratsantrag zu machen!" Linda griff sich an die Stirn und lachte. „Die Überraschung ist dir wirklich gelungen, ich hatte ja keine Ahnung!" Sie besah sich das Gericht auf der Platte näher. Achmad sagte: „Das ist Mansaf, mein Lieblingsgericht."

„Riecht lecker, was ist da alles drin?"

„Meistens besteht es aus drei Schichten. Ganz unten ist Fladenbrot, darauf kommt Reis und darüber Lammfleisch." Der Kellner, der gerade aus einer Glaskaraffe Wasser einschenkte, ergänzte stolz: „Unser Koch verwendet zum Würzen Baharat, Knoblauch und Mandeln, natürlich alles frisch aus der Region."

Linda sagte: „Baharat – das habe ich schon gehört, was ist das noch mal für eine Gewürzmischung?" Der Kellner stellte die halb volle Karaffe auf den Tisch. „Also unser Küchenchef verwendet dafür Pfeffer, Paprika, Koriander, Nelken, Kümmel, Kardamom, Muskat und Zimt." Linda zeigte auf die weißen Häufchen, die wie Farbkleckse über das Gericht verteilt waren. „Und was ist das?"

„Das ist Jameed, ein fester Joghurt aus Ziegenmilch, vermischt mit etwas Zitronensaft."

Mit großem Appetit aßen Achmad und Linda genüsslich das Mansaf und zum Nachtisch jeweils zwei Stücke von ihrem Verlobungskuchen. Dazu servierte der Kellner frisch gebrühten Kaffee mit Kardamom in kleinen Porzellantassen, die in silbernen Haltern mit filigranen Mustern steckten.

Pappsatt wollten sie gerade aufstehen, als der Kellner noch einmal mit zwei großen Gläsern zu ihnen kam. Strahlend sagte er: „Zum Abschluss noch ein Geschenk des Hauses." An der Oberfläche des rotbräunlichen Getränks schwamm eine Mischung aus Eiswürfeln und Pinienkernen, darunter auch einige Rosinen. Linda fragte: „Da ist aber kein Alkohol drin, oder?" Achmad schüttelte den Kopf. „Natürlich nicht, das ist Dschallab!"

„Dschallab?"

„Ja, trinken wir oft. Wird aus Datteln, Traubensirup und Rosenwasser hergestellt."

„Klingt gut!" Fröhlich bedankten Linda und Achmad sich beim Kellner, dann hoben sie ihre Gläser und tranken auch ganz ohne Alkohol auf ihre Verlobung und ihr zukünftiges gemeinsames Leben in Palästina. Der Kellner, der die Szene amüsiert beobachtet hatte, gab Achmad plötzlich einen so kräftigen Klaps auf die Schulter, dass er sich beinahe an seinem Dschallab verschluckt hätte. „Mein Gast hat sich bei mir mit einem deutschen Mädchen verlobt, das können die wenigsten meiner Kollegen behaupten!" Achmads Mundwinkel zogen sich nach oben und gaben den Blick auf sein ebenmäßig geformtes, blendend weißes Gebiss frei. „Mazbut – Ja, nicht wahr?"

Martina knipste die Schreibtischlampe an und schrieb in ihr Tagebuch:

> 12. Februar – Bevor ich schlafen gehe, muss ich kurz noch mein Herz hier ausschütten. Linda hat mich vorhin völlig mit der Nachricht überrumpelt, dass sie und Achmad sich heute Abend verlobt haben. Ich würde mich ja gerne mit ihr freuen, kann

es aber nicht. Das geht mir alles viel zu schnell und macht mir große Sorgen.

Martina nahm die Brille ab und rieb sich die Augen. Lindas Schritt zum Judentum war eine Sache gewesen, diese plötzliche Sinneswandlung jedoch eine ganz andere. Dieses Mal stürzte Linda sich in eine auch für sie fremde Kultur, ohne zu wissen, worauf sie sich einließ. Schweren Herzens klappte Martina ihr Tagebuch zu. Liebe hin oder her, sie begriff ihre eigene Tochter nicht mehr.

Als Achmad und Linda nach Hause kamen, saßen Halil und Aysha gerade im Wohnzimmer auf dem Sofa und tranken Tee. Im Ofen knisterte leise ein Feuer und verbreitete wohlige Wärme, im Fernseher lief eine türkische Serie mit arabischen Untertiteln, begleitet von dramatischer Musik.

Linda war erleichtert zu hören, dass Schirin den Abend bei den Großeltern verbrachte, denn das Letzte, was sie jetzt brauchen konnte, war Achmads eifersüchtige Schwester. Die Ungewissheit, wie Halil und Aysha ihre Neuigkeiten gleich aufnehmen würden, machte sie auch so schon nervös genug. Aysha holte zwei weitere Tassen aus dem Schrank, während sich Achmad und Linda auf die Sessel gegenüber dem Sofa setzten. Achmad, offensichtlich ebenfalls nervös, lockerte seinen Hemdkragen, und bevor seine Eltern irgendwelche Fragen darüber stellen konnten, was sie in Ramallah gemacht hatten, brachte er hervor: „Ich muss euch was sagen. Euer Sohn wird heiraten."

Aysha, die mit der Teekanne neben Linda stand und ihr gerade einschenken wollte, zuckte zusammen, sodass sie beinahe neben die Tasse gegossen hätte. Mit schriller Stimme fragte sie: „Was? Wen denn?" Mit betont ruhiger Stimme antwortete Achmad:

„Das Mädchen neben mir. Wir haben uns heute in Ramallah verlobt." Aysha goss schnell Tee in Lindas Tasse und setzte abrupt die Kanne auf dem Couchtisch ab. Wortlos blickte sie von Achmad auf Linda und wieder auf Achmad, dann stieß sie hervor: „Aber sie ist Jüdin!" Nun ergriff auch Halil das Wort: „Ich habe kein Problem damit, dass du Linda heiraten willst, aber sie kann nicht jüdisch sein." Achmad wurde lauter. „Sie ist doch gar nicht jüdisch!" Bis dahin hatte er das auf Arabisch geführte Gespräch noch für Linda übersetzt, was er aber nun völlig zu vergessen schien.

Als sei Linda gar nicht anwesend, entfachte sich auf einmal eine lautstarke Diskussion zwischen ihm und seinen Eltern. Auch wenn sie nicht viel von dem verstand, was gesagt wurde, merkte sie, dass es immer wieder um dasselbe ging. In den Augen von Aysha und Halil war sie das jüdische Mädchen, das in ihre Familie einheiraten würde. Wieder einmal fragte sie sich, warum es zwischen Muslimen und Juden so viel Hass geben musste. Auf beiden Seiten waren ihr viele freundliche Menschen begegnet, die sich eigentlich aus tiefstem Herzen doch nur nach Frieden sehnten. Sie stutzte. Einen ganz ähnlichen Gedanken hatte sie doch schon einmal. Was genau hatte sie da gedacht, und wann war das gewesen? Während um sie herum gestritten wurde, fiel es ihr schlagartig wieder ein.

Schalom – was für ein schöner Gruß, sowohl beim Kommen als auch beim Gehen. In Deutschland wünschen wir uns höchstens einen guten Tag, doch Schalom bedeutet so viel mehr. Frieden, Gesundheit, Sicherheit und Ruhe in einem. Das ist es doch, wonach wir uns alle sehnen.

Auch der Ort stand ihr wieder klar vor Augen. Es war nachts in Avrahams Hostel gewesen, an ihrem zweiten Tag in Israel. Erfüllt und glücklich war sie damit eingeschlafen. Damals ahnte sie noch nicht, von welcher Bedeutung dieser Gedanke für sie noch sein sollte, doch nun hatte er eine Tiefe ungeahnten Ausmaßes angenommen.

Inzwischen war Achmad vor lauter Aufregung aufgestanden, lief im Wohnzimmer auf und ab und blieb erst stehen, als er Lindas fragendem Blick begegnete. Er strich sich durch den Bart und schien abzuwägen, was er sagen sollte. Wie erwartet waren seine Eltern schockiert darüber, dass er einfach so um Lindas Hand angehalten und sie vor vollendete Tatsachen gestellt hatte. Mit einem derartigen Bruch der Tradition würde er Schande über die Familie bringen, aber beinahe noch aufgebrachter schienen sie darüber zu sein, dass ihr Sohn ein Mädchen mit jüdischem Hintergrund heiraten wollte.

Schließlich sagte er: „Meine Eltern sind halt etwas besorgt darüber, was man im Dorf reden wird, weil ich mich so unkonventionell mit dir verlobt habe. Und aus irgendeinem Grund haben meine Eltern außerdem im Kopf, du seist jüdisch, und sie befürchten, dass die Leute hier das auch denken. Keine Ahnung, wieso. Im Dorf weiß ja niemand, dass du aus Jerusalem kommst, und schon gar nicht, dass du dort auf einer Schule warst, um zu konvertieren." Ahmad blieb vor dem Kaminofen stehen und starrte ins Feuer. Eine Weile sagte niemand etwas. Die nun eingetretene Stille war unbehaglich, die Mienen von Achmad und seinen Eltern gleichermaßen verbissen. Nur das regelmäßige Ticken der Uhr war zu hören, jedoch schienen die Sekunden sich in Minuten zu verwandeln. Ein Motorrad knatterte am Haus vorbei.

Schließlich ergriff Linda das Wort. „Sag deinen Eltern, dass ich nicht jüdisch bin, es nie war und auch nicht mehr werde."

Achmad lachte gequält auf. „Das habe ich ja, aber sie glauben mir nicht."

„Dann sag ich's ihnen jetzt selber." Lina nahm ihr Handy, öffnete Google und tippte ins Suchfeld: *„Ich werde nicht mehr jüdisch auf Arabisch".* Einen Moment lang starrte sie auf die vorgeschlagene Übersetzung, dann las sie langsam vor: „lan ‚usbiha yahudiyan baed alan".

Sie sah auf, blickte zuerst zu Achmad, dann über den Tisch hinweg zu Aysha und Halil. Niemand sagte etwas, alle drei sahen sie mit großen Augen erstaunt an. Hatte sie etwas Falsches gesagt und das nächste Donnerwetter würde losbrechen? Sie betrachtete noch einmal den arabischen Text. Oder hatte das Übersetzungsprogramm gar etwas Unanständiges ausgespuckt? Gerade, als sie anfing, sich über sich selbst zu ärgern, blauäugig einfach etwas abgelesen zu haben, das sie nicht verstand, fing Aysha an zu lachen. Sie lachte und lachte, und es dauerte nicht lange, bis auch Halil in ihr Lachen einstimmte.

Einen Augenblick lang sah Achmad auf seine Eltern. In seinem Blick lag eine Mischung aus Ungläubigkeit und Erleichterung, und dann lachte auch er. Die drei lachten, bis ihnen die Tränen herunterliefen, und während Linda sich den Kopf über den Grund ihrer Heiterkeit zerbrach, fühlte auch sie ihre innere Anspannung einer großen Erleichterung weichen. Es war beinahe so, als habe sich im Raum mit einem Mal ein erstaunlicher Klimawandel vollzogen. Die frostige Atmosphäre war wie weggeblasen, die Stimmung gelöst wie schon lange nicht mehr.

Als Achmad endlich wieder reden konnte, wischte er sich die Tränen von den Augen und erklärte: „Was du da gesagt hast, war zwar genau richtig, allerdings Hocharabisch. Das wird zum Beispiel in den Nachrichten gesprochen, aber untereinander reden wir nicht so."

Er lachte erneut. „Sorry, aber das kam echt lustig rüber. Doch damit hast du es geschafft, das Eis zu brechen, ich weiß nicht, was ansonsten jetzt hier los wäre."

Linda grinste: „Oh super, dann lerne ich am besten noch mehr Hocharabisch. Aber wie sage ich das denn richtig in eurem Dialekt?"

„Du könntest sagen: Ma bidi akun yahudiya". An Aysha und Halil gewandt wiederholte Linda die Worte, woraufhin diese wohlwollend nickten. Dann hatte Aysha eine Frage. Achmad übersetzte: „Meine Mutter will wissen, ob du zum Islam konvertieren wirst." Bevor Linda etwas sagen konnte, fügte er schnell hinzu: „Das musst du aber nicht, um zu heiraten. Nur der

Mann muss für eine Ehe zum Islam konvertieren, wenn er nicht muslimisch ist."

Linda überlegte. So einfach die Religion wechseln wollte sie eigentlich nicht, dazu wusste sie zu wenig darüber. Sie sagte: „Das weiß ich noch nicht, erst mal will ich mich mit dem Islam beschäftigen und mehr darüber lernen." Achmad übersetzte und erhielt von Aysha eine Antwort, die klagend klang. An Linda gewandt sagte er: „Meine Mutter meint, wenn du mich wirklich liebst und mich heiraten willst, ist es für dich doch sicherlich eine Freude, der Familie zuliebe zum Islam zu konvertieren. Sie sagte, nur dann könne sie wirklich in Frieden mit uns unter einem Dach leben. Andernfalls wäre meine Mutter ärgerlich, und das wäre halt kein so guter Start. Vielleicht tust du ihr den Gefallen einfach."

Linda fühlte sich in die Ecke gedrängt. Natürlich liebte sie Achmad wirklich, und sie wollte ihn unbedingt heiraten, doch ihr gefiel nicht, dass Aysha – wenn auch nicht direkt – nun eine Bedingung daran knüpfte. Fügte Linda sich nicht, gäbe es von Anfang an Stress. Ihr kamen die Worte ihres Vaters in den Sinn: *Komm erst einmal heim, dann besprechen wir alles in Ruhe. Wir freuen uns auf dich!*

Doch wenn sie zuerst nach Hause fuhr, würde die Ungewissheit vielleicht Nährstoff für mehr Zwistigkeiten geben. Sie überlegte nicht weiter. „Sag deiner Mutter, dass ich es mache." Ihre Eltern würden sich nicht darüber freuen, doch hoffentlich regten sie sich auch nicht zu sehr auf. Aysha und Halil lächelten und nickten zustimmend, doch ganz zufrieden schien Aysha immer noch nicht zu sein. Erneut sprach sie mit Achmad und blickte dabei auf Linda. Er errötete leicht und strich sich durch den Bart, bevor er übersetzte. „Meine Mutter will, dass du vor ihr und meinem Vater auf den Koran schwörst, dass du noch Jungfrau bist." Linda blickte ungläubig zuerst auf Achmad, dann auf Aysha. „Wieso das denn?"

„Na ja, meine Mutter hat gehört, dass in Europa die Mädchen fast alle schon mit einem Mann geschlafen haben, wenn sie heiraten. Meine Eltern machen sich Sorgen, dass du das auch schon getan hast."

Lindas Magen quittierte diese Information mit einer schmerzhaften Verkrampfung. Noch nie hatte sie auf etwas geschworen. Im Judentum wurde sehr genau darauf geachtet, was man versprach. Machte man eine Zusage, fügte man meistens gleich noch die beiden Worte bli neder hinzu – ohne Schwur. Eine Art Absicherung für den Fall, dass man aus irgendwelchen Gründen sein Versprechen nicht einhalten konnte. Ganz abgesehen davon fühlte Linda sich peinlich berührt davon, was sie schwören sollte.

Sie fragte: „Was passiert, wenn ich es nicht mache?"

„Dann werden meine Eltern unserer Hochzeit nicht zustimmen. Heiraten könnten wir zwar trotzdem, aber ohne ihren Segen. Das wäre ebenfalls keine gute Voraussetzung, um zusammen unter einem Dach zu leben."

Linda umfasste mit beiden Händen die Tasse und trank langsam einen Schluck Tee, während sie aufgewühlt überlegte, was sie tun sollte. Eigentlich wollte sie wirklich nicht auf den Koran schwören. Doch tat sie es nicht, würde nach der Hochzeit ihretwegen gleich der Haussegen schiefhängen, und auch das wollte sie auf gar keinen Fall. Es stimmte ja, dass sie noch Jungfrau war, außerdem würde sie mit dem Schwur nichts Zukünftiges versprechen, sondern nur bestätigen, was Tatsache war. Vorsichtig stellte sie die Teetasse ab. „Wenn es deinen Eltern so wichtig ist, dies zu schwören, dann mache ich es eben." Achmad nickte und übersetzte für seine Eltern. Sofort stand Aysha auf und holte ihren Koran, ließ Linda die rechte Hand darauflegen und schwören, noch Jungfrau zu sein. Endlich war Aysha zufrieden. Die Hochzeitsplanung konnte beginnen.

Aysha und Halil bestanden darauf, der Tradition gemäß nicht nur die gesamte Verwandtschaft, sondern auch das ganze Dorf einzuladen. Mit großen Augen überlegte Linda: „Das ganze Dorf, das sind ja locker 600 Leute, und dazu noch die ganze Verwandtschaft!" Achmad antwortete: „Wenn wir sagen, wir laden das ganze Dorf ein, heißt das bei uns nicht, dass alle Familien komplett kommen. Weil das tatsächlich viel zu viele Leute wären, schickt jede Familie eine Person stellvertretend zur Hochzeit. Und dann ist es ja auch so, dass viele Bewohner eines Dorfes sowieso miteinander verwandt sind. Es ist nicht ungewöhnlich, dass in einem Dorf 200 Leute derselben Familie angehören. Das heißt also, Dorfbewohner und Verwandtschaft sind teilweise identisch. Aber egal, wie man es macht, auf mehrere hundert Gäste kommt man immer."

„Wow! Und was denkst du, wie viele Leute zu unserer Hochzeit kommen werden?" Achmad überschlug grob: „Wir haben nicht so viele Verwandte in unserem Dorf. Ich schätze mal, hier gibt es um die 100 Familien, pro Familie eine Person plus diejenigen, mit denen wir hier verwandt sind, also dürften das etwa 150 Leute sein, dazu kommen um die 300 Verwandte aus der Umgebung, somit liegen wir bei etwa 450 Gästen."

„Moment mal, du hast meine Verwandtschaft vergessen! Meine Eltern und meine kleine Schwester. Also haben wir 453 Hochzeitsgäste." Sie sahen sich an und lachten.

Noch lange saßen Achmad, Linda, Halil und Aysha an diesem Abend beisammen und überlegten, an was alles gedacht werden musste. Aysha nahm Papier und Stift und schrieb auf. Zu jedem Punkt entspann sich eine längere Diskussion: Hochzeitstermin festlegen, Hochzeitshalle buchen, Gespräch mit dem Imam, Gästeliste erstellen, Einladungen verteilen, Dekorationen und Hochzeitstorte aussuchen, Henna-Abend und nicht zuletzt natürlich das Brautkleid aussuchen. Das Brautkleid! Der Gedanke daran weckte in Linda große Vorfreude, und im Geiste sah sie sich schon als strahlende Braut Achmad ihr Jawort geben. Sie wusste auch bereits genau, was sie wollte: ein weißes langes Kleid mit Stickereien und Perlen reich verziert, so wie sie es in dem Kleiderladen in Ramallah gesehen hatte. Was sie allerdings nicht wusste, war, wie so eine Hochzeit überhaupt ablief. Doch das würde sie in den nächsten Tagen schon noch herausfinden – mithilfe des Internets und vielleicht auch von Achmads Schwestern.

Es war weit nach Mitternacht, als sie sich erhoben, um schlafen zu gehen. Steif geworden vom langen Sitzen streckte Linda sich und gähnte. Nun, da es still geworden war, übermannte sie auf einmal eine bleierne Müdigkeit. Während Aysha den Tisch abräumte und Halil sich am Kamin zu schaffen machte, sagte Achmad leise zu ihr: „Von mir aus könnten wir auf die ganzen Feierlichkeiten verzichten. Eine Heirat vor dem Imam bräuchte ich auch nicht. Ich mach das nur mit, weil meine Eltern es so wollen und um unsere Familienehre nicht aufs Spiel zu setzen."

Seine Aussage löste Befremden in Linda aus. Die Familienehre nicht aufs Spiel setzen, was meinte er damit? Würde diese Ehre ihm auch in Zukunft so wichtig sein? Und sollte die Entscheidung, wo und wie sie sich verlobten, nicht ganz allein bei Achmad und ihr liegen? Doch sie wollte nicht zulassen, dass ihr Glück von solchen Gedanken getrübt wurde. Der heutige Tag hatte doch gezeigt, dass es zerbrechlich genug war. Vermutlich war sie einfach zu müde und sah deshalb etwas schwarz. Achmad hatte ja selbst gesagt, dass er nichts darauf gab, was die Leute dachten. Lächelnd sagte sie: „Also ich hab kein Problem damit, deinen Eltern den Gefallen zu tun, ich freue mich jetzt schon auf das große Hochzeitsfest!"

„Und was ist mit deinen Eltern? Freuen die sich auch?"

„Ehrlich gesagt, vermutlich nicht so sehr, aber zur Hochzeit werden sie auf jeden Fall kommen."

Linda dachte an eine ihrer Freundinnen in Deutschland, deren Eltern nicht zur Hochzeit gekommen waren, weil sie mit dem Bräutigam nicht einverstanden waren, und wusste, dass ihre Eltern dies niemals tun würden. „Sie haben mich noch nie hängen lassen, selbst wenn sie manchmal nicht so damit einverstanden waren, was ich gemacht habe."

„Gut. Unvorstellbar, dass die eigenen Eltern nicht zur Hochzeit kommen. Übrigens werden sich alle freuen, deinen Vater und deine Mutter kennenzulernen. Und dass die Eheschließung vor dem Imam in unserem Fall nicht wie üblich im Haus der Brauteltern stattfinden kann, versteht natürlich jeder."

„Das würden meine Eltern allerdings sicher auch nicht mitmachen." Linda gähnte wieder, dann sah sie sich verstohlen um. Aysha war in die Küche gegangen und räumte auf, Halil stand mit dem Rücken zu ihnen und legte gerade einen Holzscheit im Kamin nach. Sie schmiegte sich kurz an Achmad und hauchte ihm einen Kuss auf die Wange. „Gleich morgen sehen wir uns Hochzeitshallen an, okay? Ich bin ja so gespannt, wie die aussehen." Achmad schielte nach seinem Vater, der nun das Feuer schürte, strich Linda zärtlich eine Haarsträhne aus dem Gesicht und sagte mit Blick auf die Uhr: „Du meinst wohl heute. Aber ja, das können wir machen. Am besten treffen wir unsere Auswahl schon im Internet und fahren dann morgen gleich hin, um alles Weitere vor Ort zu besprechen. Davor sehen wir uns aber die Hochzeitsliste an und legen den Termin fest."

„Hochzeitsliste? Wo gibt's die denn?"

„Die hängt in der Nähe der Moschee aus, ich schicke dann dem zuständigen Sachbearbeiter eine Mail mit unserem Wunschtermin, er ist zufällig ein guter Freund von mir."

Achmad erklärte, dass auf der Liste der Name des Bräutigams eingetragen wurde, um einerseits die Dorfbewohner über den Hochzeitstermin zu informieren, andererseits aber auch, um zu vermeiden, dass an einem Tag zwei Hochzeiten im Dorf stattfanden. Zwar war Linda ein wenig enttäuscht, dass ihr Name nicht auf der Liste erscheinen würde, jedoch konnte sie es kaum erwarten, ihre Hochzeit offiziell, schwarz auf weiß, angekündigt zu sehen. Spontan wollte sie Achmad umarmen, ließ es aber gerade noch rechtzeitig sein, da Halil in dem Moment die Kamintür schloss. Stattdessen sagte sie: „Wie cool! Ach, am liebsten würde ich dich gleich nächste Woche heiraten und für immer hierbleiben!"

Achmad lachte, doch innerlich war ihm nicht danach zumute. Die Hochzeit würde eine Menge Geld kosten. Er würde einen weiteren Kredit aufnehmen und diesen jahrelang abzahlen müssen, doch das erwähnte er mit keiner Silbe. Als habe Linda seine Gedanken erraten, sagte sie: „Da wir noch ein paar Monate Zeit haben, suche ich mir in Deutschland einfach einen Job und verdiene etwas Geld. Meine Eltern steuern außerdem bestimmt auch was zur Hochzeit bei."

Sie kamen überein, dass Linda bis etwa zwei Wochen vor der Hochzeit arbeiten und dann wieder zu ihm zurückkehren würde. Verliebt sah sie ihm in die Augen. „Aber noch länger halte ich es keine Minute mehr ohne dich aus."

In dem Moment vernahmen sie ein lautes Räuspern. Halil wollte schlafen gehen und wartete darauf, das Licht im Wohnzimmer auszumachen. Unverzüglich verabschiedete Achmad sich, und auch Linda ging in ihr Zimmer. Mit einem glücklichen Stoßseufzer ließ sie sich in ihrem rubinroten Kleid aufs Bett fallen, dabei spürte sie noch einmal dem seidigen Gefühl des glatten Stoffs auf ihrer Haut nach.

Was für ein Tag! Heute Morgen hatte sie hier gelegen und mit ihrem Rausschmiss gerechnet. Nie im Traum hätte sie daran gedacht, noch am selben Abend verlobt zu sein und Hochzeitspläne zu schmieden. Sie nahm ihr Handy und tippte eine Nachricht an Mariana:

> Wir sind verlobt!!! Achmad hat mich heute gefragt, ob ich ihn heiraten will, und natürlich habe ich Ja gesagt!!! Er war so süß, hat mich total überrascht. Stell dir vor, er hat mir das superschöne Kleid gekauft, das mir in dem Laden in Ramallah so gefallen hat. Und am Nachmittag hat er mich in einem fancy Restaurant mit einem Kuchen überrascht, auf dem stand: Willst du mich heiraten? Und du musst unbedingt meinen Verlobungsring anschauen! Ich schicke dir gleich Fotos.

Sie hatte kaum Nachricht und Fotos abgeschickt, als die Häkchen blau wurden, und trotz der späten Stunde schrieb Mariana sofort zurück, um ihr zu gratulieren. Nachdem sie noch eine Weile hin- und hergeschrieben hatten, schloss Linda mit den Worten:

> ... und du weißt ja, wo du uns dann irgendwann nach der Hochzeit findest, nämlich im zweiten Stockwerk! (Sobald es fertiggestellt ist.) 🖤 ☺

Die Hochzeitsliste in der Nähe der Moschee war für den Sommer bereits gut gefüllt. Achmad und Linda waren übereingekommen, an einem Freitag zu heiraten, und entdeckten gerade noch eine leere Spalte am 30. Juli. Unverzüglich schickte Achmad seinem Freund eine Nachricht mit der Bitte, seinen Namen dort einzutragen.

Den Rest des Morgens verbrachten sie damit, sich im Internet verschiedene Hochzeitshallen anzusehen und herauszufinden, welche Räumlichkeiten an ihrem Wunschtermin noch verfügbar waren. Die Auswahl war nicht mehr groß, doch schließlich hatten sie einen schönen Saal gefunden und Achmad rief den Besitzer an. Sie hatten Glück und bekamen für den Nachmittag einen Besichtigungstermin.

Vor dem Eingang trafen sie Rami, den Besitzer, der sie freundlich begrüßte. Achmads Frage, ob er Englisch spreche, bejahte er und wechselte daraufhin die Sprache. Er schloss die Tür auf und ließ die beiden eintreten. Hinter dem großzügig angelegten Eingangsbereich tat sich ein großer, in hellen Tönen gestalteter Saal auf. Rami schaltete das Licht an, woraufhin unzählige kleine, eingebaute Deckenleuchten erstrahlten, die sich wie Sterne in den auf Hochglanz polierten Fliesen auf dem Fußboden widerspiegelten und diese wie eine Eisfläche glänzen ließen. Eindrucksvolle, riesige Kristall-Kronleuchter an der mit Stuck verzierten Decke sorgten zusätzlich für Beleuchtung über den vielen runden Tischen im Saal. Um jeden Tisch herum standen zehn Stühle in weißen

Hussen, die hohen Lehnen mit goldenen Schleifen versehen. Große Fototapeten an den Wänden vermittelten den Eindruck, sich inmitten eines Parks zu befinden. Die Illusion, von einer mit blühenden Sträuchern und Bäumen gesäumten Rasenfläche umgeben zu sein, wurde durch echte Palmen und Grünpflanzen vor den Wänden raffiniert verstärkt. Am Ende des Saals befand sich eine von Marmorsäulen flankierte kleine Bühne. Sie war ebenfalls in weißen Stoff gehüllt, und in der Mitte stand ein mit goldenem Brokatstoff bezogener gepolsterter Diwan.

Linda, der bisher angesichts des Prunks der Mund vor Staunen offen stehen geblieben war, sagte nun mit Blick auf die Bühne: „Für eine Band ist dort aber wenig Platz." Achmad lachte laut auf. „Die ist ja auch nicht für die Musiker. Dort nimmt die Braut während der Feier Platz." Er drückte Linda einen Kuss auf die Stirn. „Du wirst die Königin sein und über allen Gästen thronen."

„Und wo ist mein König? Sitzt der etwa nicht neben der Königin?"

„Der feiert ein Stockwerk weiter oben mit seinen Freunden und den männlichen Verwandten und tanzt mit ihnen den Dabke-Tanz."

„Dabke? Davon habe ich noch nie gehört."

„Dabke bedeutet so was wie „Mit-den-Füßen-auf-den-Boden-stampfen" und ist ein alter, traditioneller Tanz in Palästina. Wird übrigens auch von Frauen getanzt."

„Soll das heißen, ich muss meine eigene Hochzeit ohne meinen Bräutigam feiern?"

„Erst mal schon, das ist bei uns so üblich. Aber du bist unter den ganzen Frauen selbstverständlich der Mittelpunkt. Alle Augen werden auf dich gerichtet sein – vor allem, wenn du tanzt." Lindas Augen wurden groß. „Ich soll vor allen anderen Frauen alleine tanzen?"

„Natürlich. Aber später tanzen auch die anderen Frauen mit, so hat es mir zumindest meine Schwester erzählt."

„Ich weiß aber nicht, ob ich das will."

„Mach dir keine Sorgen, das wird dir Spaß machen. Und irgendwann gegen Ende der Feier komme ich zu dir runter. Dann tanzen wir zusammen und sitzen auch gemeinsam auf dem Thron."

In dem Moment ertönte aus einem Lautsprecher langsame Tanzmusik. Achmad nahm Lindas Hand. „Darf ich bitten?" Linda schlang ihre Arme um seinen Hals und schmiegte sich an ihn. Wie von alleine schienen sie im Rhythmus der Musik zu verschmelzen, und eng umschlungen bewegten sie sich im Takt. Nachdem die Musik verklungen war, sagte Achmad: „Als meine Schwester letztes Jahr geheiratet hat, konnte ich von meiner eigenen Hochzeit nur träumen. Bevor du in mein Leben gekommen bist, war mir noch kein Mädchen begegnet, das ich heiraten wollte. Du bist die Liebe meines Lebens. Ich will dich immer glücklich machen." Zärtlich streichelte Linda über seine Wange: „Das tust du bereits. Ich liebe dich so sehr."

Rami unterbrach die beiden höflich, er hatte inzwischen mehrere Fotoalben auf einem der großen, runden Tische ausgebreitet. „Wenn ihr nun bitte die Dekorationen wählen würdet. Ihr könnt alles individuell nach eurem Geschmack aussuchen, angefangen von den Farben der Tischdecken und Stuhlhussen, über den Blumenschmuck bis hin zum Rosenbogen."

Linda und Achmad blätterten ein Album nach dem anderen durch und waren dabei so vertieft, dass sie gar nicht merkten, wie die Zeit verflog. Am Ende kamen sie überein, die Farben in weiß und rot zu halten. Weiße Tischdecken, rote Servietten, weiße Kerzen, weiße Hussen mit roten Schleifen um die Lehne, rot-weiß sollte auch der Blumenschmuck auf Tischen und Bühne sowie der große Rosenbogen am Eingang des Saals sein. Nachdem sie alles ausgewählt hatten, machte Achmad gleich eine Anzahlung, um die Hochzeitshalle zu reservieren. Als Linda den Preis hörte, schluckte sie. Noch nie hatte sie eine solche Summe für etwas bezahlt. Woher nahm er nur das ganze Geld? Als habe er ihren Gedanken gelesen, murmelte er beiläufig – und eher wie zu sich selbst –, wie gut es doch sei, einen reichen Onkel zu haben. War es Absicht, dass er es auf Englisch sagte?

Linda fühlte sich wie aus einem schönen Traum herausgerissen, als sie aus dem blendend hellen Saal in die mittlerweile eingebrochene Dunkelheit hinaustraten. Die Tür, durch die sie vor mehreren Stunden getreten waren, hatte sie in eine andere, für Linda bisher völlig fremde Welt geführt, die nun beinahe surreal anmutete. Drinnen ein Märchen aus 1001 Nacht, draußen pulsierte die moderne Welt. Der Verkehr brummte ebenso wie ihr Schädel, dennoch machte sich tiefe Zufriedenheit in ihr breit. Der Hochzeitstermin stand fest, und Saal samt Dekoration war gebucht. Sie konnte es kaum abwarten, alles Weitere zu organisieren. Das Brautkleid würde sie ausleihen, jedoch hatte Aysha ihr nahegelegt, mit dem Anprobieren bis wenige Tage vor der Hochzeit zu warten, um sicherzugehen, dass es dann auch passte. Mit dem Aussuchen wollte sie aber nicht so lange warten, das würde sie schon von Deutschland aus übers Internet machen.

Die kühle Luft auf ihrem Gesicht fühlte sich erfrischend an, und während sie in Richtung Bushaltestelle gingen, stellte sie sich vor, wie sie in ihrem wunderschönen, weißen Kleid durch den Saal schwebte und dann die Bühne betrat, um auf dem Diwan zu thronen. Auf einmal wurde sie von einem unbeschreiblichen Glücksgefühl erfasst. Vor Freude hüpfte sie wie ein Kind auf und ab, doch dann ließ ein Gedanke sie abrupt stehen bleiben. Irgendwann würde sie auf die Toilette müssen – wie um alles in der Welt sollte sie in einem Hochzeitskleid mit ausladendem Rock aufs Klo gehen? Achmad, erschöpft von dem stundenlangen Aussuchen der Dekorationen, schien angesichts Lindas übersprühender Energie leicht gereizt und meinte lakonisch, sie würde das schon irgendwie hinkriegen.

Auf einmal waren die Tage mit Geschäftigkeit und Planungen ausgefüllt und vergingen für Linda wie im Flug. Sie und Achmad wählten Musik für die Hochzeitsfeier aus, bestellten in einer Bäckerei in Ramallah eine vierstöckige Hochzeitstorte – ganz in Weiß mit goldenen Essperlen und bunten Zuckerblumen verziert –, reservierten für Linda, Aysha, Malak, Jasmin, Nesrin und Schirin zum 30. Juli Termine im Beauty Salon und sprachen mit dem Imam, der die Trauung vollziehen würde. Ali und ein weiterer Cousin Achmads würden Trauzeugen sein, wenn sie sich in der Moschee das Jawort gaben.

Die Nachricht, dass sie sich verlobt hatten, verbreitete sich im Dorf wie ein Lauffeuer, Nachbarn und Verwandte gaben sich die Klinke in die Hand. Es schien, als käme das halbe Dorf zu Besuch, um herauszufinden, wer das Mädchen war, das Achmad heiraten würde.

Für eine Unterhaltung mit Linda reichten die Englischkenntnisse bei vielen zwar nicht, doch alle waren freundlich zu ihr, und sie fühlte sich in deren Gesellschaft wohl. Während die Besucher kamen und gingen, war Aysha pausenlos damit beschäftigt, Tee und Kaffee einzuschenken und dafür zu sorgen, dass die Teller gefüllt waren.

Waren gerade mal keine Besucher im Haus, übte Linda sich unter Ayshas fachkundiger Anleitung im Schminken. Da sie auf ihrer Hochzeit High Heels tragen würde, aber noch nie zuvor in hochhackigen Schuhen gelaufen war, geschweige denn getanzt hatte, erteilte Schirin ihr unter viel Gekicher Geh- und Tanzunterricht in ihren eigenen Schuhen, die Linda genauso perfekt passten wie der Ring, den ihr Bräutigam für sie ausgesucht hatte.

Merkwürdigerweise war Schirin wie verwandelt, seitdem feststand, dass Achmad und Linda heiraten würden. Ihre Feindseligkeit Linda gegenüber war einer ungewöhnlichen Freundlichkeit gewichen. Linda wunderte sich über ihr Verhalten und sprach Achmad darauf an. Er erklärte, dass Schirin zusätzlich zu ihrer Eifersucht noch befürchtet hatte, ihr Bruder würde nach Deutschland ziehen. „Wenn ich das machen würde, wäre die Schande perfekt, und ich würde als treuloser Sohn angesehen, der seine

Eltern verlässt. Doch jetzt, wo klar ist, dass wir hier heiraten und du zu mir ziehst, ist sie anscheinend beruhigt und endlich zufrieden."

Aysha beäugte Lindas staksige Gehversuche in High Heels mit kritischem Blick und schärfte ihr ein, zu Hause in Deutschland jeden Tag eine Stunde damit zu laufen, um sich und die Familie an der Hochzeitsfeier ja nicht vor allen Gästen zu blamieren. Überrascht fragte Linda sich, was daran so schlimm wäre, nicht perfekt mit hohen Schuhen laufen zu können – schließlich war sie ja kein Model. Warum war es Aysha nur so wichtig, was die Leute über sie dachten?

Hallo Ima, bei mir ist so viel los, dass ich kaum noch dazu komme, dir zu schreiben. Ehrlich gesagt habe ich seit meiner letzten Nachricht auch gar nicht daran gedacht. Seit wir uns verlobt haben, sind Achmad und ich pausenlos am Organisieren für die Hochzeit. Was es da alles zu tun gibt! Du hättest mal die Hochzeitshalle sehen sollen! Stell dir vor, die haben da eine Bühne für die Braut mit einem komischen kleinen Sofa drauf. Dort soll ich dann sitzen und mich feiern lassen, aber das wird bestimmt schön. Du könntest langsam schon mal anfangen, nach einem neuen Kleid für dich zu schauen. Es muss aber sehr festlich sein, so in der Art wie die Kleider, die meine Klassenkameradinnen auf dem Abi-Ball anhatten, ein Foto hatte ich dir ja gezeigt. Und natürlich braucht Johanna auch so ein Kleid. Oder wir gehen in Ramallah zusammen shoppen, wenn ihr

dann kommt. Apropos, ich übe jetzt mit Achmads Schwester, auf High Heels zu laufen, damit ich an der Hochzeit elegant damit gehen kann. Aysha meint, ich solle zu Hause jeden Tag eine Stunde Gehübungen machen, weil sie Angst hat, dass ich ihre Familie blamieren könnte. 😉
Die Zeit rast nur so, in ein paar Tagen sitze ich schon im Flieger. Ich freu mich schon darauf, euch alles über unsere Hochzeitspläne zu erzählen, und schicke dir gleich noch ein Filmchen von mir, wie ich in Stöckelschuhen meine Gehübungen mache. 😊

Liebe Grüße, auch an Papa und Johanna!

Martina nahm die Brille ab und schob nachdenklich einen Bügel in den Mund. Lindas Euphorie war deutlich aus ihren Zeilen herauszulesen. Sie gönnte ihrer Tochter dieses Glück von ganzem Herzen, und dennoch sträubte sich innerlich etwas in ihr. Der erwähnte Abi-Ball an einem Freitagabend vor knapp einem Jahr hatte ohne Linda stattgefunden, weil es ihr wichtiger war, den beginnenden Schabbat einzuhalten. Nun preschte sie in die genau entgegengesetzte Richtung – mit derselben felsenfesten Überzeugung, das Richtige zu tun.

Ihre neuen Ziele und Pläne, die Abkehr von ihren bisherigen Träumen, die bevorstehende Hochzeit mit einem Mann aus einer völlig anderen Kultur – das ging doch alles viel zu schnell! Hoffentlich war Linda bereit, auf die Bedenken ihrer Eltern zu hören und sich alles noch einmal gründlich zu überlegen, wenn sie bald nach Hause kam.

Gehübungen machen … Aufgewühlt setzte Martina ihre Brille wieder auf. Was hatte Linda da geschrieben? Noch einmal las sie den Satz:

> Aysha meint, ich solle zu Hause jeden Tag eine
> Stunde Gehübungen machen, weil sie Angst hat,
> dass ich ihre Familie blamieren könnte.

Eine tiefe innere Unruhe breitete sich in Martina aus. Worauf hatte sich Linda da nur eingelassen? Unbehaglich legte sie das Handy beiseite. Ehrlich gesagt, freute sie sich überhaupt nicht auf die Hochzeit ihrer Tochter; auch verspürte sie nicht die geringste Lust, sich für diesen Anlass ein neues Kleid auszusuchen.

Martina seufzte. Wenn sie doch nur mit jemandem reden könnte, der sich in der arabischen Kultur auskannte. Doch wen könnte sie fragen? Ohne sich wirklich Antwort zu erhoffen, griff sie wieder zu ihrem Handy und scrollte die Kontaktliste langsam von oben nach unten. Am vorletzten Namen blieb ihr Blick hängen. Susanne. Natürlich! Ihre Freundin aus der Schulzeit wusste bestimmt Bescheid! Als Reiseleiterin hatte Susanne fast alle arabischen Länder gesehen, hatte sogar ein Jahr lang im Orient gelebt. Martina schrieb ihr sofort eine Nachricht.

Unaufhaltsam rückte Lindas Abreise näher, und viel zu schnell war der letzte Tag ihres Visums angebrochen. Sie und Achmad hatten noch einmal die ganze Nacht lang miteinander geredet, da an Schlaf ohnehin nicht zu denken gewesen war. Sollten Halil und Aysha etwas bemerkt haben, hatten sie ein Auge zugedrückt und nichts gesagt.

Lindas Gepäck war dieses Mal leicht. Die wenigen Sachen, die sie in Deutschland brauchen würde, hatten in ihrem kleinen Rucksack und der schwarzen Umhängetasche Platz gefunden. Bevor Linda in aller Frühe die Tür hinter sich zumachte, ließ sie ihren Blick noch einmal prüfend durch das Zimmer schweifen, das sie in den letzten drei Wochen bewohnt hatte. Der große Rucksack lag in einer Ecke, vollgestopft mit Klamotten, dem größten Teil ihrer Schminkutensilien und allem anderen, was bis zu ihrer Rückkehr hierbleiben konnte. Das rubinrote Kleid hing noch genauso im Schrank, wie sie es in der Nacht nach ihrer Verlobung hineingehängt hatte.

In Deutschland würde sie nun warme Kleidung benötigen. Dicke Pullis hatte sie noch genug zu Hause, und die wenigen Hosen, die sie noch brauchte, würde sie einfach kaufen. In dem Moment, als sie die Tür zuziehen wollte, fielen ihr die jüdischen Bücher ein, die sie gleich zu Anfang unter das Bett geschoben und seitdem vergessen hatte. Sie wusste selbst nicht, warum, aber plötzlich war es ihr wichtig, diese mitzunehmen. Sie verteilte die Bücher auf ihr Gepäck. Gebetbuch und Tehillim kamen in die Umhängetasche, den Tanach und die beiden Taschenbücher schob sie in den Rucksack. Beide Gepäckstücke waren jetzt so voll, dass Linda sie nur mit Mühe zumachen konnte, doch nun war alles eingepackt, was sie mitnehmen wollte. Zufrieden ging sie aus dem Zimmer und machte die Tür hinter sich zu.

Sie fand Aysha, Halil und Schirin im Wohnzimmer versammelt, sie waren extra früh aufgestanden, um sich von ihr zu verabschieden. Zu Lindas Überraschung fing Schirin an zu schluchzen. Sollte ausgerechnet ihr der Abschied schwerfallen, oder warum weinte sie?

Linda ging auf sie zu, umarmte sie und sagte ihr, dass sie ja bald wiederkäme. Doch anscheinend war dies kein Trost, als Antwort heulte Schirin nämlich nur noch lauter.

In dem Moment kam Achmad herein. Mit vor Müdigkeit schweren Augenlidern blickte er von seiner Schwester auf Linda und zuckte die Schultern, als wolle er sagen, er wüsste auch nicht, weshalb Schirin so traurig war.

Aysha hingegen schien bester Laune zu sein. Sie drückte Linda einen Thermosbecher in die Hand und erklärte, darin sei frisch gekochter Schwarztee für die Autofahrt, extrastark und süß, so wie Linda ihn am liebsten mochte. Gleich darauf eilte sie aus dem Wohnzimmer und kam mit einem Paar hochhackiger Sandaletten zurück, die schwarzen Lacklederriemchen mit Glitzersteinchen verziert. Achmad übersetzte, dass seine Mutter die Schuhe extra für Linda gekauft hatte, damit sie zu Hause keine Zeit verlieren würde, ihre Gehübungen zu machen. Linda lachte, Aysha hatte es sich offensichtlich gut gemerkt, als sie ihr erzählte, dass sie keine High Heels besaß und daheim erst welche kaufen müsse. Doch wohin damit? Der kleine Rucksack und die Umhängetasche platzten so schon fast aus allen Nähten, und eine zusätzliche Plastiktüte wollte Linda auf keinen Fall auch noch tragen. Kurzerhand zog sie Turnschuhe und Socken aus und die Sandaletten an. Sie würde die Turnschuhe einfach hierlassen. Kritisch beäugte Achmad ihre Füße. „Bist du sicher, dass du in diesen Schuhen nach Deutschland reisen willst? Du wirst kalte Füße kriegen und bequem kann das auch nicht sein."

„Och, das geht schon, ich schreibe nachher meiner Mutter, dass sie mir beim Abholen meine Winterstiefel an den Flughafen mitbringen soll. Kann sein, ich krieg ein paar Blasen, aber was soll's." Achmad runzelte die Stirn. „Vielleicht ist es gar nicht erlaubt, mit solchen Schuhen zu fliegen. Was, wenn die Stewardess dich damit nicht ins Flugzeug lässt?"

Linda lachte Achmads Bedenken einfach weg. „Dann zieh ich sie halt vor dem Einsteigen aus und nach dem Aussteigen wieder an."

Achmad schüttelte den Kopf. Er schien verärgert, sagte aber nichts mehr. Aysha hingegen nickte zustimmend mit Blick auf die eleganten High-Heel-Sandaletten an Lindas Füßen.

Nachdem Linda sich verabschiedet hatte, ging sie mit Achmad nach draußen, wo sein Onkel Hassan bereits mit dem Auto auf sie wartete, um sie zum Qalandia Checkpoint mitzunehmen. Hassan wohnte mit seiner Frau und sieben Kindern im selben Dorf, war ebenfalls im Besitz einer israelischen Arbeitsgenehmigung und arbeitete in Jerusalem. Am Checkpoint würden sich ihre Wege trennen: Linda würde mit dem Bus zum Flughafen Ben Gurion fahren, für Achmad ging es in einem Kleinbus mit einigen Kollegen weiter nach Aschkelon. Bevor Linda einstieg, holte sie noch einmal tief Luft, sie roch wunderbar blumig und würzig zugleich. Noch war es dunkel, am Himmel glitzerten unzählige Sterne, die schmale Mondsichel schien silbern.

Während der Fahrt lehnte sie sich, den Thermosbecher mit beiden Händen haltend, eng an Achmad und sagte: „Wenn du doch nur mit mir nach Deutschland kommen könntest! Ich weiß gar nicht, wie ich die nächsten Monate ohne dich aushalten soll." Achmad drückte einen Kuss auf ihr Kopftuch. „Das würde ich gerne, aber wir telefonieren, und abends sehen wir uns per Videoanruf." Er sah zum Fenster hinaus in die Dunkelheit und sagte, ohne den Blick abzuwenden: „Eines Tages werden wir die Welt bereisen. Ich werde dir Argentinien zeigen und Bahía Blanca, wo ich geboren wurde. Du wirst Land und Leute genauso lieben wie ich."

Linda nippte am Tee. „Das klingt wunderbar. Vielleicht haben wir bis dahin ja schon ein paar Kinder." Achmad antwortete nicht sofort darauf. Nach einer Weile wandte er seinen Blick vom Fenster ab und sah ihr in die Augen. „Mal sehn. Die nächsten Monate werde ich erst mal arbeiten wie ein Pferd. Ich will so schnell wie möglich unsere Wohnung fertigstellen. Wenn alles gut läuft, können wir schon bald nach unserer Hochzeit einziehen."

„Unsere eigene Wohnung, wie cool!" Linda seufzte glücklich. „Bis zur Hochzeit werde ich jede Sekunde an dich denken und dir täglich tausend Nachrichten schicken."

Sie hatten einen Parkplatz in der Nähe des Checkpoints erreicht. Linda stellte den Becher in den Getränkehalter zwischen den beiden vorderen Sitzen und bedankte sich bei Hassan fürs Mitnehmen. Nachdem Achmad Lindas Gepäck aus dem Kofferraum geholte hatte, verriegelte sein Onkel das Auto und verabschiedete sich, um ihnen vorauszugehen. Während sie sich dem von Scheinwerfern hell erleuchteten Checkpoint näherten, raunte Achmad: „Mir wäre es lieber, wenn du nicht Hebräisch sprichst, bevor du auf der anderen Seite bist." Linda nickte. Sie sah auf die Uhr ihres Handys, es war halb sechs. Vor ihnen standen dicht gedrängt Hunderte von Menschen, hauptsächlich Männer jeden Alters, die wie Achmad mit Genehmigung auf der israelischen Seite arbeiteten und darauf warteten, zu Fuß den Checkpoint passieren zu dürfen. An einem kleinen Stand verkaufte ein Mann Lebensmittel: ringförmiges Brot, Eier, Avocados. Entlang einer Mauer waren zahlreiche Männer im Begriff, ihr Morgengebet zu verrichten. Das Menschenknäuel vor den Drehkreuzen bewegte sich nur langsam vorwärts. Irgendwann zog Achmad plötzlich eine kleine, verschließbare Plastiktüte aus seiner Jackentasche und sagte: „Das hätte ich jetzt fast vergessen, ich habe dir zu Hause noch ein Sandwich gemacht. Wer weiß, wann du etwas zu essen bekommst." Linda nahm die Tüte entgegen. Das belegte Brot darin war zerquetscht, was sie aber überhaupt nicht störte. Sie wollte Achmad sagen, wie süß sie das von ihm fand, brachte jedoch keinen Ton heraus.

Bis sie die andere Seite des Checkpoints erreicht hatten, war Linda mit ihren neuen Schuhen dreimal umgeknickt, verbiss jedoch tapfer ihren Schmerz. Die Wartezeit hatte anderthalb Stunden gedauert – für Lindas Empfinden viel zu kurz. Der Moment des Abschieds war gekommen. Wortlos warf sie sich in Achmads Arme und ließ sich einfach von ihm halten. Wie von selbst fanden sich ihre Lippen, doch schon kurz darauf schob er sie sanft, aber bestimmt von sich. Der Kleinbus nach Aschkelon würde nicht auf ihn warten.

Widerstrebend stöckelte Linda in Richtung Haltestelle los, die Sandwichtüte wie einen wertvollen Schatz fest umklammert. Im Morgengrauen der aufgehenden Sonne verfärbte sich der dunkle Himmel vom Osten her orangerot, heute würde das Wetter schön werden. Sie blickte noch einmal zurück, doch Achmad war nirgends mehr zu sehen. So laut sie konnte, rief sie in die Richtung, in die er gegangen war: „Ich liebe dich so sehr!" Unzählige Leute drehten sich verwundert nach ihr um, doch das war ihr egal.

Susanne legte ein großes Stück Apfelkuchen auf Martinas Teller. Lächelnd sagte sie: „Wurde höchste Zeit, dass du dich mal wieder gemeldet hast. Ich dachte schon, du lässt gar nichts mehr von dir hören."

„Ich weiß, tut mir leid." Martina blickte in das vertraute, offensichtlich sonnenverwöhnte Gesicht ihrer langjährigen Freundin. Die blauen Augen blitzten lebhaft wie immer, und nur vereinzelt durchzogen ein paar graue Haare wie Silberfäden die kastanienbraunen Locken, die wie eh und je kurz geschnitten waren. Im weißen T-Shirt, den hellblauen Jeans und weißen Sneakers wirkte Susanne noch genauso jugendlich wie vor dreißig Jahren.

Die Freundinnen kannten sich schon seit der fünften Klasse und hatten sich seitdem nie aus den Augen verloren, obwohl sie nach dem Abitur völlig verschiedene Wege gegangen waren. Susanne war unverheiratet geblieben, wegen ihrer Tätigkeit als Reiseleiterin selten zu Hause und hatte schätzungsweise die halbe Welt bereist. Martina hingegen war seit Lindas Geburt mit ihrer Rolle als Hausfrau und Mutter glücklich und zufrieden.

„Den Kuchen habe ich heute Morgen frisch gebacken, lass ihn dir schmecken!" Susanne schob eine Schüssel Schlagsahne über den Gartentisch. Für April war es an diesem Nachmittag ungewöhnlich warm, sodass sie im Schatten der gelb-weiß gestreiften Markise auf der Terrasse des kleinen Reihenhauses sitzen konnten.

„Lecker, danke. Ich bin echt froh, dass du momentan im Land bist." Martina häufte sich zwei Löffel Schlagsahne auf ihr

Kuchenstück, dann ließ sie ihren Blick über Susannes Garten schweifen. Drei Sandsteinstufen führten von der Terrasse hinunter zu einer frisch gemähten, sanft abfallenden Rasenfläche, zu beiden Seiten begrenzt von einem weiß gestrichenen Lattenzaun. Vor der dichten Eibenhecke am unteren Ende blühten Tulpen, Narzissen und Hyazinthen, links in der Ecke leuchtete das gelbe Blütenmeer einer Forsythie.

„Schön hast du's hier, so richtig zum Wohlfühlen."

„Danke, zum Glück habe ich einen Nachbarn, der sich liebend gern um meinen Garten kümmert, wenn ich nicht da bin." Susanne ließ einen Löffel Zucker in ihren Kaffee rieseln. „Jetzt erzähl aber mal. Deine Nachricht neulich klang ja ziemlich bedrückt. Tut mir leid, dass du nun noch so lange warten musstest, aber wie du weißt, bin ich halt erst gestern aus Japan zurückgekommen. Linda ist jetzt auch wieder hier, oder?"

„Ja, sie ist schon vor vier Wochen heimgekommen und sucht einen Job, bisher leider erfolglos. Die meiste Zeit sitzt sie zu Hause und denkt nur an Achmad." Susanne schob sich ein Stück Kuchen in den Mund, während Martina weitererzählte. „Ich hatte ja ein bisschen die Hoffnung, dass sie es sich anders überlegt, wenn sie ihre Beziehung zu Achmad mit Abstand betrachten kann, aber das Gegenteil ist der Fall. Sie hat nur noch Augen und Ohren für ihn, hängt pausenlos am Handy, redet Tag und Nacht mit ihm. Sogar wenn er auf der Arbeit ist, sind die beiden per Videocall verbunden, damit sie ihm zuschauen kann. "

„Da scheint sie ja voll auf Wolke sieben zu schweben."

„Ja, sie ist kaum noch ansprechbar. Und wenn Achmad anruft, während ich gerade mit ihr rede, rennt sie sofort an ihr Handy, selbst wenn ich mitten im Satz bin."

„Also lässt sie dich sozusagen wie eine heiße Kartoffel fallen."

„So drastisch hätte ich es jetzt nicht ausgedrückt, aber ja, eigentlich schon."

Martina nahm einen Schluck Kaffee, dann sagte sie: „Die Hochzeitsvorbereitungen in Palästina sind in vollem Gange, wie sie mir erzählt." Sie holte ihr Handy aus der Handtasche und öffnete den Chatverlauf mit Linda auf WhatsApp. „Sieh dir mal die Hochzeitshalle an! Linda hat mir Fotos geschickt, als sie und Achmad dort waren, um die Reservierung zu machen. Sie erwarten mehr als 400 Gäste." Susanne betrachtete die Bilder und nickte. „Ja, das ist dort nicht ungewöhnlich." Eine Weile schien sie tief in Gedanken versunken, dann blickte sie auf und sah Martina direkt in die Augen. „Mir scheint, deine Linda hat die berühmt-berüchtigte rosarote Brille auf."

Martina schluckte. „Die rosarote Brille, wie meinst du das?"

„Ich meine damit, dass sie anscheinend keine Bedenken hat, in die muslimische Kultur einzuheiraten. Vermutlich ist ihr überhaupt nicht klar, was das bedeutet. Du machst dir doch auch Gedanken, hast du denn mal mit ihr darüber gesprochen?"

„Versucht habe ich es zwar, und Andreas natürlich auch, aber sie schlägt jegliche Bedenken rigoros in den Wind und meint, wir seien altmodisch und hätten Vorurteile. Achmad scheint ja auch tatsächlich ein netter Kerl zu sein. Andreas und ich haben schon zweimal mit ihm geskypt. Er spricht fließend Englisch, arbeitet fleißig und ist uns gegenüber äußerst höflich und respektvoll."

Martina blickte einem Eichhörnchen hinterher, das über den Rasen huschte und in der Hecke verschwand. „Trotzdem habe ich kein gutes Gefühl. Noch dazu geht mir das alles viel zu schnell, die beiden kennen sich ja erst seit November."

„Was hat Linda denn nach ihrer Hochzeit vor?"

„Sie will an der Uni in Ramallah studieren. Sie sagt, Achmad wolle sie dabei unterstützen. Ich finde, das hört sich ja eigentlich gut an. Die jungen Leute dort sind heutzutage sicher auch weltoffen und modern." Martina aß ein Stück von ihrem Kuchen und hoffte darauf, dass Susanne ihre Vermutung gleich bestätigen würde.

Doch ihre Freundin sagte erst einmal nichts. Stattdessen trank sie gemächlich einen Schluck Kaffee und sah einer Amsel zu, die auf dem Rasen nach Würmern pickte. Nach einer langen Weile wanderten ihre Augen zu Martina zurück. „Martina, ich fürchte, Linda hat nicht nur die rosarote Brille auf, sondern ist vor Liebe völlig blind. Warte mal ab, wenn sie dann in Palästina verheiratet ist, wendet sich das Blatt ganz schnell. Es tut mir leid, das so knallhart sagen zu müssen, aber ich kenne genug Fälle …"

„Was für Fälle?", unterbrach Martina alarmiert. Susanne setzte ihre Kaffeetasse ab. „Achmad mag ja wirklich ein netter Mann sein, und er ist vielleicht auch modern und aufgeschlossen, doch der gesellschaftliche Druck in seiner Kultur ist enorm hoch. Das darf man nicht unterschätzen. Linda wird sehr wahrscheinlich Kinder kriegen, so wie es von ihr erwartet wird. Dann wirst du ja sehen, ob sie studieren geht oder nicht. Und sollten wider Erwarten keine Kinder kommen, halte ich es dennoch für sehr fraglich, ob sie tun darf, was sie will. Meiner Meinung nach wird es ihr eher so ergehen wie im Erlkönig von Goethe: *Und bist du nicht willig, so brauch ich Gewalt.*"

Martinas Augen weiteten sich vor Schreck. „Jetzt übertreibst du aber, oder?"

Susanne zuckte die Achseln. „Wir werden ja sehen." Unbehaglich hakte Martina nach: „Das muss ja aber nicht so kommen, oder? Bestimmt sind dort nicht alle so traditionell, vor allem nicht die jüngere Generation." Susanne widersprach nicht, stimmte ihr aber auch nicht zu, und Martina spürte, wie Angst in ihr aufstieg.

Die Nachmittagssonne strahlte vom hellblauen Himmel, hier und da trieben gemächlich ein paar harmlose Quellwolken, eine leichte Brise bewegte sanft die blühenden Zweige der Forsythie. Susanne legte Martina ein zweites Stück Kuchen auf den Teller und beendete die unangenehme Stille, indem sie von ihrer Reise nach Japan erzählte. Martina, von Susannes Prognose für Lindas Zukunft wie vor den Kopf geschlagen, hörte nur noch mit halbem Ohr zu. Der Apfelkuchen schien auf einmal zäh wie Leder, und sie brachte kaum noch einen Bissen herunter. Die eindringlichen Worte ihrer Freundin ließen sie nicht mehr los. Sobald sie zu Hause war, würde sie noch einmal mit Linda reden. Vielleicht hörte sie ja auf Susannes Einwände mehr als auf die ihrer Mutter.

Aber Linda wollte nichts davon hören. Aufgebracht sagte sie: „Immer bist du so negativ. Du kennst die Menschen dort doch überhaupt nicht! Du hast keine Ahnung, wovon du redest! Was deine Freundin dir da erzählt hat, sind alles Vorurteile, das ist so typisch deutsch! Und mit dem blöden Zitat von Goethe braucht sie mir gar nicht erst zu kommen. In welchem Jahrhundert lebt die Frau eigentlich?" Noch bevor Martina etwas sagen konnte, sah Linda ihr triumphierend ins Gesicht. „Im Übrigen habe ich alles schon mit Achmad besprochen. Er will gar nicht, dass ich wie seine Mutter nur zu Hause rumhocke. Natürlich kann ich studieren! Es gibt viele junge muslimische Frauen, die zur Uni gehen. Sag deiner Susanne das mal, ich glaub, die lebt echt hinterm Mond."

Martina kam ins Schwanken. Die Worte ihrer Tochter klangen tatsächlich auch überzeugend. Wenn es stimmte, was sie da sagte, wäre ja eigentlich nichts zu befürchten, oder? Doch war es möglich, dass Susanne sich so irrte? *Mir scheint, deine Linda hat die berühmt-berüchtigte rosarote Brille auf.* Martina bohrte weiter: „Was wird denn sein, wenn du feststellst, dass der Islam doch nichts für dich ist? Oder was, wenn du nicht mehr fünfmal am Tag beten willst?"

„Mami, niemand will mir etwas vorschreiben. Weder Achmad noch seine Familie erwarten, dass ich irgendwas tue. Auch darüber habe ich mit ihm gesprochen. Er sagt, die Entscheidung, ob ich Muslimin werde, sei eine Sache zwischen mir und Allah."

„Zwischen dir und *Allah*?" Martina hörte den scharfen Ton in ihrer eigenen Stimme.

„Jetzt reg dich bloß nicht gleich wieder auf. Warum denn nicht? Allah ist doch nur ein andrer Name für Gott, an den Muslime ja genauso glauben wie Juden und Christen."

Martina wollte gerade den Mund öffnen, um zu widersprechen, doch sie kam nicht mehr dazu. In diesem Moment gab Lindas

Handy einen Laut von sich, der wie das Blöken eines Schafs klang, womit die Diskussion schlagartig beendet war. Nach kurzem Blick auf die neue Nachricht lächelte Linda und hielt Martina das Handy vor die Nase. „Schau mal, Achmad hat endlich ein Foto von der Hochzeitsliste geschickt, die in seinem Dorf aushängt." Mit einem Wisch über das Foto vergrößerte sie die Liste und tippte freudestrahlend auf eine Spalte. „Seit letztem Monat steht sein Name auch drauf." Martina betrachtete die arabische Schrift auf der Liste und spürte einen Kloß im Hals. Sie fragte: „Und was ist mit deinem Namen, steht der auch auf der Liste?"

„Nein, nur der Vor- und Nachname vom Mann wird eingetragen und außerdem, wie viele Tage man feiert. Achmad hat für unsere Hochzeitsfeier vier Tage vorgesehen."

„Man erfährt gar nicht, welche Frau er heiratet?"

„Nö, aber ich kriege einen Henna-Abend am Tag vor der Hochzeit." Täuschte Martina sich, oder war Linda tatsächlich ihrer Frage ausgewichen?

„Henna-Abend, was ist denn das?"

„Da werden die Hände und Füße der Braut mit hübschen Mustern bemalt, mit Farbstoff aus der Hennapflanze. Das soll Glück bringen, und natürlich gibt es an der Feier auch leckeres Essen und Musik. Der Brauch ist doch viel schöner als das blödsinnige Kaputtschlagen von Geschirr am Polterabend." Linda geriet ins Schwärmen. „Und warte mal, bis du erst das Fest in der Hochzeitshalle erlebst! Du wirst dir vorkommen wie in einem der orientalischen Märchen, die du mir früher so gern vorgelesen hast. ‚Ali Baba und die vierzig Räuber', ‚Der kleine Muck' und ‚Aladin und die Wunderlampe' habe ich am liebsten gehört."

Mit strahlenden Augen berichtete Linda ihrer Mutter nun in allen Einzelheiten von den Farben der Tischdecken und Servietten, Hussen und Blumengestecke, die sie und Achmad ausgesucht hatten. Am Ende ihrer Ausführungen sagte sie euphorisch: „So langsam solltet ihr mal eure Flugtickets kaufen, sonst verpasst ihr noch meine Hochzeit."

Martina wusste, dass Linda eigentlich recht hatte, doch irgendetwas hielt sie davon ab, mit Andreas über die bevorstehende Reise nach Israel zu sprechen, geschweige denn, Flüge zu buchen. Eigenartigerweise hatte auch ihr Mann darüber noch kein Wort verloren. Waren es ihre Bedenken oder – wie Linda es nannte – Vorurteile? Martina wusste es nicht genau, doch allein bei dem Gedanken daran sträubte sich alles in ihr.

Nachdem Martina am Abend Johanna eine Gutenachtgeschichte vorgelesen und mit ihr gebetet hatte, setzte sie sich an ihren Schreibtisch, schlug ihr Tagebuch auf und nahm den Füller zur Hand.

> 12. April – Heute Nachmittag war ich endlich mal wieder bei Susanne. Das Wetter war so schön, dass wir draußen auf ihrer Terrasse sitzen konnten. Wir haben über Linda gesprochen, und wie üblich hat Susanne kein Blatt vor den Mund genommen. Was sie mir da so unverblümt gesagt hat, macht mir Angst. Was, wenn sie mit ihrer Annahme recht hat, dass Linda nach ihrer Hochzeit eine ganz andere Seite von Achmad und seiner Familie kennenlernt? Und wenn sie tatsächlich ein Kind nach dem anderen bekommen sollte, kann sie vielleicht gar keine Ausbildung machen. Als ich Linda vorhin darauf angesprochen habe, wollte sie nichts davon hören. Sie ist absolut davon überzeugt, dass das alles nur Vorurteile sind. Hoffentlich täuscht sie sich nicht.

Martina blickte auf und sah aus dem Fenster. Die Sonne war beinahe untergegangen und verabschiedete sich mit einem beeindruckenden Farbenspiel am Himmel. *Meiner Meinung nach wird es ihr eher so ergehen wie im Erlkönig von Goethe: Und bist du nicht willig, so brauch ich Gewalt.* Der Gedanke an Susannes Worte ließ Martina erschauern.

Zutiefst beunruhigt legte sie den Füller beiseite und klappte das Tagebuch zu. Dann faltete sie die Hände und betete: „Lieber Vater im Himmel, bitte öffne Lindas Augen für die möglichen Gefahren, in die sie sich vielleicht begibt. Ich habe solche Angst um sie. Hilf, dass sie ihre Meinung noch ändert, bevor sie wieder nach Israel fliegt."

Doch Linda änderte ihre Meinung nicht, im Gegenteil. Sie fand weiterhin keinen Job, vermisste Achmad von Tag zu Tag mehr und sehnte sich nach dem milden Klima Israels. Der warme, sonnige Tag im April war eine Eintagsfliege gewesen. Bereits am nächsten Tag hatte es zu regnen begonnen, und sogar ein paar Schneeflocken hatten sich darunter mischt. Das Flugticket nach Tel Aviv, das Achmad ihr bereits gekauft hatte, war auf den 17. Juli ausgestellt. Für Lindas Empfinden viel zu spät.

„Guten Morgen!" Verschlafen kam Linda in die Küche geschlurft, wo sie sich zu Martina an den Frühstückstisch setzte und ihr Handy neben dem Teller ablegte.

„Guten Morgen." Missbilligend blickte Martina auf das Handy, dann nahm sie die Thermoskanne und goss Kaffee in Lindas Tasse. „Hast du gut geschlafen?" Linda gähnte laut. „Gut schon, aber zu kurz. Ich habe die halbe Nacht mit Achmad geredet."

Sie nahm ein Brötchen aus dem Brotkorb und bestrich es mit Butter. Wie nebenbei sagte sie: „Ich fliege morgen zu ihm zurück."

Martina, die gerade ihre Kaffeetasse zum Mund führen wollte, erstarrte in ihrer Bewegung. Wortlos sah sie einen Augenblick lang in das gleichmütige Gesicht ihrer Tochter, die ihrem Blick standhielt. Martina fühlte sich so überrumpelt, dass es ihr beinahe unwirklich vorkam, was Linda da soeben gesagt hatte. Schockiert und ratlos hörte sie sich sagen: „Das glaube ich aber nicht."

Lindas Augen funkelten sie böse an. „Was soll das heißen: Das glaubst du nicht? Du kannst es mir nicht verbieten, und außerdem habe ich den Flug bereits umgebucht."

„Ja, aber ...", stammelte Martina, „du wolltest doch bis Juli hierbleiben, einen Job suchen und Geld verdienen."

„Na toll, habe ich etwa einen Job? Verdiene ich Geld? Seit Wochen hocke ich hier dumm herum, mir ist langweilig und ich hasse diese Kälte."

„Du würdest sicher bald was finden, manchmal muss man halt etwas Geduld haben. Und wärmer wird es auch demnächst, wir haben ja fast schon Mai."

„Und wenn schon, du hast ja keine Ahnung, wie sehr ich Achmad vermisse."

Die Küchenuhr tickte gleichmäßig im Sekundenrhythmus, während Martina um Fassung rang. „Und was ist mit Johanna? Sie ist so froh, dass du wieder da bist, und denkt doch auch, dass du noch bis Juli bleibst. Sie wird fürchterlich traurig sein."

„Sie gewöhnt sich schon dran, außerdem sieht sie mich ja wieder, wenn ihr zur Hochzeit kommt." In aller Ruhe griff Linda nach dem Glas Erdbeermarmelade, bestrich ihr Brötchen und biss hinein. Martina wurde schlagartig klar, dass sie nichts mehr ausrichten konnte. Nichts, was sie jetzt noch sagen würde, könnte ihre Tochter von ihrem Vorhaben abhalten.

Diese plötzliche Erkenntnis war so schmerzlich, dass in ihrem Inneren Angst, Wut, Trauer und Ratlosigkeit gleichzeitig zu toben begannen. Zitternd setzte sie die Kaffeetasse ab, die sie bis dahin in der Hand gehalten hatte. Sie musste sich bemühen, die Beherrschung nicht zu verlieren, denn sie wusste, dass sie damit alles nur schlimmer machen würde. Linda hatte inzwischen ihr Handy wieder in der Hand und tippte eine Nachricht ein, dann lächelte sie und sagte versöhnlich: „Tut mir leid, Mami, aber ich halte es ohne Achmad einfach nicht mehr aus."

Nach dem Frühstück rief Martina Andreas im Büro an und erzählte ihm aufgewühlt von Lindas Entscheidung. Ihr Mann schien nicht sonderlich überrascht zu sein und blieb gelassen. „Die Zeit ist also gekommen. Ich dachte mir schon, dass sie nicht bis zum Sommer bei uns bleibt."

Seine Ruhe regte Martina noch mehr auf. „Willst du sie denn einfach so gehen lassen? Meinst du nicht, du solltest ihr endlich mal die Leviten lesen?"

„Schatz, das würde überhaupt nichts nützen. Wir können sie nicht daran hindern, so verliebt, wie sie ist. Du kennst doch unsere Tochter! Auch wenn ich genauso überzeugt davon bin wie du, dass sie nicht die klügste Entscheidung trifft, könnte ich sie nicht umstimmen. Ihr irgendwelche Steine in den Weg zu legen, würde sie erst recht von uns wegtreiben, und dann würde sie ihr Ding eben ohne uns durchziehen. Wenn wir sie jetzt nicht ganz verlieren wollen, müssen wir sie gehen lassen."

Den restlichen Tag verbrachte Linda mit Reisevorbereitungen. Dabei war sie so aufgekratzt und gut gelaunt wie schon lange nicht mehr. Sie schrieb mit Achmad, kaufte Geschenke für ihn und seine Familie und sprach über Videocall lange mit Mariana. Weil Achmad arbeiten musste und nicht zum Flughafen kommen konnte, bot Mariana ihr spontan an, sie mit einem Mietauto in Tel Aviv abzuholen und von dort direkt zu Achmad nach Hause zu fahren. Mariana kannte in Jerusalem eine Verleihfirma, die es erlaubte, mit ihren Autos in die palästinensischen Autonomiegebiete zu fahren.

Glücklich und zufrieden packte Linda am Abend die Geschenke und ihre wenigen Habseligkeiten, die sie mitnehmen wollte, in einen Koffer. In Gedanken war sie bereits bei Achmad zu Hause. Voller Vorfreude sah sie auf die Uhr und rechnete. In genau siebzehn Stunden und vierzig Minuten würde ihr Flugzeug in Tel Aviv landen, vorausgesetzt, es war pünktlich. Passkontrolle und Gepäckabholung würden vermutlich etwas mehr Zeit als bei ihrer letzten Einreise nach Israel beanspruchen, da sie dieses Mal wie eine gewöhnliche Touristin gekleidet war. Anschließend noch die Fahrt zu Achmad, die bestenfalls knapp zwei Stunden dauerte. Hoffentlich war er bereits daheim, wenn sie ankam. Linda atmete tief ein und wieder aus, schloss dabei glücklich die Augen. In weniger als 24 Stunden würde sie aller Voraussicht nach in seinen Armen liegen, und keine zehn Pferde würden sie davon abhalten. Bei der Vorstellung machte ihr Herz einen Sprung, und sie konnte es kaum noch erwarten, am nächsten Morgen die Reise anzutreten.

Unruhig wälzte Martina sich im Bett hin und her, während Andreas neben ihr mit regelmäßigen Atemzügen schon lange tief und fest schlief. Schließlich stand sie auf, ging leise aus dem Schlafzimmer und setzte sich an den Schreibtisch in ihrem Arbeitszimmer. Im Schein der Lampe öffnete sie ihr Tagebuch und blätterte in den Seiten, bis sie ihren Eintrag vom 8. April des Vorjahres gefunden hatte, dem Tag, als Linda nach Jerusalem gezogen war. Martina erinnerte sich genau, welche Gedanken ihr dabei durch den Kopf gegangen waren:

Alles Reden hätte nichts genützt, sie von ihrem Vorhaben abzuhalten. Was Linda sich einmal in den Kopf gesetzt hat, zieht sie durch. Jetzt kann ich nur noch für sie beten.

Martina blickte auf den Satz, den sie damals traurig niedergeschrieben hatte: *Sie sagte, dass sie nie wieder heimkommen würde.* Doch dann stutzte sie. Der kleine Fleck, verursacht von einer Träne, die ihr dabei die Wange heruntergerollt war, hatte das Wörtchen „nie" unleserlich gemacht. Zwar hatte sie dies damals gleich gesehen und mit einem Taschentuch abgetupft, doch erst jetzt wurde ihr bewusst, dass diese drei kleinen, unleserlich gewordenen Buchstaben die Bedeutung des Satzes ins Gegenteil verwandelt hatten. Beinahe wie eine Prophezeiung. Unwillkürlich musste Martina schmunzeln. Sie hatte ja keine Ahnung gehabt, wie sich der so veränderte Satz fast auf den Tag genau ein Jahr später bewahrheiten würde. Linda war doch zurückgekommen, aber sie musste erst ihre eigenen Erfahrungen vor Ort in Israel machen, um zu erkennen, dass dies nicht der richtige Weg für sie war. Und morgen machte sie sich wieder auf den Weg, doch dieses Mal, um in die muslimische statt in die jüdische Welt einzutauchen. Martinas Lächeln erstarb. Was, wenn es mit dem Islam für Linda auch so sein würde und sie in einigen Monaten merkte, dass dies doch nicht der richtige Weg für sie war? Und bis dahin war sie verheiratet ...

Mami, niemand will mir etwas vorschreiben. Weder Achmad noch seine Familie erwarten, dass ich irgendwas tue. Auch darüber habe ich mit ihm gesprochen. Er sagt, die Entscheidung, ob ich Muslimin werde, sei eine Sache zwischen mir und Allah.
Linda hatte ihr die Worte mit inbrünstiger Überzeugung an den Kopf geworden.

Martinas Herz krampfte sich zusammen. Zwischen Linda und Allah? Und wenn es die Familie von Achmad dann doch anders sehen sollte? Wie schon so oft kamen ihr Susannes Worte wieder in den Sinn: *Warte mal ab, wenn Linda dann in Palästina verheiratet ist, wendet sich das Blatt ganz schnell.*

Der Gedanke, dass es Linda nach ihrer Hochzeit schlecht gehen könnte, war unerträglich. *Was Susanne dir da erzählt hat, sind alles Vorurteile.* Doch was, wenn nicht? Würde Linda dann auch so einfach wieder nach Hause kommen können? „Dann wäre sie dort ganz allein, und wir könnten ihr nicht helfen." Unbewusst hatte Martina ihren Gedanken laut ausgesprochen. Die Worte hingen in ihrem kleinen Zimmer und legten sich auf ihre Seele, schwer wie Blei. Sie spürte, wie ihr Puls sich beschleunigte. Fürchterliche Angst kroch in ihr hoch und griff wie eine eisige Hand um ihr Herz. Sie schlug eine neue Seite in ihrem Tagebuch auf, nahm ihren Füller und schrieb:

> 25. April – Linda hat uns heute aus heiterem
> Himmel eröffnet, dass sie morgen nach Israel
> zurückfliegt. Sie sagt, sie hält es ohne Achmad

nicht mehr aus. Das kam so unerwartet für mich, dass ich gar nicht wusste, wie ich darauf reagieren sollte. Sie wollte doch bis zum Sommer hierbleiben und Geld verdienen. Ich hatte so gehofft, dass sie sich bis dahin noch umstimmen lässt. Und gebetet habe ich doch auch, aber nichts ist passiert. Und jetzt ist es zu spät – es sei denn, es geschieht ein Wunder.

Martina legte den Füller beiseite und vergrub das Gesicht in ihren Händen. Verzweifelt betete sie: „Allmächtiger Vater im Himmel, wir können Linda nicht mehr aufhalten. Du siehst, was auf sie zukommt und ob es ihr bei Achmad und seiner Familie gut gehen wird." Innerlich schrie sie auf: „Wenn nicht, greif du ein!"

In Hochstimmung umarmte Linda am nächsten Morgen ihre Mutter. „Tschüss, Mami, ich melde mich heute Abend, wenn ich bei Achmad bin." Sie blickte auf ihr Handy. „Also in spätestens neun Stunden."

„Okay. Pass auf dich auf." Mehr brachte Martina nicht heraus, ihre Kehle war wie zugeschnürt. Linda beugte sich zu ihrer kleinen Schwester hinunter. „Tschüss, Johanna! Sei schön fleißig in der Schule!" Johanna klammerte sich an sie und schluchzte. „Du sollst nicht wieder weggehen!" Linda drückte Johanna einen Kuss auf die Wange. „Du kommst mich doch bald mit Mami und Papa besuchen! Dann feiern wir die schönste Hochzeit überhaupt! Achmad wird dir auch ein richtiges Prinzessinnenkleid kaufen!" Johannas Augen leuchteten auf, und ihre weinerlich nach unten gezogenen Mundwinkel verwandelten sich in Sekundenschnelle zu einem strahlenden Lächeln. „Au ja, es soll hellblau sein und ganz doll glitzern, mit einem weiten Rock, und Puffärmel soll es auch haben." Linda versicherte ihr lachend, dass sie genau so ein Kleid bekommen würde, woraufhin ihre kleine Schwester vor Freude juchzte und ihren Abschiedsschmerz völlig vergaß.

Andreas nahm Lindas Gepäck und verstaute es im Auto, er würde Linda auf dem Weg zur Arbeit an der Bushaltestelle absetzen. Bevor Linda einstieg, drehte sie sich noch einmal um und rief Martina ausgelassen zu: „Und vergesst nicht, Flüge zu buchen!"

Gespannt blickte Linda zum Fenster hinaus, sah jedoch nichts als graue Wolken unter sich. Das Flugzeug befand sich bereits im Sinkflug. In dem Moment ertönte über ihr ein Gong und das Zeichen zum Anschnallen leuchtete auf. Gleich darauf meldete sich der Pilot. „Sehr geehrte Fluggäste, bitte begeben Sie sich auf Ihre Sitze zurück und schnallen Sie sich an. Wir erwarten leichte Turbulenzen, bevor wir mit dem Landeanflug auf Ben Gurion International Airport beginnen."

Linda schnallte sich an und sah auf die Uhr. Noch eine halbe Stunde bis zur Ankunft. Ihr Herz pochte wild vor freudiger Aufregung. Das Wiedersehen mit Achmad rückte immer mehr in greifbare Nähe. In ein paar Stunden würde sie endlich wieder vor ihm stehen. So oft hatte sie sich diesen Moment in den letzten Wochen ausgemalt, dass sie sogar davon geträumt hatte. Selig lächelnd holte sie ihren kleinen Kosmetikspiegel und dunkelroten Lippenstift aus der Handtasche. Mit schwungvollen Zügen bemalte sie gerade ihre Lippen, als plötzlich das Flugzeug ruckte und mit einem Mal absackte. Einige Passagiere schrien auf, Gegenstände flogen durch die Kabine, doch zum Glück waren die Turbulenzen gleich darauf auch schon wieder vorbei, und das Flugzeug flog ruhig weiter. Linda betrachtete ihr Gesicht im Spiegel und hätte beinahe laut aufgelacht. Ein dunkelroter Strich zog sich von der Oberlippe die rechte Backe hinauf bis zur Schläfe. Sie musste mit dem Lippenstift abgerutscht sein, als das Flugzeug in das Luftloch gefallen war, was sie in der Schrecksekunde gar nicht bemerkt hatte. Doch was tun? Sie hatte nichts dabei, womit sie sich abwischen konnte, und zur Toilette konnte sie jetzt auch nicht gehen. Das Anschnallzeichen leuchtete nach wie vor auf. Kurzerhand drückte sie die Ruftaste über ihrem Sitz, und als die Stewardess kam, erklärte sie ihr, was passiert war. Die Stewardess lachte und bat Linda, kurz zu warten. Gleich darauf kam sie mit einem warmen Waschlappen und einem Schüsselchen Olivenöl zurück, reichte ihr beides und meinte freundlich, dass Linda nicht die Erste sei, der so etwas passierte.

Linda hatte gerade ihr Gesicht gereinigt, da ertönte erneut die Stimme des Piloten. „Sehr geehrte Fluggäste, wir beginnen nun den Landeanflug auf Ben Gurion International Airport und werden planmäßig um 17 Uhr Ortszeit ankommen. Leichter Nieselschauer erwartet Sie heute Abend bei etwas kühlen 16 Grad Celsius. Bitte denken Sie daran, Ihre Uhr eine Stunde vorzustellen! Wir wünschen Ihnen einen angenehmen Aufenthalt und hoffen, Sie bald wieder bei uns an Bord begrüßen zu dürfen."

Kaum hatte Linda sich in eine der Warteschlangen vor den Einreiseschaltern für Ausländer eingereiht, rief sie Achmad an. „Hallo, ich bin gut gelandet, muss nur noch durch die Passkontrolle und danach meinen Koffer abholen. Das kann allerdings ein bisschen dauern, heute sind hier echt viele Leute. Mariana hat mir gerade geschrieben, sie wartet schon in der Empfangshalle auf mich. Ich kann dir gar nicht sagen, wie ich mich auf dich freue!"

Achmad, der gerade im Bus saß und auf der Heimfahrt war, lachte ins Handy. „Super! Ich freue mich auch! Meine Eltern waren zwar ganz schön überrascht, dass du schon so schnell wiederkommst, doch sie freuen sich auch total. Meine Mutter hat mich vorhin angerufen; sie steht schon seit Stunden in der Küche und bereitet ein wahres Festmahl zu deinem Empfang vor. Mariana ist selbstverständlich auch eingeladen!" Er schwieg kurz, dann fragte er: „Sag mal, du hast aber kein Kopftuch auf, oder?"

„Aber nein, natürlich nicht. Ich mache einen auf Tourist, habe Jeans an und bin auch ansonsten ganz gewöhnlich gekleidet."

„Dann ist ja gut. Sprich an der Passkontrolle auch kein Hebräisch, sonst stellen sie dir womöglich zu viele Fragen."

„Du machst dir zu viele Sorgen, aber okay, ich spreche Englisch. Dann bis nachher, ich liebe dich!"

Langsam, aber sicher bewegte sich die Warteschlange nach vorne, einer nach dem anderen erhielt die Einreisegenehmigung in Form des kleinen blau-weißen Zettels, und schneller als erwartet stand auch Linda eine halbe Stunde später bereits vor dem Einreiseschalter. Lächelnd schob sie ihren Pass unter der Scheibe durch. „Good evening!" Die Beamtin, selbst nicht viel älter als Linda, nahm den Pass entgegen und sah sie freundlich über ihren Brillenrand an. „Good evening!" Während sie den Pass durchblätterte, fragte sie: „Warum reisen Sie nach Israel?"

„Ich besuche Freundinnen." Irgendwann würde sie ihre Freundinnen aus der Midrascha ja wirklich besuchen.

„Wo sind Ihre Freundinnen?"

„In Jerusalem."

Die junge Beamtin nickte, blickte vom Pass in den Computer und vom Computer in den Pass, ohne weitere Fragen zu stellen. Linda frohlockte, gleich wurde sicher ihre Eintrittskarte nach Israel ausgedruckt. Doch sie täuschte sich. Die Kontrolleurin starrte eine Zeit lang angestrengt auf den Bildschirm ihres Computers, dann winkte sie eine Kollegin zu sich. Linda wurde stutzig. Nicht ahnend, dass Linda jedes Wort verstand, zeigte die junge Beamtin auf den Bildschirm und sagte trocken zu ihrer Kollegin: „Die ist gefährlich."

Linda wurde heiß und kalt. Was hatte das zu bedeuten? Mit klopfendem Herzen hörte sie mit an, wie die Beamtinnen sich beratschlagten, was zu tun sei. Schließlich sagte die jüngere der beiden mit Blick auf Linda: „Lass sie doch rein." Ihre Kollegin aber schüttelte energisch den Kopf. „Auf gar keinen Fall. Sie könnte zu einer Bedrohung für unser Land werden." Sie forderte Linda auf, zur Seite zu treten und zu warten, dann griff sie zum Telefon. Panisch holte Linda ihr Handy aus der Tasche und rief Mariana an. „Die lassen mich nicht einreisen, ich hab keine Ahnung, warum."

„Um Himmels willen, und jetzt?"

„Ich weiß nicht, was hier gerade passiert." Mariana hörte die Panik in Lindas Stimme. „Beruhige dich, bestimmt handelt es sich nur um ein Missverständnis. Du wirst vermutlich gleich befragt, und alles wird sich klären. Vielleicht verwechseln die dich mit jemandem. Melde dich wieder, sobald du was Neues weißt. Ich warte hier natürlich solange auf dich."

Linda hatte kaum aufgelegt, als ein weiterer Beamter kam und sie auf Englisch bat, mit ihm zu kommen. Während sie ihm folgte, rasten ihre Gedanken wild durcheinander. Warum wurde sie für gefährlich gehalten? Was hatte sie getan, um als Bedrohung für Israel zu gelten? Oder hatte Mariana recht und alles war nur ein schreckliches Missverständnis? Nachdem der Mann sie an unzähligen Touristen und Geschäftsreisenden vorbeigelotst hatte, waren sie an einer Tür angelangt. Er öffnete und ließ Linda eintreten. Neben der Tür stand eine Soldatin mit Maschinengewehr an der Wand, und außer einem Schreibtisch und ein paar Stühlen befand sich nichts weiter in dem kleinen Raum. Der Beamte forderte Linda auf, Platz zu nehmen, setzte sich ihr gegenüber auf die andere Seite des Schreibtisches und blickte in seinen Computer. Kalter Schweiß bildete sich auf Lindas Händen. Angespannt wartete sie darauf, was er sagen würde, und meinte, die Blicke der bewaffneten Soldatin auf ihrem Rücken zu spüren. Endlich hob er den Kopf und sagte auf Hebräisch: „Da Sie fließend Hebräisch sprechen, brauchen wir uns nicht auf Englisch zu unterhalten." Linda schluckte. Wieso wusste er das?

„Haben Sie vor, demnächst zu heiraten?" Worauf wollte er hinaus?

Ehrlich antwortete sie: „Ja."

„Wie haben Sie Achmad kennengelernt?" Sie zuckte zusammen. Woher wusste der Beamte, dass sie Achmad kannte? Und wieso war ihm sein Name bekannt?

Lindas Mund wurde so trocken, dass ihr beinahe die Zunge am Gaumen kleben blieb, als sie antwortete. „Bei einem Ausflug mit einer Freundin nach Ramallah."

Der Beamte nickte und tippte ihre Aussage in den Computer ein. Dann las er vor, was er den Informationen auf seinem

Bildschirm sonst noch entnehmen konnte: die Namen von Achmads Dorf, seinen Eltern und Schwestern, wo Achmad arbeitete, wie sein Arbeitgeber hieß und sogar die Nummer seines Ausweises. Seine Worte hagelten auf Linda ein wie Peitschenhiebe. Dabei kam sie sich vor wie in einem schlechten Traum. Dann ging der Mann dazu über, ihr Details aus ihrem eigenen Leben vorzulesen. Als er sie darauf ansprach, dass sie auf der Midrascha gewesen war, um zum Judentum zu konvertieren, überrollte sie ein unbeschreibliches Gefühl, gemischt aus Verzweiflung, Fassungslosigkeit und Ausgeliefertsein, und sie fragte sich, welche Informationen über sie und Achmad noch im Computersystem gespeichert waren.

Nachdem der Beamte mit seinem Bericht fertig war, herrschte einen Augenblick lang eine für Linda beklemmende Stille im Raum. Was würde nun kommen?

Schließlich sah der Beamte sie über seinen Bildschirm hinweg an und fragte: „Warum wollen Sie einen Muslim heiraten?"

In Lindas Kopf begann es schmerzhaft zu pochen, und wie aus der Ferne hörte sie sich sagen: „Weil ich ihn liebe."

Ohne darauf einzugehen, informierte er in nüchternem Ton, dass ausländische Ehefrauen von Palästinensern keine Aufenthaltsgenehmigung von den israelischen Behörden erhielten und deswegen die Gefahr bestünde, dass Linda illegal im Land bleiben würde. Linda stammelte: „Das würde ich aber nie tun." Der Beamte sah sie an, in seinen Augen spiegelte sich beinahe so etwas wie Verständnis. Seine Stimme klang freundlich, als er lächelnd sagte: „Das glaube ich Ihnen ja gern, aber haben Sie sich schon einmal Gedanken über die Alternative gemacht?" Linda schluckte, dann schüttelte sie den Kopf.

„Sie müssten alle drei Monate aus- und wieder einreisen. Und weil das auf Dauer keine praktische Lösung ist, bleiben viele ausländische Frauen von muslimischen Palästinensern einfach illegal im Land."

Sein Lächeln verschwand. „Hinzu kommt, dass Sie durch Ihren zehnmonatigen Aufenthalt und dem Studium an der Midrascha beträchtliches Wissen über unser Land erworben haben. Dieses Wissen könnte dafür verwendet werden, dem jüdischen Volk zu schaden."

Lindas Augen weiteten sich vor Entsetzen, und sie sagte mit matter Stimme: „Die Juden waren immer sehr freundlich zu mir, wieso sollte ich ihnen etwas antun wollen? Ich liebe Israel."

Der Beamte nahm seine Brille ab, hielt sie kurz ans Licht, dann wischte er mit seinem Ärmel über die Gläser. „Sie wahrscheinlich nicht, aber vielleicht Ihr Verlobter oder seine Familie."

In dem Moment wusste Linda, dass sie keine Chance hatte. Nichts, was sie sagen würde, könnte den Beamten umstimmen. Entsetzt erkannte sie, dass sie sich völlig blauäugig verdächtig gemacht hatte. Sie hatte eine 180-Grad-Wende hingelegt, war von Jerusalem auf die andere Seite der Mauer gewechselt – weg vom Judentum und hin zum Islam.

Ein Gedanke durchzuckte wie ein Blitz ihren Kopf, sodass sie unweigerlich zusammenzuckte. War es möglich, dass sie etwa auch noch der Spionage beschuldigt würde? Siedend heiß fiel ihr wieder ein, was Mariana neulich gesagt hatte: Aysha habe Angst, die Dorfbewohner könnten denken, Linda sei eine Spionin. So absurd war ihr der Gedanke vorgekommen, dass sie darüber gelacht hatte, und nie im Leben wäre ihr in den Sinn gekommen, dass sich Marianas Mutmaßung womöglich auf ganz andere Weise bewahrheiten könnte, auch wenn der Beamte bislang kein Wort darüber verloren hatte. Ihr Magen krampfte sich schmerzhaft zusammen, und ihr Kopf fühlte sich an, als würde er zerspringen, als sie das Ausmaß ihres Handelns zu realisieren begann.

Die Worte des Beamten rissen sie aus ihren Gedanken: „Sie werden noch heute Nacht aus unserem Land ausgewiesen."

Im Anschluss an die Befragung wurde Linda von einer Sicherheitsbeamtin in einen anderen Raum gebracht. Wie in einem Wartezimmer saßen dort bereits mehrere Leute. Einige dösten vor sich hin, andere starrten stumpfen Blickes auf den Boden oder aufs Handy. Die Luft war stickig, und es roch nach Schweiß. Lindas Kopfschmerzen steigerten sich ins Unerträgliche, ihr Mund war wie ausgetrocknet. Da sie in ihrem Handgepäck nichts zu trinken dabeihatte, bat sie eine Beamtin um ein Glas Wasser, das diese ihr bereitwillig brachte. Dann holte sie zwei Schmerztabletten aus ihrem Rucksack, spülte sie mit einem kräftigen Schluck Wasser hinunter und leerte anschließend das Glas in wenigen Zügen. Sie schloss eine Weile die Augen, bevor sie Achmad anrief. Während sie darauf wartete, dass er sich meldete, zitterte sie so sehr, dass sie das Handy mit beiden Händen festhalten musste. Kaum hörte sie seine Stimme, schluchzte sie laut auf. „Ich werde abgeschoben."

Am anderen Ende der Leitung herrschte sekundenlange Stille. Achmads Stimme klang rau, als er fragte: „Was ist passiert?" Stockend, immer wieder von Weinkrämpfen unterbrochen, erzählte sie ihm alles von der Passkontrolle bis zur Befragung. „Ich verstehe das einfach nicht. Hätte ich schon konvertiert und die israelische Staatsbürgerschaft angenommen, könnte ich das ja noch nachvollziehen, aber ich habe die Schule doch extra vorher abgebrochen, um nicht in den Verdacht einer Scheinkonvertierung zu geraten. Und woher wissen die überhaupt alles über uns?" In Tränen aufgelöst schlug Linda die Hände vors Gesicht.

Nur noch wenige Kilometer trennten sie von Achmad, und dennoch war er plötzlich unerreichbar fern. Verstörung und Wut schwangen in seiner Stimme, als er versuchte, sie zu beruhigen. Vielleicht dürfte sie ja schon bald wieder einreisen, sie war schließlich keine Verbrecherin. Leise Hoffnung keimte in ihr auf, und sie versprach ihm, sofort Bescheid zu geben, sobald sie etwas Neues erfuhr.

Kaum hatte sie aufgelegt, fiel ihr ein, dass Mariana ja in der Empfangshalle noch auf sie wartete, und rief sie an. Total geknickt von den unerwarteten Nachrichten sagte Mariana: „Es tut mir so leid, aber vielleicht hat Achmad recht, und du darfst schon bald wieder einreisen."

„Und wenn nicht?" Linda schrie ihre Frage beinahe in den Raum, sodass einige der Anwesenden sie verwundert ansahen, doch sie kümmerte sich nicht darum. Marianas Antwort war pragmatisch. „Dann muss Achmad eben zu dir kommen."

Linda wusste nicht, wie lange sie gewartet hatte, bis auch sie an die Reihe kam, durchsucht zu werden. In einer Kabine tastete eine Sicherheitsbeamtin sie von oben bis unten ab, dann wurde ihr Koffer hereingebracht. Zwei Beamte leerten den gesamten Inhalt aus, durchsuchten jedes einzelne Teil und tasteten die verpackten Geschenke für Achmad und seine Familie mit einem Metalldetektor ab. Nachdem sie alles wieder eingepackt hatten, informierte einer der Beamten Linda, dass sie später zum Flugzeug gebracht und über die Türkei nach Deutschland zurückfliegen würde. Mit einem Anflug von Hoffnung erkundigte sich Linda danach, wann sie wieder nach Israel einreisen dürfe. Die knappe Antwort war zwar höflich, aber so niederschmetternd, dass sich ihre Augen vor Entsetzen weiteten: „Sie haben eine Einreisesperre von zehn Jahren."

Martina sah auf die Uhr: kurz vor fünf. Am frühen Nachmittag war nach vielen Regentagen endlich die Sonne herausgekommen und tauchte Garten und Haus in freundliches Licht. Sie hingegen fühlte sich, als habe sich eine dunkle Wolke auf ihr Gemüt gelegt.

Drinnen war alles still, Johanna war bei ihrer Freundin zum Spielen, Andreas würde sie nachher auf dem Weg von der Arbeit mit nach Hause bringen. Zeit genug, um Lindas Bett abzuziehen, bevor das Abendessen gerichtet werden musste. Schweren Herzens ging sie in Lindas Zimmer, das sie den ganzen Tag noch nicht betreten hatte. Der Rollladen war halb geschlossen. Als sie ihn hochzog, fiel ihr Blick auf das Fensterbrett. Neben einigen

Schminkutensilien lagen dort fünf Bücher aufeinandergestapelt. Martina besah sie sich näher, drei trugen hebräische Titel, die sie nicht lesen konnte, die anderen beiden hatten sowohl hebräische als auch englische Namen. Achselzuckend legte sie die Bücher zurück, sie würde Linda fragen, ob sie diese noch behalten wollte.

Auf einmal erhob sich draußen lautes Gezeter, eine Amsel saß auf der Birke im Garten und schimpfte über die Katze des Nachbarn, die in aller Ruhe auf der Terrasse lag und sich sonnte. Martina wandte sich vom Fenster ab und ging zum Bett, wo Linda am Morgen Decke und Kopfkissen zerknüllt zurückgelassen hatte. In Gedanken versunken knöpfte Martina die Bezüge auf, zog sie ab und warf sie auf den Fußboden. Inzwischen war Linda vermutlich schon fast bei Achmad zu Hause angekommen und meldete sich bald. Martina hatte gerade das Spannbettlaken von der Matratze abgezogen, als sie von Weitem die Töne des Flötenkonzerts hörte. Sie rannte in die Küche und erkannte die Vorwahlnummer von Israel auf ihrem Handy, doch Lindas Nummer war es nicht. Sofort stieg Unruhe in ihr auf. Mit klopfendem Herzen nahm sie den Anruf an und nannte ihren Namen. Am anderen Ende der Leitung meldete sich eine fremde, weibliche Stimme in gebrochenem Englisch:

„Hallo, hier spricht Mariana, ich bin eine Freundin von Linda, sie hat mich gebeten, bei Ihnen anzurufen." Nun klopfte Martina das Herz bis zum Hals. Warum rief Linda nicht selbst an? In Bruchteilen von Sekunden jagte ein Gedanke den anderen. *Es muss etwas passiert sein. Ist das Flugzeug abgestürzt und Linda ist tot? Oder ist sie auf dem Weg zu Achmad verunglückt und liegt im Krankenhaus? Bitte nicht, lieber Gott!*

Mariana kam ohne Umschweife auf den Punkt. „Linda kommt morgen wieder heim."

„Was?" Martina erfasste die Bedeutung der Worte nicht gleich. „Linda kommt morgen wieder heim?"

„Ja, sie darf nicht mehr nach Israel einreisen. Jetzt ist sie noch in Tel Aviv am Flughafen, aber sie muss heute Nacht nach

Deutschland zurückfliegen." Martina war von der unerwarteten Nachricht so überrumpelt, dass sie einen Augenblick lang sprachlos war. Linda durfte Israel nicht betreten? Was hatte das zu bedeuten? Da Martina nicht gleich antwortete, fügte Mariana hinzu: „Das Einreiseverbot gilt für die nächsten zehn Jahre."

Ihre Stimme brach und auch sie verstummte, offensichtlich um Fassung ringend. Die nun eintretende Stille an beiden Enden der Leitung fühlte sich auf sonderbare Weise einvernehmlich an und unterstrich die Fassungslosigkeit beider Frauen über die so unerwartet eingetretene Wende für Linda.

Schließlich räusperte Mariana sich und meinte, alles andere würde Linda ihr dann persönlich berichten. Martina bedankte sich für den Anruf, und die beiden verabschiedeten sich. Verdattert blickte sie zum Küchenfenster hinaus, ohne wirklich etwas zu sehen. Linda kam morgen wieder heim!

Plötzlich geschah etwas Seltsames. Auf einmal war Martina, als ob eine schwere Last von ihr abfiel. Gleich darauf durchflutete unendliche Erleichterung ihren Körper, und im nächsten Moment wusste sie: Gott hatte ihr verzweifeltes Gebet erhört und mächtig eingegriffen. Von Freude und Dankbarkeit überwältigt jubelte sie: „Halleluja!"

Auf dem Weg in ihr Arbeitszimmer warf Martina einen Blick durch die angelehnte Tür in Johannas Zimmer. Im Schein der kleinen Nachtlampe betrachtete sie das friedliche Gesicht ihrer schlafenden Tochter, dann fiel ihr Blick auf das Buch mit Vorlesegeschichten auf dem Nachttisch. Sie lächelte ein wenig wehmütig. Eigentlich war es noch gar nicht so lange her, als Linda klein gewesen war. Jeden Abend hatte auch sie ihr eine Gutenachtgeschichte vorgelesen und zum Einschlafen Lindas Lieblingslied „Der Mond ist aufgegangen" vorgesungen. Wie schnell doch die Zeit verging ...

In ihrem kleinen Büro angekommen, knipste sie die Schreibtischlampe an, setzte sich hin und schlug eine neue Seite in ihrem

Tagebuch auf. Gedankenverloren blickte sie lange Zeit auf das noch unbeschriebene Blatt vor ihr, dabei kam ihr auf einmal das alte Kinderspiel „Die Reise nach Jerusalem" in den Sinn. Zu jeder Geburtstagsfeier von Linda hatte es ebenso dazugehört wie die mit Kerzen bestückte Schokoladentorte. Flink und wendig, wie sie war, hatte Linda es oft bis zur letzten Runde geschafft, und meistens dann auch noch den letzten Stuhl ergattert. Doch jetzt war für Linda auf einmal kein Stuhl mehr frei. Dieser plötzliche Gedanke erschreckte und erleichterte Martina zugleich. Sie nahm den Füller zur Hand und notierte:

> 28. April – Linda ist am Boden zerstört. Seit ich sie vorgestern vom Flughafen abgeholt habe, sitzt sie fast den ganzen Tag in ihrem Zimmer und hängt am Handy mit Achmad. Sie tut mir wirklich leid. Die Ausweisung aus Israel und dass sie so völlig unerwartet nicht zu Achmad konnte und dann noch der Rückflug nach Deutschland ... – das muss alles schrecklich für sie gewesen sein. Bis wir schließlich zu Hause waren, hatte sie über 30 Stunden lang nicht geschlafen und so gut wie nichts gegessen.

Martina blickte vom Tagebuch auf. Nieselregen prasselte sanft aufs Dachfenster. In Gedanken ließ sie die Ereignisse der letzten Tage noch einmal Revue passieren, bevor sie weiterschrieb:

> Ob Linda wohl eines Tages erkennen kann, dass dieser für sie so schmerzliche Einschnitt in ihrem Leben zu ihrem Besten war? Ich weiß es nicht. Aber eins weiß ich: Andreas und ich haben gebetet, dass Linda vor einem großen Fehler bewahrt wird. Wenn man betet, dann muss man auch glauben, dass Gott handelt. Und das hat er meiner Ansicht nach sehr eindrücklich getan. Auch wenn Linda dies im

Moment weder hören noch glauben will: Gott meint es gut mit ihr. Und so will ich nun auch alles Weitere in seine Hand legen. Mal sehen, wie das noch weitergeht.

Martina pustete sachte auf die frisch beschriebene Tagebuchseite, dann schraubte sie nachdenklich den Deckel auf den Füller. Eine Windbö rüttelte am Rollladen. Nun setzte Linda ihre ganze Hoffnung darauf, dass Achmad so schnell wie möglich nach Deutschland kommen würde. Martina seufzte, denn auch diese Vorstellung bereitete ihrem Mutterherzen Unbehagen.

Drei Wochen waren seit Lindas unfreiwilliger Rückkehr vergangen. Wie jeden Abend hatte sie auch heute per Videoanruf mit Achmad gesprochen, doch im Gegensatz zu sonst hatte er zu ihrer Verwunderung das Gespräch schon bald wieder beendet. Aufgewühlt tippte Linda eine WhatsApp-Nachricht an Mariana:

> Hast du kurz Zeit? Können wir reden?

Den Rücken an die Wand gelehnt, saß sie auf ihrem Bett und hoffte inständig auf schnelle Antwort. Tatsächlich musste sie nicht lange warten. Kaum waren die beiden Häkchen am Ende ihrer abgeschickten Nachricht blau geworden, rief Mariana per Videocall an und fragte: „Hallo Linda, alles klar bei dir?"

Linda blickte auf den Bildschirm in das leicht besorgte Gesicht ihrer Freundin. „Ich weiß nicht. Achmad war heute irgendwie gar nicht gut drauf. Als ich ihn gefragt habe, was los sei, hat er sich richtig genervt angehört, meinte aber, alles sei gut, er sei nur müde."

„Er muss halt viel arbeiten, ist doch klar, dass er müde ist."

„Ja, aber ich habe das Gefühl, dass da noch was ist. Er kam mir die letzten Tage schon anders vor, irgendwie bedrückt oder fast schon abweisend. Aber jedes Mal, wenn ich ihn darauf angesprochen habe, sagte er, das würde ich mir nur einbilden. Du warst doch letzten Freitag bei ihm zu Besuch, ist dir da was aufgefallen oder hat er dir was erzählt?"

Mariana räusperte sich. „Na ja, er hat gesagt, dass im Dorf alle Leute über ihn reden, seit sich herumgesprochen hat, dass er nach Deutschland ziehen will. Anscheinend stört ihn das aber nicht weiter, er hat sogar darüber gelacht."

„Das hat er mir auch erzählt, und ebenfalls mit einem Lachen. Somit kann es ja nicht am Gerede der Leute liegen, dass er so frustriert ist."

Mariana setzte sich auf ihr Sofa und lehnte das Handy an einen Stapel Bücher auf dem Couchtisch. Linda sah ihr dabei zu, wie sie sich einige Erdnüsse in den Mund steckte. Nachdem sie diese gekaut und runtergeschluckt hatte, meinte sie schließlich: „Okay, du hast recht. Gesagt hat Achmad es mir zwar nicht, aber ich hab mitbekommen, dass er von allen Seiten großen Druck bekommt. Er hat in der Küche mit seiner Mutter darüber gesprochen. Ich habe es zufällig im Vorbeigehen gehört, als ich nach oben auf die Dachterrasse gehen wollte. Du weißt ja, dass er sich oft auf Spanisch mit ihr unterhält. Na ja, dann war ich halt neugierig und habe an der Tür gelauscht. Er erzählte seiner Mutter gerade, dass eine alte Frau im Dorf zu ihm gesagt habe, er solle sich schämen, seine Eltern wegen eines Mädchens zu verlassen."

„Ach du meine Güte, das ist ja übel."

„Ja, aber das ist noch längst nicht alles. Er erzählte weiter, dass ein Freund von ihm so wütend auf ihn sei, dass er nicht mehr mit ihm spreche, und ..." Mariana schien es sich plötzlich anders überlegt zu haben, denn sie brach mitten im Satz ab.

„Und was?" Linda wurde ungeduldig. „Sag's mir doch bitte einfach."

Mariana blickte unschlüssig drein. Sie beugte sich erneut nach vorne und erschien mit einem Glas Wasser in der Hand wieder auf dem Bildschirm. Sie trank einen Schluck, dann sagte sie: „Also gut. Dann hat er erzählt, dass eine seiner Tanten ihm jeden Tag bitterböse Nachrichten per SMS schicke, sie sei enttäuscht von ihm, er würde die Ehre seiner ganzen Familie beschmutzen, vor allem aber die seiner Eltern. Wenn er sie verließe, würde er seine Mutter krank machen, aber er würde ja sowieso nur an sich denken. Außerdem sei es eine Riesenschande, als einziger Sohn seine Eltern zu verlassen, ein guter Sohn würde so etwas nicht tun und so weiter …" Mariana räusperte sich erneut. „Und an dem Tag hatte seine Tante anscheinend gerade geschrieben, dass ihn alle in der Familie schnell vergessen würden, wenn er dann fort sei, woran ganz allein nur er schuld sei. Und wenn es ihm dann leidtäte, sei es zu spät."

Mit wachsendem Entsetzen hatte Linda zugehört, und betretenes Schweigen auf beiden Seiten folgte. Nach einer Weile fügte Mariana leise hinzu: „Tut mir leid, Linda, eigentlich wollte ich dir das alles gar nicht sagen. Aber vielleicht ist es besser, du weißt Bescheid."

Linda traute sich kaum zu fragen. Sie fürchtete sich vor der Antwort, die sie dennoch wissen musste. „Was hat denn Aysha zu allem gesagt, hast du das auch gehört?" Als Mariana nicht gleich antwortete, schob Linda hinterher: „Sie hat Achmad doch hoffentlich dazu ermutigt, nicht auf das dumme Gerede zu hören, sondern das zu tun, was ihn glücklich macht?"

Ihren Blick fest auf Mariana geheftet, hoffte sie inständig, dies von ihr bestätigt zu bekommen. Ihre Freundin zögerte. „Na ja, zuerst hat sie ihm tatsächlich gesagt, sie wolle seinem Glück nicht im Weg stehen und dass sie und sein Vater ihn niemals vergessen würden, aber dann …" Mariana rieb sich die Nase und wich Lindas Blick aus.

„Aber dann was?" Der Ton in Lindas Stimme war scharf. Mariana holte tief Luft.

„Dann hat Aysha laut zu heulen angefangen und meinte schluchzend, wenn er jedoch wirklich ginge, würde sie einen Nervenzusammenbruch kriegen und mit Sicherheit ins Krankenhaus müssen."

„Das ist ja megaschlimm." Lindas Magen krampfte sich schmerzhaft zusammen. Fast gleichzeitig begann es, in ihrem Kopf heftig zu pochen, während sie versuchte, ihre Gedanken zu sortieren. „Ich verstehe nicht, warum Achmad mir kein Wort davon erzählt hat! Das geht uns doch beide was an, und es wäre so wichtig, dass wir das gemeinsam durchstehen. Ich will doch alles tun, um ihm zu helfen."

Mariana griff erneut zum Tisch, dann war zu sehen, wie sie mit dem Fingernagel die Schale einer Orange aufschlitzte. „Das würde er aber niemals tun, das müsstest du eigentlich inzwischen wissen. Er würde nichts sagen, was ein schlechtes Licht auf seine Familie werfen könnte. Nach außen hin gibt es nur die heile Welt."

Linda begann zu begreifen, dass Achmad sich in einem für sie unvorstellbaren Dilemma befinden musste. „Wenn er von niemandem Unterstützung bekommt, aber mir nichts davon erzählt, muss er das ja alles ganz allein mit sich ausmachen. Was macht das nur mit ihm?"

Mariana zuckte die Schultern. „Keine Ahnung, aber gut geht es ihm vermutlich nicht dabei. Mir hat er ja auch nichts gesagt. Als er dann später zu mir auf die Dachterrasse kam, hat er gelächelt, als ob nichts gewesen wäre. Das war schon krass, ich wusste ja genau, dass er innerlich total aufgebracht sein musste. Also ich könnte mich nicht so schnell wieder einkriegen." Mariana hielt im Schälen inne und blickte nachdenklich ins Leere, dann sagte sie: „Es war fast ein bisschen unheimlich, so als habe er eine Maske oder ein zweites Gesicht aufgesetzt." Sie schälte die Orange fertig, brach sie in zwei Hälften, riss einen Schnitz ab und steckte ihn sich in den Mund. Linda fragte: „Was hat er denn gesagt?" Mariana wischte sich mit dem Handrücken über den Mund. „Er hat mich gefragt, was ich davon halten würde, wenn er für seine

Mutter einen großen Topf mit einer Palme auf die Dachterrasse stellen würde. Gerade, als ich antworten wollte, dass ich das schön fände, hat sein Handy geklingelt, und sein Großvater war dran."

„Woher hast du gewusst, dass es sein Großvater war? Mit dem spricht er doch Arabisch."

„Weil er ihn mit sidi begrüßt hat, das arabische Wort für Großvater. Von seinem sidi hat er mir schon damals in Argentinien erzählt, von daher kenne ich das Wort schon lange. Sein Großvater schien ziemlich aufgebracht. Er hat so laut gesprochen, dass ich jedes Wort verstanden hätte, wenn ich Arabisch könnte. Achmad hat dann anscheinend ganz vergessen, dass ich danebenstand. Er wurde auch laut, und eine Weile haben die beiden sich fast angeschrien, bis Achmad wohl eingelenkt hat. Zum Schluss sagte er: ‚Tamam – okay.' Anschließend hat er sich bei mir für das heftige Wortgefecht entschuldigt und meinte, sein Großvater sei halt etwas besorgt, weil er seine Eltern verlassen wolle."

„Etwas besorgt? Deswegen hätten sie aber kaum so aufgeregt miteinander gesprochen. Hat Achmad sonst nichts erzählt?"

„Er hat nur noch gesagt, das Wort seines Großvaters sei in seiner Familie so gut wie heilig, und er wolle wirklich nicht auch noch seinen Zorn erregen." Mariana zuckte mit den Schultern. „Keine Ahnung, was er damit meinte. Ich hatte den Eindruck, dass es ihm gleich darauf schon leidgetan hat, dass er das überhaupt zu mir gesagt hat. Er hat nämlich sofort das Thema gewechselt und mir auf seinem Handy Fotos von seinen Nichten und Neffen gezeigt."

Auch Mariana wechselte nun das Thema, und sie redeten noch eine Weile über andere Dinge, auf die Linda sich jedoch nur noch mit Mühe konzentrieren konnte. Ausnahmsweise war sie froh darüber, dass es in Israel eine Stunde später war und Mariana sich bald darauf verabschiedete, um schlafen zu gehen. Das Display auf ihrem Handy zeigte an, dass es kurz nach 23 Uhr war.

Steif geworden vom langen Sitzen stand Linda auf, öffnete das Fenster und atmete tief ein. Die Luft war überraschend mild, und der Duft von Maiglöckchen stieg ihr in die Nase. Am klaren Nachthimmel funkelten unzählige Sterne, irgendwo rief mit langgezogenem Heulen ein Käuzchen. Ein Maikäfer, angelockt vom Licht in ihrem Zimmer, flog brummend vor ihr Gesicht. Sie zuckte erschrocken zusammen und machte das Fenster schnell wieder zu. Nachdem sie noch den Rollladen heruntergelassen hatte, ging sie in die Küche, goss sich ein Glas Limonade ein und trank es in einem Zug leer. Im Haus war es dunkel, und außer dem gleichmäßigen Ticken der altmodischen Großvateruhr im Wohnzimmer war alles still. Johanna schlief bereits seit mehreren Stunden, und auch ihre Eltern waren im Bett. Nach einem Abstecher ins Bad ging Linda in ihr Zimmer zurück, legte sich ins Bett und zog die Decke bis unter ihr Kinn. Sie schaltete die Nachttischlampe aus, doch an Schlaf war nicht zu denken. Hellwach, als hätte sie am Abend noch Kaffee getrunken, lag sie auf dem Rücken und starrte in die Dunkelheit. Das Gespräch mit Mariana war so ganz anders verlaufen, als sie es sich erhofft hatte.

Nichts war bei Achmad okay. Also hatte sie sich doch nicht getäuscht. Er war nicht nur einfach müde gewesen, wie er behauptet hatte. Und dennoch hatte er ihr gerade heute Abend noch überzeugend versichert, alles sei in bester Ordnung. Auch hatte er in den letzten drei Wochen kein einziges Mal durchblicken lassen, dass er ihretwegen von seiner Familie solchen Druck bekam. Linda spürte einen Stich im Herzen. Warum ließ Achmad sie nicht daran teilhaben, was ihn bewegte? Ganz bestimmt waren die andauernden Vorwürfe doch eine riesengroße Belastung für ihn. Wieso nur versteckte er seine wahren Gefühle vor ihr?

Es war fast ein bisschen unheimlich, so als habe er eine Maske oder ein zweites Gesicht aufgesetzt. Marianas Worte hingen schwer im stillen Dunkel von Lindas Zimmer, und dann stand ihr auf einmal klar vor Augen, was sie selbst am helllichten Tag nicht besser hätte sehen können: Achmad setzte oft eine Maske auf. Er wechselte nach Bedarf das Gesicht wie ein Chamäleon die Farbe, um sich selbst im besten Licht darzustellen. Und nicht nur er, mit ihm auch seine ganze Familie.

Die plötzliche Erkenntnis traf sie so unerwartet, dass Linda erschauerte. Warum war ihr das nicht schon längst aufgefallen? Die Antwort fiel ihr ebenfalls wie Schuppen von den Augen: Es war ihr sehr wohl aufgefallen, sie hatte es bloß nicht wahrhaben wollen. In der Euphorie ihres Verliebtseins hatte sie jeglichen Anflug von Bedenken sofort abperlen lassen wie Wassertropfen auf einem Lotusblatt.

Auf einmal hatte Linda das Gefühl, dass sich zwischen ihr und Achmad ein tiefer Graben aufgetan hatte. Wenn man sich wirklich liebte, sollte man doch offen und ehrlich miteinander sein, und nicht nur Freude, sondern auch Leid miteinander teilen! Anders kannte sie es von ihren Eltern gar nicht. Wie konnte man sich denn sonst gegenseitig unterstützen? Doch anstatt sie an sich heranzulassen, baute Achmad eine Mauer um sich herum und machte einen auf „heile Welt". Linda fühlte sich verletzt und ausgegrenzt. Warum nur verhielt er sich ihr gegenüber so?

Aber bestimmt würde er sich ändern, wenn er dann endlich zu ihr nach Deutschland kommen würde. Und war er erst einmal weg von zu Hause, würde seine Familie sich schon daran gewöhnen. Noch dazu könnte er seine Eltern ja vielleicht sogar noch besser unterstützen, wenn er dann hier einen Job hatte und Geld verdiente.

Das Essen stand bereits auf dem Tisch, als Linda am nächsten Tag gegen Mittag aus ihrem Zimmer kam. Martina, die gerade ein Fischstäbchen auf Johannas Teller legte, sagte: „Hallo Linda, ich wollte schon an deine Tür klopfen, aber Johanna hatte solchen Hunger nach der Schule, dass sie keinen Augenblick länger warten wollte." Linda nickte. Sie wusste, dass mit ihrer kleinen Schwester nicht zu spaßen war, wenn sie Hunger hatte. Ihr selbst war auch überhaupt nicht nach Spaßen zumute. Sie fühlte sich unausgeschlafen, hatte schlechte Laune und keinerlei Appetit auf Fischstäbchen mit Kartoffelbrei und Karottengemüse. Sowieso fand sie das deutsche Essen meistens viel zu fad. Immer dieselben langweiligen Gewürze wie Pfeffer, Salz und Paprika. Mürrisch und ohne ein Wort zu sagen, setzte sie sich an ihren Platz. Martina tat, als bemerke sie das griesgrämige Gesicht ihrer großen Tochter nicht, und sagte: „Vorhin hat Susanne angerufen, sie ist heute Nachmittag in unserer Nähe und kommt auf einen Kaffee vorbei." Lindas Miene wurde noch finsterer. „Na toll, da kann deine Freundin ja wieder ihren Pessimismus verbreiten. Vielleicht kommt sie dieses Mal mit einem passenden Zitat von Schiller. Ich hab echt keinen Bock, noch mehr von diesen Sprüchen zu hören."

Martina goss mit einem Kännchen etwas Buttersoße über den Kartoffelbrei von Johanna. „Och Linda, Susanne ist halt manchmal etwas direkt, aber sie hat doch immer wieder recht mit dem, was sie sagt. Sie meint es nur gut, außerdem hat sie wirklich viel Erfahrung durch ihre Arbeit als Reiseleiterin." Lustlos häufte Linda ein paar Karotten auf ihren Teller. „Du meinst Erfahrung mit Muslimen, oder was?"

„Auch, ja. Sie hat den halben Orient bereist und natürlich dort viele Menschen kennengelernt, so kontaktfreudig, wie sie ist. Sie hat sogar ein Jahr lang in Jordanien gelebt – kann auch sein, es war Ägypten ... Auf jeden Fall irgendwo in der Ecke da unten. Weißt du was? Mach dir doch am besten selbst ein Bild von Susanne. Das letzte Mal, als du sie gesehen hast, warst du ja nicht viel älter als Johanna. Ich hol uns leckeren Kuchen und wir machen es uns im Garten gemütlich, ist ja herrliches Wetter heute."

Damit war Linda einverstanden. Sie hatte ohnehin keine sonstigen Pläne für den Tag, und die Aussicht auf Kuchen ließ ihre Stimmung etwas steigen. Was ihre Mutter da über ihre Freundin erzählte, klang ja eigentlich ganz interessant. Und wer weiß: Vielleicht hätte Susanne ja sogar doch etwas Hilfreiches zu sagen und könnte ihr ein paar gute Tipps geben, sollte das Gespräch auf Achmad und seine Familie kommen. Falls nicht, würde sie sich einfach schnell wieder in ihr Zimmer zurückziehen und Achmad per Videocall beim Arbeiten zuschauen.

Martina hatte den runden Gartentisch in den Schatten der zartgrünen Blätter des Kirschbaums gestellt und mit einer rot-weiß karierten Tischdecke und ihrem roten Keramikgeschirr gedeckt. Da keine Zeit mehr zum Backen gewesen war, hatte sie beim Konditor mehrere Stücke Kuchen und für Johanna einen Schokoladenmuffin mit bunten Schokolinsen geholt. Nachdem Johanna jede Schokolinse einzeln von der Kuvertüre abgepflückt und in den Mund geschoben hatte, wollte sie erst einmal spielen und den Muffin später essen. Nun saß sie im Sandkasten, wo sie mit einer kleinen Gießkanne den Sand befeuchtete und in alle möglichen Förmchen schaufelte, um ihre eigenen Kuchen zu backen.

Susanne verscheuchte mit dem Handrücken eine neugierige Fliege, dabei klimperten die zahlreichen kleinen Anhänger an ihrem goldfarbenen Armband. Sie trug eine smaragdgrüne Bluse und eine bunte Perlenkette. Von ihren Ohrläppchen baumelten an Goldkettchen jeweils drei dunkelgrüne Glaskugeln, und eine Haarspange mit smaragdgrüner Seidenblüte über ihrem linken Ohr zierte ihr kurz gelocktes Haar. Sie sagte: „Ist schon verrückt, gestern hätte man sich noch nicht vorstellen können, heute bei sommerlichen Temperaturen im Garten Kaffee zu trinken. Wurde auch höchste Zeit. Seitdem du neulich bei mir warst, war es ja nur einmal sonnig und warm." Martina lachte. „Wir müssen uns einfach öfters treffen."

Sie nahm die Thermoskanne und schenkte ihrer Freundin Kaffee ein. „Ich freue mich wirklich sehr, dass du so spontan vorbeigekommen bist. Eigentlich schade, dass man das kaum noch macht. Ohne Terminkalender geht heutzutage ja fast nichts mehr." Susanne nahm das rote Milchkännchen und goss reichlich Milch in ihren Kaffee. „Na ja, ich dachte mir, mehr als Nein sagen kannst du nicht. Wenn es nicht gepasst hätte, hätte es halt nicht gepasst." Sie griff zur Zuckerdose, gab zwei Teelöffel Zucker in ihren Kaffee, und während sie umrührte, ließ sie ihren Blick durch den großen Garten schweifen. Der frisch gemähte Rasen erstreckte sich bis zu einer hohen Thuja-Hecke, welche das rechteckige Grundstück rundherum einsäumte. Links in der Ecke stand eine kleine, schwedenrote Gartenhütte, rechts entlang der Hecke blühten Tulpen in allen Farben. Eine Blaumeise mit Wurm im Schnabel verschwand gerade im buschigen Geäst einer Thuja.

Susanne sagte: „Tut halt auch gut, ab und zu mal wieder im eigenen Land zu sein. Vorgestern war ich noch in Tunesien, nächste Woche fliege ich nach Finnland." Sie wandte sich an Linda: „Israel ist aber auch ein tolles Land, nicht wahr?"

Linda, die sich gerade ein Stückchen von ihrer Sachertorte auf die Gabel gespießt hatte, blickte Susanne überrascht an. „Warst du schon in Israel?"

„Na klar, schon oft. Das letzte Mal vor zwei Jahren, das war eine ganz besondere Reise, weil ich ausnahmsweise mal keine Gruppe geleitet habe, sondern selbst Touristin war." Sie umfasste ihre Kaffeetasse mit beiden Händen. „Ich bin auf den Spuren der Bibel gewandelt." Interessiert hörte Linda dem Bericht von Susanne zu. Ein Reiseleiter hatte sie und die anderen Teilnehmer der geführten Reise am Flughafen Ben-Gurion abgeholt und zu einem Kibbuz-Gästehaus in der Wüste Negev gefahren, wo sie die erste Nacht verbrachten. Eine Woche lang besuchten sie zahlreiche historische Orte, wanderten durch Schluchten, übernachteten in einem Beduinenlager, badeten im Toten Meer, fuhren mit einem Boot auf dem See Genezareth, sahen die Golanhöhen und die Quelle des Banias, einer der drei Quellflüsse des Jordan. Sie besichtigten Haifa und Cäsarea Maritima mit der Ausgrabungsstätte des römischen Theaters und des Palastes von Herodes.

Susanne schloss ihren Bericht mit den Worten: „Die letzten beiden Tage waren wir dann noch in Bethlehem und Jerusalem. Allein schon der Blick vom Ölberg auf Jerusalem ist ja sagenhaft."

Linda, die Susannes Schilderungen fasziniert zugehört hatte, nickte zustimmend, dann seufzte sie. „Da, wo ich hinziehen wollte, ist es auch wunderschön. Eigentlich wollte ich für immer in Palästina leben, aber jetzt darf ich die nächsten zehn Jahre nicht mehr nach Israel einreisen." Linda seufzte noch einmal, dann führte sie die Kuchengabel zum Mund. Susanne klang mitfühlend. „Deine Mutter hat mir erzählt, was passiert ist. Ich kann mir gut vorstellen, wie hart das für dich sein muss. Theoretisch könntest du ja von Jordanien aus über die König-Hussein-Brücke direkt ins Westjordanland gelangen, nur wird dieser Grenzübergang natürlich auch von den Israelis kontrolliert." Linda nickte, Susannes Verständnis tat ihr gut. Die Freundin ihrer Mutter sah sie an, in den Augen echtes Interesse. „Hast du denn inzwischen schon einen Plan B?"

„Ja. Achmad wird nach Deutschland kommen, dann heiraten wir so bald wie möglich." Gespannt blickte Linda zu Susanne. Wie würde sie reagieren? Susanne sagte erst einmal gar nichts, sondern betrachtete ihren Kaffee und fingerte dabei an ihrer Perlenkette. Nach einer Weile sah sie auf und erwiderte Lindas Blick. „Und Achmad ist wirklich dazu bereit, die Ehre seiner Familie aufs Spiel zu setzen?" Linda schluckte. Wie kam Susanne darauf? Doch bevor sie etwas erwidern konnte, fragte ihre Mutter: „Wieso setzt Achmad die Ehre seiner Familie aufs Spiel, wenn er nach Deutschland zieht, um seine Verlobte zu heiraten?"

Susanne sah von Linda auf Martina. „Du hast wirklich keine Ahnung, nicht wahr? Aber hier weiß man das ja auch nicht einfach, zumindest noch nicht." Johannas zufriedenes Singen wehte vom Sandkasten herüber, eine Amsel zwitscherte. Susanne sagte: „In islamisch geprägten Ländern spielen Kinder auch heute noch eine wichtige Rolle für den Lebensunterhalt und die Altersversorgung der Eltern, vor allem die Söhne. Natürlich ist das nicht in allen Familien so, aber doch in sehr vielen. Besonders in den Dörfern wird einfach noch erwartet, dass der Sohn sich um seine Eltern kümmert, wenn sie alt sind. Deswegen bleiben die meisten Söhne zu Hause wohnen, indem sie einfach ein Stockwerk obendrauf bauen."

Martina nickte, davon hatte Linda ihr erzählt und auch Fotos gezeigt. Susanne fuhr fort: „Erfüllt der Sohn diese Erwartung nicht, bedeutet das häufig eine Schande für die ganze Familie." Martinas Augen wurden groß. „Also könnte es sein, dass Achmad sozusagen seine Familie beschämt, wenn er wegen seiner Liebe zu Linda wegzieht?"

„Genau so sieht es aus. Er könnte als schlechter, verantwortungsloser Sohn hingestellt werden. Und es würde mich ehrlich gesagt nicht wundern, wenn er deswegen jetzt schon jede Menge Druck von seiner Verwandtschaft bekäme."

Susannes Blick heftete sich forschend auf Linda, sie stellte ihr jedoch keine Fragen. Linda versuchte, sich nicht anmerken zu lassen, wie aufgewühlt sie innerlich war. Gestern noch hätte sie aufs Heftigste protestiert oder wutentbrannt den Tisch verlassen und kein Wort von dem geglaubt, was Susanne soeben gesagt hatte. Doch nun sah alles anders aus. Ohne es zu wissen, hatte Susanne genau das bestätigt, was Mariana gestern Nacht erzählt hatte. Linda erinnerte sich an jedes einzelne Wort.

Gesagt hat Achmad es mir zwar nicht, aber ich hab mitbekommen, dass er von allen Seiten großen Druck hat. Dann hat er erzählt, dass eine seiner Tanten ihm jeden Tag bitterböse Nachrichten per SMS schicke, sie sei enttäuscht von ihm, er würde die ganze Familie beschämen, vor allem aber seine Eltern. Wenn er sie verließe, würde er seine Mutter krank machen, aber er würde ja nur an sich denken. Es sei eine Riesenschande, als einziger Sohn seine Eltern zu verlassen, ein guter Sohn würde so etwas nicht tun.

Susanne trank ihren Kaffee leer und stellte die Tasse ab. Fast wie nebenbei sagte sie: „Aber von diesem Dilemma würde Achmad dir natürlich nichts erzählen, und sollte er tatsächlich mit der Tradition seiner Familie gebrochen haben, würde er es mit keinem Sterbenswörtchen erwähnen."

Linda schwitzte plötzlich, und sie spürte, wie ihr die Hitze ins Gesicht stieg. Sie nahm ihre Serviette und fächelte sich Luft zu. Schweigen breitete sich um den Tisch herum aus. Martina stand auf und schenkte Susanne Kaffee nach. Ein Amselmännchen kam auf den Kirschbaum geflogen, überlegte es sich aber gleich darauf wieder anders und flog weiter auf das Dach der Gartenhütte, um dort seinen flötenden Gesang anzustimmen.

Susannes deutliche Worte hingen wie eine graue Wolke in der Luft, und Linda hatte das dringende Gefühl, Achmad verteidigen zu müssen. Sie wollte vehement widersprechen, brachte aber kein Wort heraus.

Martina unterbrach die unangenehme Stille, indem sie fragte: „Woher weißt du denn das alles?" Susanne lächelte, griff nach dem Milchkännchen und goss schwungvoll einen Schuss Milch in ihren Kaffee. „Es könnte sein, dass ich einmal ganz ähnliche Erfahrungen gemacht habe." Martina riss erstaunt die Augen auf, doch zu weiteren Erklärungen schien ihre einstige Schulfreundin offensichtlich nicht bereit, denn nun sagte sie in aller Ruhe an Linda gewandt: „Und es könnte auch gut sein, dass Achmad am Ende gar nicht kommt."

Linda zuckte zusammen, und schon meldete sich auch der verhasste Magenschmerz wieder. Susanne hatte gerade ausgesprochen, was sie selbst seit gestern Nacht befürchtete. Was, wenn Achmad dem Druck nicht gewachsen wäre und doch nicht zu ihr kommen würde? Sie wurde schlagartig wütend auf Susanne, die diesen unerträglichen Gedanken so seelenruhig ausgesprochen hatte, als wäre es völlig unbedeutend, wenn Linda die Liebe ihres Lebens verlieren würde. Mit zusammengekniffenen Augen zischte sie: „Natürlich kommt er! Wir lieben uns so was von, aber das kannst du ja nicht verstehen. Offensichtlich hast du keine Ahnung, wie es sich anfühlt, wenn man total verliebt ist."

Erschrocken über die heftige Reaktion von Linda blickte Martina zu Susanne. Wie würde ihre Freundin auf diese scharfen Worte reagieren? Doch wieder sagte Susanne erst einmal nichts. Geistesabwesend sah sie Johanna eine Weile dabei zu, wie sie Löwenzahn und Gänseblümchen pflückte und dann ihre Sandkuchen damit dekorierte.

Als sie sich schließlich wieder an Linda wandte, klang ihre Stimme genauso ruhig wie sonst auch. „Manchmal wünschen wir uns etwas so sehr, dass wir meinen, wir könnten nur dann noch glücklich sein, wenn wir es auch bekommen. Das Wunschdenken kann so mächtig werden, dass wir alles andere um uns herum, was uns eigentlich lieb und wichtig ist, nicht mehr sehen. Doch wenn wir dann bekommen haben, was wir unbedingt wollten, merken wir oft, dass es gar nicht der Schlüssel zu unserem Glück ist. Und dann kann sich ganz schnell Enttäuschung oder Frust breitmachen. Aber wir haben in den meisten Fällen die Wahl: entweder wir versinken in Selbstmitleid oder wir orientieren uns neu und blicken nach vorne."

In Lindas Augen spiegelten sich Trotz und Verzweiflung. „Achmad *ist* aber der Schlüssel zu meinem Glück. Wie soll ich nur ohne ihn leben, wenn er nicht kommt?"

„Die Frage ist, wie du *mit* ihm leben würdest." Susanne legte ihre Hand auf Lindas Arm und sah ihr in die Augen. „Linda, ich wünsche dir von Herzen alles Glück der Erde, doch sollte Achmad tatsächlich kommen, muss dir eins klar sein: Er wird zwar körperlich anwesend sein, doch ein Teil seiner Seele und seiner Gedanken werden in Palästina bleiben, ob er es will oder nicht. Dafür werden allein schon seine Verwandten sorgen. Seine Kultur und Vergangenheit werden ihn begleiten und ihm folgen wie ein Schatten, den er nicht einfach abschütteln kann, sollte er dies überhaupt wollen. Alles, was Achmad geprägt hat, wird mit bei euch einziehen und auf unsere für ihn völlig fremde Kultur und Gegenwart prallen. Das geht nicht ohne Kratzer ab, und allzu oft gibt es dabei leider auch Scherben."

Lindas Herz hatte begonnen, wild zu pochen. Noch nie zuvor hatte jemand so deutlich mit ihr gesprochen. Und obwohl sich Widerstand gegen Susannes Worte in ihr regte, wusste sie im Grunde ihres Herzens, dass die Freundin ihrer Mutter auch hierbei recht hatte. Auf einmal spürte sie, dass die aufgekommene Wut sich wieder legte und einem anderen Gefühl zu weichen begann, das sie seit ihrer Ausweisung aus Israel nur allzu gut kannte: Trauer.

Nach wie vor konnte sie sich nicht damit abfinden, nicht mehr nach Israel reisen zu dürfen. Sollte sie nun Achmad womöglich auch noch verlieren?

Sie schüttelte energisch den Kopf. Achmad würde ganz bestimmt kommen, und an eine neue Kultur konnte er sich sehr wohl gewöhnen. Schließlich hatte er dies ja bereits schon einmal getan, als er mit seiner Familie von Argentinien nach Palästina gezogen war. Er liebte sie und sie liebte ihn, das war die Hauptsache. Die Liebe stand doch über allem, und zusammen würden sie es schon schaffen. Selbst wenn man mal Stress miteinander hatte, hörte man ja nicht einfach auf, sich zu lieben.

In dem Moment rief Johanna mit ihrer hellen Stimme, Linda solle kommen und ihre Sandkuchen anschauen. Froh über die Ablenkung stand Linda auf und ging über den Kiesweg durch den Garten zu ihrer kleinen Schwester.

Martina sah ihr hinterher, dann blickte sie auf Susanne. „Ich habe schon immer an dir bewundert, wie du Dinge auf den Punkt bringen kannst. Manchmal wünschte ich, ich könnte das auch. Mir fällt meistens erst hinterher ein, was ich besser gesagt oder nicht gesagt hätte. Oder ich trau mich nicht, etwas auszusprechen."

Susanne lachte, was dazu führte, dass die grünen Glaskugeln an ihren Ohrläppchen hin- und herschaukelten. „Entschuldige, dass ich lache, aber ich musste gerade daran denken, wie ich neulich erst mit meiner Unverblümtheit mal wieder ins Fettnäpfchen getreten bin." Sie erzählte: „Das war bei einer Städtereise nach Wien. Aus meiner Reisegruppe saß ein nettes junges Pärchen bei Kaffee und Sachertorte mit mir am Tisch. Die Frau war ziemlich rundlich, und irgendwann habe ich ihr gesagt, wie schön ich es finde, dass sie schwanger ist. Der Frau ist daraufhin beinahe die Gabel aus der Hand gefallen. Dann meinte sie, sie sei nicht schwanger, nur leider etwas dick. Ach, war mir das peinlich! Zum Glück hat sie mir diesen Fauxpas nicht übel genommen. Aber in dem Moment habe ich mir geschworen, dass mir so was nie wieder passiert."

Martina goss Milch in ihren Kaffee und rührte nachdenklich um. „Wenn Achmad wie geplant kommt und er und Linda heiraten, könnte es für die beiden aber auch gut gehen, oder?" Susanne zuckte die Schultern. „Ja, könnte es. Aber wie heißt es so schön: Lieber ein Ende mit Schrecken als ein Schrecken ohne Ende." Martinas Augen weiteten sich. „Was soll das denn nun schon wieder heißen?"

Susanne blickte kurz zum Sandkasten, wo Linda gerade so tat, als probiere sie ein Stück Sandkuchen, dann beugte sie sich näher zu Martina und raunte: „Das, was ich dir jetzt sage, würde Linda nicht hören wollen, und es wäre auch nicht der richtige Zeitpunkt, um es vor ihr auszusprechen. Aber, ganz ehrlich, ich sehe es eher so: Falls Achmad sich dem Willen seiner Familie fügt und bei seinen Eltern bleibt, wird Linda natürlich sehr unglücklich sein, doch nur für eine Weile. Sie ist jung, das ganze Leben liegt noch vor ihr. Sie wird sich neu orientieren, einen anderen Weg gehen und den Schmerz überwinden. Das wäre in ihrem Fall die Variante ‚Ende mit Schrecken'." Mehr sagte Susanne nicht dazu. Ihre Version von einem „Schrecken ohne Ende" blieb unausgesprochen zwischen den beiden Freundinnen hängen wie eine Seifenblase, die einen Moment lang lautlos in der Luft schwebt, bevor sie zerplatzt. Vom Sandkasten wehte Johannas fröhliches Geplapper herüber. Eine neugierige Biene kam angesummt, kreiste über Johannas Muffin und flog weiter.

Plötzlich fröstelte Martina trotz der warmen Frühlingsluft. Sie umfasste mit beiden Händen ihre heiße Kaffeetasse und starrte einen Augenblick lang in den Kaffee, bevor sie kaum hörbar flüsterte: „Oh Gott!"

Leises Knirschen war auf dem Kiesweg zu hören, dann fiel ein Schatten auf den Kaffeetisch, und Linda verkündete, dass Johanna die Sandkuchen als Nächstes ihrer Mutter zeigen wollte. Während Martina aufstand, um zum Sandkasten zu gehen, setzte Linda sich wieder an ihren Platz und schenkte sich Kaffee nach. Sie sagte: „Ist schon niedlich, wie kleine Kinder spielen, total im Hier und Jetzt. Johanna verschwendet keinen Gedanken mehr daran, was sie noch vor einer Stunde getan hat, und überlegt auch nicht, was sie nachher machen wird. Sie ist völlig auf ihre Sandkuchen konzentriert."

Susanne lächelte. „Ja, da könnten wir Großen uns manchmal eine Scheibe von den Kleinen abschneiden. Wie oft trauern wir Vergangenem hinterher oder machen uns unnötig Sorgen um die Zukunft. Wir haben schon fast verlernt, den Augenblick wahrzunehmen." Sie griff nach der Mineralwasserflasche und füllte ihr Glas. „Als ich dich vorher nach einem Plan B gefragt habe, meinte ich eigentlich, was du jetzt in Bezug auf deine Ausbildung so vorhast. Du willst ja sicher nicht nur heiraten und dann zu Hause rumhocken, oder?"

Linda schüttelte den Kopf. „Nein, natürlich nicht. Ich will studieren, weiß aber noch nicht genau, was. Zum Glück ist ja noch Zeit bis zum Herbst. Ich habe mir überlegt, zur Überbrückung irgendwo zu jobben." Sie seufzte. „Aber wahrscheinlich find ich eh wieder nichts."

„Klar findest du einen Job, man darf nur nicht so schnell aufgeben. Manchmal dauert es einfach etwas länger. Ich bin auf jeden Fall sehr gespannt, für welches Studium du dich entscheiden wirst. Deine Mutter kann mir ja dann berichten."

Susanne trank einen Schluck Wasser. „Und lass dich von niemandem davon abbringen, eine Ausbildung zu machen, denn nur so kannst du irgendwann auf eigenen Füßen stehen." Dabei beließ sie es. Mit keiner Silbe mehr erwähnte sie Achmad oder wen auch immer sie mit *niemandem* meinte.

Mit dem Füller in der Hand saß Martina an ihrem Schreibtisch, vor ihr das offene Tagebuch. Goldgelb und riesengroß stand der Vollmond am klaren Nachthimmel direkt über dem Dachfenster und tauchte ihr kleines Büro in fahles Licht. In der Ferne war das Motorengeräusch eines Autos zu hören. Es kam näher, fuhr am Haus vorbei, und kurz darauf war alles wieder still. Martina blickte auf die noch leere Seite und setzte den Füller an, doch dann hielt sie inne und blätterte ein paar Seiten zurück. Noch einmal las sie die letzten Sätze ihres Eintrags vom 28. April:

> Auch wenn Linda dies im Moment weder hören noch glauben will – Gott meint es gut mit ihr. Und so will ich nun auch alles Weitere in seine Hand legen. Mal sehn, wie das noch weitergeht.

Martina blätterte weiter vor, vorbei an dem Bericht über ihr gemeinsames Kaffeetrinken mit Susanne bis zu ihrer Notiz nur wenige Tage danach.

> 24. Mai – Heute ist die Bombe geplatzt: Achmad kommt nicht! Mit einer WhatsApp-Nachricht hat er Linda mitgeteilt, dass seine Situation es nicht zulasse, Palästina zu verlassen. Mehr nicht. Nur noch, dass es ihm sehr leidtäte und er ihr alles Gute für die Zukunft wünsche.
> Es ist seltsam, aber irgendwie scheint Linda sogar damit gerechnet zu haben. Sie war erstaunlich gefasst, als sie mir vorhin die Nachricht von Achmad gezeigt hat. Aber vielleicht steht sie auch unter Schock, denn nun ist ja genau das eingetreten, wovor sie sich am meisten gefürchtet hat. Doch wie hat Susanne gesagt? Lieber ein Ende mit Schrecken als ein Schrecken ohne Ende. Ich glaube nach wie vor fest daran, dass Gott es gut

mit Linda meint, auch wenn es für sie jetzt sehr schmerzhaft ist.

Martina unterbrach das Lesen ihres Eintrags und seufzte. Tatsächlich hatte Achmads Nachricht in den darauffolgenden Tagen und Wochen bei Linda heftige Gefühlsausbrüche nach sich gezogen, die schließlich darin gegipfelt hatten, dass mehrere Porzellanteller zu Bruch gegangen waren. Doch allmählich hatte sich der Sturm wieder gelegt, was größtenteils Susanne zu verdanken war.

Nach ihrem Besuch im Mai hatte sie erst einmal nichts mehr von sich hören lassen. Anfang August hatte sie sich plötzlich mit der Frage wieder gemeldet, ob Linda sie auf eine dreiwöchige Rundreise durch die USA begleiten würde, sie suche dringend eine Assistentin, um eine geführte Tour für den Herbst vorzubereiten. Selbstverständlich würde der Job entlohnt und sämtliche Reisekosten bezahlt. Linda hatte keine Sekunde lang gezögert und sofort zugesagt. Martina hätte ihre Freundin am liebsten auf der Stelle umarmt, und auch jetzt noch empfand sie tiefe Dankbarkeit. Susanne hatte sich genau zum richtigen Zeitpunkt als Retterin in der Not erwiesen; noch dazu war ihre freundlich-direkte Art genau das gewesen, worauf Linda angesprochen hatte.

Während der stundenlangen Fahrten auf den endlosen US-Highways redete Linda sich vieles von der Seele, neben sich Susanne als stets geduldige und einfühlsame Zuhörerin. Die drei Wochen in den USA taten ihr gut. Sie gewann nicht nur Abstand, sondern auch eine neue Perspektive für ihr Leben und kehrte, erfüllt von den vielen neuen Eindrücken, voller Tatendrang und mit Blick nach vorne wieder heim.

Nach intensiven Recherchen im Internet und einigen Informationsgesprächen war ihr Entschluss dann schnell gefallen, Tourismusmanagement zu studieren. Besonders begeisterten sie die in diesem Studiengang angebotenen Sprachen Chinesisch, Spanisch und Arabisch. Linda wollte sie alle lernen. Sie hatte sich zum

Wintersemester eingeschrieben und freute sich nun darauf, in wenigen Wochen mit dem Studium beginnen zu können. Auch ein Zimmer im Studentenwohnheim hatte sie ergattert, und sie wollte das Studentenleben in vollen Zügen genießen.

Eine plötzliche Serie von Pfeiftönen riss Martina aus ihren Gedanken. Sie sah auf und lauschte. Zuerst wusste sie nicht, woher und von wem die Töne kamen. Sie klangen wehmütig und beinahe so, als würde jemand schluchzen. Dann, auf einmal, erkannte sie den Gesang der Nachtigall wieder. Als Kind war sie oft mit ihrem Großvater in den Wald gegangen und hatte von ihm gelernt, Vogelstimmen zu erkennen.

Martina merkte, wie ein Lächeln über ihr Gesicht huschte, für einen Moment war sie wieder das kleine Mädchen, das mit ihrem Opa durch den Wald spazierte und sich mit ihm am Gesang der Vögel erfreute. Beinahe konnte sie den frischen Tannenduft und die klare, würzige Luft wieder riechen. Schon damals hatte ihr der Gesang der Nachtigall besonders gut gefallen, sie hatte diese wunderschöne Harmonie seitdem jedoch nie wieder gehört. Der Vogel auf dem Dach trällerte eine Strophe nach der anderen, und erst, als es abrupt wieder still wurde, besann sich Martina darauf, warum sie eigentlich vor ihrem Tagebuch saß. Sie blätterte weiter nach vorne zu der leeren Seite, die sie vorhin schon einmal aufgeschlagen hatte, und notierte:

> 17. September – Heute hat Linda von ihrer Freundin Mariana erfahren, dass Achmad eine seiner zahlreichen Cousinen geheiratet hat. Höchstwahrscheinlich haben seine Eltern dabei etwas nachgeholfen, aber genau wusste Mariana es auch nicht. Sie meinte nur, dass ihm nun endlich keiner mehr sagen könne, dass er ein schlechter Sohn sei. Er wohne bereits mit seiner Frau in seiner neuen Wohnung im zweiten Stock bei seinen Eltern im Haus. Die halbe Verwandtschaft habe ihm dabei

geholfen, den Rohbau so schnell wie möglich fertigzustellen.

Bei dem Gedanken daran schüttelte Martina den Kopf, während sie weiterschrieb:

> Ich hoffe sehr, dass diese Neuigkeit bei Linda die soeben verheilten Wunden nicht wieder aufgerissen hat. Susanne hat ihr den klugen Rat gegeben, die neue Situation anzunehmen und loszulassen, was sie nicht mehr ändern kann. Das hat Linda inzwischen auch sehr gut geschafft, doch hoffentlich holt die Vergangenheit sie jetzt nicht noch einmal ein.

„Mami?" Linda steckte ihren Kopf durch die angelehnte Tür. Überrascht blickte Martina auf und lächelte. „Komm rein." Sie klappte das Tagebuch zu und legte den Füller beiseite. Linda setzte sich auf die kleine Couch, die dem Schreibtisch gegenüberstand. Sie zog die Beine an und schlang ihre Arme um die Knie. Nach einer Weile sagte sie: „Ich habe ihn so geliebt." Martina blickte in die vertrauten Augen ihrer Tochter und schluckte. „Ich weiß."

Lange Zeit herrschte Stille in dem kleinen Raum. Der Mond schien hell durch das Dachfenster und ließ den Schatten der Birke an der Wand tanzen. Schließlich sagte Linda: „Ich habe ihm geglaubt, dass er mich auch wirklich liebt. Und er wollte mit mir doch die Welt bereisen, mir Argentinien zeigen und Bahía Blanca, wo er geboren wurde." Sie verzog das Gesicht zu einem gequälten Lächeln. „Ich dachte sogar, dass wir bis dahin vielleicht schon ein paar Kinder hätten."

Martina wusste nicht, was sie darauf antworten sollte, doch Linda schien auch gar keine Antwort zu erwarten und sprach weiter: „Als Mariana mir heute erzählt hat, dass Achmad geheiratet hat, hat es sich für mich zuerst wie eine Ohrfeige angefühlt, und alles ist noch mal hochgekommen. Er wollte die Wohnung für *uns* einrichten, *ich* sollte seine Frau sein, *wir* wollten heiraten und gemeinsam im zweiten Stock wohnen. Wir hatten doch schon alles für die Hochzeit organisiert." Mit dem Finger fuhr sie eine Naht auf dem Sofa nach.

Sanft hakte Martina nach: „Du sagst, zuerst hat es sich wie eine Ohrfeige angefühlt, und was war dann?"

Linda blickte auf und sah ihr in die Augen. „Dann habe ich daran gedacht, was mir meine Gastmutter Sarah gesagt hat, am Abend, bevor ich zu Achmad gegangen bin. Sie meinte, ich solle mich nicht leichtfertig in eine Ehe stürzen. Aber genau das hätte ich getan. Das habe ich heute plötzlich erkannt. Ich war so sicher, Achmad mindestens genauso gut zu kennen, wie ihn seine eigene Mutter kennt. Wir haben so viel miteinander geredet, und er hat mir so viel von sich erzählt. Aber irgendwie war ein Teil von meinem Gehirn ausgeschaltet; vor lauter Verliebtsein wollte ich nicht wahrhaben, dass ich ihn und seine Kultur in der kurzen Zeit unmöglich richtig kennenlernen konnte. Ich hoffe wirklich, dass mir das nie wieder passiert. Jetzt weiß ich, was es bedeutet, vor Liebe blind zu sein." Linda dachte noch einmal kurz über dieses Phänomen nach, dann fragte sie: „Ist dir das eigentlich auch mal passiert?"

Martina schüttelte den Kopf. „Nein, das kenne ich nicht."

So schwer verliebt war sie bis auf ein einziges Mal nie gewesen, und selbst das war nur eine Schwärmerei, die damals zu ihrem Leidwesen nur auf Einseitigkeit beruht hatte. Bei Andreas war es zwar nicht Liebe auf den ersten Blick gewesen, doch im Laufe der Zeit war tiefe Zuneigung gewachsen und gereift, die auch dann noch Bestand hatte, wenn das Gefühl der Liebe mal nicht so vorhanden war. Und selbst wenn sie am Anfang total verliebt in Andreas gewesen wäre, konnte sie sich nicht wirklich vorstellen, dass es ihr so ergangen wäre wie ihrer Tochter. Dazu waren sie beide einfach viel zu verschieden.

In dem kleinen Büro breitete sich friedliche Stimmung aus, während Mutter und Tochter ihren Gedanken nachhingen.

Linda sah sich plötzlich noch einmal im Büro von Rabbi Rosenfeld sitzen, als sie ihm mitgeteilt hatte, dass sie die Schule abbrechen würde. Wie eigenartig es doch war, dass er so unvermittelt auf die Ehe zu sprechen gekommen war. Klar und deutlich erinnerte sie sich an seine Worte: *Zu Beginn einer Ehe brennt die Liebe meistens wie ein starkes Feuer. Man ist begeistert, fühlt sich extrem verliebt. Dieses Feuer wird nicht immer so stark lodern wie am Anfang. Bei vielen Paaren flackert irgendwann nur noch eine kleine Flamme oder verlöscht sogar ganz. Doch um eine gute Ehe zu führen, braucht es dieses Feuer auch gar nicht. Wahre Liebe bleibt bestehen, selbst wenn das Gefühl des Verliebtseins schwindet.*

Wahre Liebe bleibt bestehen, selbst wenn das Gefühl des Verliebtseins schwindet. Linda schluckte. Sollte Achmad sie womöglich nie wirklich geliebt haben? In der Nacht, als es ihr wie Schuppen von den Augen gefallen war, dass er ihr gegenüber nicht sein wahres Gesicht zeigte, war ihr dieser Verdacht schon einmal gekommen, jedoch hatte sie ihn sofort wieder verscheucht wie eine lästige Fliege. Wer zeigte denn schon immer sein wahres Gesicht? Schließlich setzte doch jeder ständig Masken auf. Da war einem zum Heulen zumute, doch nach außen hin lächelte man tapfer. Man begegnete jemandem, auf den man überhaupt keine Lust hatte, gab aber vor, sich darüber zu freuen. Und wie oft sagte man, es gehe einem blendend, obwohl man sich hundeelend fühlte …

Das Motiv der *Kleinen Nachtmusik* ertönte in die Stille hinein. Martina zuckte erschrocken zusammen. Wer rief um diese Zeit noch an? Linda zog ihr Handy aus der Hosentasche und sah auf das Display, dann wischte sie mit dem Finger darüber und nahm das Gespräch an. Martina stand auf und ging nach unten ins Bad, um sich die Zähne zu putzen. Anschließend entdeckte sie im Vorübergehen einen Korb Wäsche im Wohnzimmer und faltete diese.

Nachdem sie in der Küche noch ein Glas gespült hatte, schloss sie die Haustür ab, schaltete das Flurlicht aus und ging wieder nach oben in ihr Büro.

Linda hatte sich gerade von dem Anrufer verabschiedet. Ihre Augen strahlten, als sie Martina ansah. „Das war Joseph. Der ist genauso eine Nachteule wie ich. Stell dir vor, er hat meinen Davidstern!"

„Deinen Davidstern? Du meinst den silbernen Kettenanhänger, den du immer getragen hast?"

„Ja! Das ist eine krasse Geschichte! Der Anhänger ist mir damals gleich am ersten Morgen im Hostel in Jerusalem im Bad runtergefallen, und ich habe ihn nicht mehr gefunden. Das war echt heftig, er war einfach weg. Zuerst wollte ich mir eigentlich einen neuen kaufen, aber dann hatte ich nie genug Geld übrig. Na ja, und später wollte ich ja eh keinen mehr."

„Und wie kommt Joseph jetzt zu deinem Davidstern?"

„Er sagte, dass Avi, der Chef vom Hostel, ihn beim Putzen in der Spalte einer zerbrochenen Kachel entdeckt habe, in der Ecke neben der Dusche. Und weil Avi sicher war, dass dort vor meinem Aufenthalt nichts in der Spalte lag, aber meine Nummer nicht hatte, hat er Joseph informiert. Die beiden kennen sich schon lange. Und gestern ist Joseph gerade vom Urlaub aus Israel zurückgekommen. Er hat auch wieder ein paar Tage bei Avi im Hostel gewohnt und meinen Davidstern mitgebracht!"

Linda fuhr fort, ihrer Mutter zu erklären, woher sie Joseph kannte und dass sie ihn das letzte Mal gesprochen hatte, kurz nachdem sie nach Israel gezogen war. Nun hatte er nach langer Zeit wieder angerufen, um ihr von dem wiedergefundenen Davidstern zu berichten. Außerdem wollte er sich erkundigen, ob sie mittlerweile konvertiert hatte, und wie ihr Leben in Israel so war. Natürlich war er aus allen Wolken gefallen, als Linda ihm gerade erzählt hatte, dass sie seit fast fünf Monaten schon wieder in Deutschland wohnte. Auf einmal grinste Linda und errötete leicht. „Joseph hat mich spontan eingeladen, zusammen mit ihm und der Jugendgruppe Sukkot zu feiern. Inzwischen ist er der Leiter der Gruppe."

Martina kramte in ihrem Gedächtnis, kam aber nicht mehr darauf, in welchem Zusammenhang sie das Wort schon gehört hatte. „Was ist Sukkot noch mal?"

„Das ist das siebentägige Laubhüttenfest, das jedes Jahr im Herbst gefeiert wird. Du kannst dich doch bestimmt daran erinnern, wie gerne ich früher im Garten eine Laubhütte gebaut hätte, wenn es bei uns nicht immer zu kalt dafür gewesen wäre."

Martina lachte. „Ach ja, stimmt, das weiß ich noch gut. Und? Was hast du Joseph geantwortet?"

Lindas Stimme klang vergnügt. „Ich habe zugesagt. Könnte zeitlich nicht besser passen, dieses Jahr endet Sukkot nämlich genau in der Woche, bevor ich an der Uni loslege." Sie grinste: „Außerdem will ich meinen Davidstern wiederhaben."

Martina sah ihre Tochter lächelnd an. Lange hatte sie nicht mehr so voller Lebensfreude geklungen. Ob dieser Anruf eine neue Wende in ihrem Leben bedeutete? Und wohin würde Lindas Weg sie wohl noch führen?

Auf einmal fiel Martina die erste Strophe eines alten Liedes ein, das ihre Großeltern ihr manchmal vorgesungen hatten, als sie noch ein Kind war: „Weiß ich den Weg auch nicht, du weißt ihn wohl; das macht die Seele still und friedevoll. Ist's doch umsonst, dass ich mich sorgend müh, dass ängstlich schlägt das Herz, sei's spät, sei's früh."

In Zeiten großer Not, als sie oft nicht wussten, wie es weitergehen sollte, hatten ihre Großeltern den Text zu ihrem Gebet gemacht. Viel später, im hohen Alter von über 80 Jahren, konnten sie rückblickend dankbar sagen, dass Gott sie nie in die Irre geführt hatte, auch wenn sie manchmal Wege gehen mussten, die sie selbst nie gewählt hätten.

Martina zögerte kurz. Wie würde Linda reagieren? Doch dann gab sie sich einen Ruck und sagte: „Möge Gott dich segnen!"

Einen Augenblick lang herrschte Stille in dem nur vom Mondlicht erhellten kleinen Raum. Ein paar gelbe Birkenblätter landeten lautlos auf dem Dachfenster. Aus dem nahe gelegenen Wald ertönte erneut der lang gezogene Ruf eines Käuzchens. Lindas Antwort wärmte Martinas Herz: „Danke, Mami."

Erläuterungen

1 Koschere Lebensmittel entsprechen den jüdischen Speisegesetzen.
2 Fest zur Erinnerung an die Bewahrung der Juden vor dem durch Haman geplanten Völkermord (Buch Esther)
3 Feier zur Erinnerung an die Befreiung der Israeliten aus ägyptischer Sklaverei
4 Jüdisches Erntedankfest, 50 Tage nach dem Passahfest, sowie Erinnerung an die Gabe der 10 Gebote am Berg Sinai
5 Siebenarmiger Leuchter
6 Abkürzung für Be Siyata Di-Schemaya (aramäisch). Bedeutung: Mithilfe des Himmels
7 Jüdische Bibel
8 Jüdisches Recht
9 Die Welt verbessern
10 „Versöhnungsfest" = höchster jüdischer Feiertag
11 Fest der „Tora-Freude"
12 Kopftuch für muslimische Frauen
13 Acht Tage dauerndes, jährlich gefeiertes jüdisches Fest zum Gedenken an die Wiedereinweihung des zweiten Tempels in Jerusalem
14 Frittierte Kartoffelpuffer
15 Krapfen, ähnlich dem Berliner Pfannkuchen
16 Vierseitiger Kreisel
17 Muslimischer Geistlicher und Vorbeter beim Ritualgebet
18 Mozasch ist eine zusammenfassende Abkürzung und steht für „Mozei Schabbat" = kurz nach Schabbat (also Samstagabend).
19 Ruft Muslime zum Gebet auf

Ein inspirierendes Reisetagebuch!

„Selten wurde mir dieses faszinierende, kleine Land mit dieser großen Bedeutung so lebhaft, vielschichtig, detailverliebt und authentisch vor Augen gemalt wie in diesem Buch."

Leserstimme

Heidi Ossowski reist ins Abenteuer Israel, allein – ohne Reisegruppe – mit wachem Blick für Details am Rande des Geschehens. Sie will offen sein für Unerwartetes, für Fügungen und echte Begegnungen. Und wird damit reich beschenkt.

Doch es ist vor allem eines, was ihre Reise so besonders macht: Im Land der Bibel begegnet Heidi Ossowski dem Gott Israels ganz neu. Ein Buch, das dieses faszinierende Land auf charmante Weise nahebringt, das die Reiselust weckt und zum Staunen einlädt.

Heidi Ossowski • Israel – Hin und weg!
Gebunden • 240 Seiten • ISBN 978-3-95734-878-4

Auch als E-Book erhältlich unter: 978-3-96122-535-4

Tiefgründig und Weise!

„Mein erstes Buch von Thomas Franke. Es war so erfrischend, humorvoll und einzigartig. Ein derartiges Buch ist mir bisher tatsächlich nicht untergekommen und der Schreibstil war einfach super!"

Leserstimme

Als alte Wunden bei Miriam aufbrechen, unterzieht sie sich einer neuartigen Therapie, um ihre traumatischen Kindheitserfahrungen zu verarbeiten. Doch irgendetwas geht schief, und mit einem Mal sieht sich Miriam ihrem kindlichen Ich gegenüber. Dies bringt nicht nur Miriams Berufs- und Privatleben gehörig durcheinander, sondern stellt auch ihre scheinbar so fest verankerte Weltsicht infrage...

Eine berührende Geschichte, die dabei hilft, die ungeheure Kraft des kindlichen Glaubens zu entdecken.

Thomas Franke
Das Mädchen, das nicht verschwinden wollte
Gebunden • 272 Seiten • ISBN 978-3-95734-923-1

Auch als E-Book erhältlich unter: 978-3-96122-561-3

Der Verlag weist ausdrücklich darauf hin, dass im Text enthaltene externe Links vom Verlag nur bis zum Zeitpunkt der Buchveröffentlichung eingesehen werden konnten. Auf spätere Veränderungen hat der Verlag keinerlei Einfluss. Eine Haftung des Verlags für externe Links ist stets ausgeschlossen.

© 2023 Gerth Medien in der SCM Verlagsgruppe GmbH,
Berliner Ring 62, 35576 Wetzlar

Das Bibelzitat wurde folgender Übersetzung entnommen:
Lutherbibel, revidiert 2017, durchgesehene Ausgabe,
© 2016 Deutsche Bibelgesellschaft, Stuttgart.

2. Auflage 2024
Bestell-Nr. 817976
ISBN 978-3-95734-976-7

Umschlaggestaltung: Benita Penner unter Verwendung von Shutterstock
Satz: Apel Verlagsservice, Celle
Druck und Verarbeitung: GGP Media GmbH, Pößneck
Printed in Germany

www.gerth.de